N[illegible] remier livre
er[illegible] moment de
l'é[illegible] noir, que
pa[illegible] premier d'une série
de [illegible] titres mettant en scène le commissaire San-Antonio, personnage-pseudonyme qui entrera au Panthéon des héros populaires de la littérature française. Dès le départ, Frédéric Dard impose une œuvre unique en son genre, où la truculence et la vitalité rabelaisienne du héros n'ont d'égal que le génie du verbe de l'auteur.

En parallèle des *San-Antonio*, Frédéric Dard publie, sous son nom ou sous de nombreux pseudonymes, des romans noirs, des ouvrages de suspense psychologique, des « grands romans » ainsi que des nouvelles. En tout, près de 300 livres, vendus à plus de 220 millions d'exemplaires, qui font de lui l'un des écrivains les plus prolixes de la seconde moitié du XXe siècle, et de son œuvre – qui se complète d'articles, de collaborations au théâtre, à la télévision et au cinéma – l'un des patrimoines de la littérature française.

Frédéric Dard est décédé le 6 juin 2000, à l'âge de 78 ans.

N’EN JETEZ PLUS !

DU MÊME AUTEUR

Depuis 2003, les San-Antonio sont numérotés par ordre chronologique d'écriture de Frédéric Dard, qui est aussi l'ordre originel des parutions.
Cette décision entraîne un changement de numérotation des S-A nos 1 à 107. Par contre, la numérotation des S-A nos 108 à 175 reste inchangée. (Voir à la fin de ce volume le tableau de correspondance entre l'ancienne numérotation et celle indiquée ci-dessous.)

ANNÉES 50

1 *Réglez-lui son compte !*
2 *Laissez tomber la fille*
3 *Les souris ont la peau tendre*
4 *Mes hommages à la donzelle*
5 *Du plomb dans les tripes*
6 *Des dragées sans baptême*
7 *Des clientes pour la morgue*
8 *Descendez-le à la prochaine*
9 *Passez-moi la Joconde*
10 *Sérénade pour une souris défunte*
11 *Rue des Macchabées*
12 *Bas les pattes !*
13 *Deuil express*
14 *J'ai bien l'honneur... de vous buter*
15 *C'est mort et ça ne sait pas !*
16 *Messieurs les hommes*
17 *Du mouron à se faire*
18 *Le Fil à couper le beurre*
19 *Fais gaffe à tes os*
20 *À tue... et à toi*
21 *Ça tourne au vinaigre*
22 *Les Doigts dans le nez*
23 *Au suivant de ces messieurs*
24 *Des gueules d'enterrement*
25 *Les anges se font plumer*
26 *La Tombola des voyous*
27 *J'ai peur des mouches*
28 *Le Secret de polichinelle*
29 *Du poulet au menu*
30 *Tu vas trinquer, San-Antonio*
31 *En long, en large et en travers*
32 *La Vérité en salade*
33 *Prenez-en de la graine*
34 *On t'enverra du monde*
35 *San-Antonio met le paquet*
36 *Entre la vie et la morgue*
37 *Tout le plaisir est pour moi*

ANNÉES 60

38 *Du sirop pour les guêpes*
39 *Du brut pour les brutes*
40 *J'suis comme ça*
41 *San-Antonio renvoie la balle*
42 *Berceuse pour Bérurier*
43 *Ne mangez pas la consigne*
44 *La Fin des haricots*
45 *Y a bon, San-Antonio*
46 *De « A » jusqu'à « Z »*
47 *San-Antonio chez les Mac*
48 *Fleur de nave vinaigrette*
49 *Ménage tes méninges*
50 *Le Loup habillé en grand-mère*
51 *San-Antonio chez les « gones »*
52 *San-Antonio polka*
53 *En peignant la girafe*
54 *Le Coup du père François*
55 *Le Gala des emplumés*
56 *Votez Bérurier*
57 *Bérurier au sérail*
58 *La Rate au court-bouillon*
59 *Vas-y, Béru !*
60 *Tango chinetoque*
61 *Salut, mon pope !*
62 *Mange et tais-toi*
63 *Faut être logique*
64 *Y a de l'action !*
65 *Béru contre San-Antonio*
66 *L'Archipel des Malotrus*
67 *Zéro pour la question*
68 *Bravo, docteur Béru*
69 *Viva Bertaga!*
70 *Un éléphant, ça trompe*
71 *Faut-il vous l'envelopper ?*
72 *En avant la moujik!*

ANNÉES 70

73 *Ma langue au chah*
74 *Ça mange pas de pain*
75 *N'en jetez plus !*
76 *Moi, vous me connaissez ?…*
77 *Emballage cadeau*
78 *Appelez-moi chérie*
79 *T'es beau, tu sais !*
80 *Ça ne s'invente pas*
81 *J'ai essayé : on peut !*
82 *Un os dans la noce*
83 *Les Prédictions de Nostrabérus*
84 *Mets ton doigt où j'ai mon doigt*
85 *Si, signore !*
86 *Maman, les petits bateaux…*
87 *La Vie privée de Walter Klozett*
88 *Dis bonjour à la dame*
89 *Certaines l'aiment chauve*
90 *Concerto pour porte-jarretelles*
91 *Sucette boulevard*
92 *Remets ton slip, gondolier*
93 *Chérie, passe-moi tes microbes !*
94 *Une banane dans l'oreille*
95 *Hue, dada !*
96 *Vol au-dessus d'un lit de cocu*
97 *Si ma tante en avait*
98 *Fais-moi des choses*
99 *Viens avec ton cierge*
100 *Mon culte sur la commode*
101 *Tire-m'en deux, c'est pour offrir*

ANNÉES 80

102 *À prendre ou à lécher*
103 *Baise-ball à La Baule*
104 *Meurs pas, on a du monde*
105 *Tarte à la crème story*
106 *On liquide et on s'en va*
107 *Champagne pour tout le monde !*
108 *La Pute enchantée*
109 *Bouge ton pied que je voie la mer*
110 *L'Année de la moule*
111 *Du bois dont on fait les pipes*
112 *Va donc m'attendre chez Plumeau*
113 *Morpions circus*
114 *Remouille-moi la compresse*
115 *Si maman me voyait !*
116 *Des gonzesses comme s'il en pleuvait*
117 *Les Deux Oreilles et la queue*
118 *Pleins feux sur le tutu*
119 *Laissez pousser les asperges*
120 *Poison d'avril ou la vie sexuelle de Lili Pute*
121 *Bacchanale chez la mère Tatzi*
122 *Dégustez, gourmandes !*
123 *Plein les moustaches*
124 *Après vous, s'il en reste, monsieur le Président*
125 *Chauds, les lapins !*
126 *Alice au pays des merguez*
127 *Fais pas dans le porno…*
128 *La Fête des paires*
129 *Le Casse de l'oncle Tom*
130 *Bons baisers où tu sais*
131 *Le Trouillomètre à zéro*
132 *Circulez ! y a rien à voir*
133 *Galantine de volaille pour dames frivoles*
134 *Les morues se dessalent*
135 *Ça baigne dans le béton*
136 *Baisse la pression, tu me les gonfles !*
137 *Renifle, c'est de la vraie*
138 *Le Cri du morpion*
139 *Papa, achète-moi une pute*
140 *Ma cavale au Canada*
141 *Valsez, pouffiasses*
142 *Tarte aux poils sur commande*

ANNÉES 90

143 *Cocottes-minute*
144 *Princesse patte-en-l'air*
145 *Au bal des rombières*
146 *Buffalo Bide*
147 *Bosphore et fais reluire*
148 *Les cochons sont lâchés*
149 *Le hareng perd ses plumes*
150 *Têtes et sacs de nœuds*
151 *Le Silence des homards*
152 *Y en avait dans les pâtes*

153 *Al capote*
154 *Faites chauffer la colle*
155 *La Matrone des sleepinges*
156 *Foiridon à Morbac City*
157 *Allez donc faire ça plus loin*
158 *Aux frais de la princesse*
159 *Sauce tomate sur canapé*
160 *Mesdames, vous aimez ça*
161 *Maman, la dame fait rien qu'à me faire des choses*
162 *Les huîtres me font bâiller*
163 *Turlute gratos les jours fériés*
164 *Les eunuques ne sont jamais chauves*
165 *Le pétomane ne répond plus*
166 *T'assieds pas sur le compte-gouttes*
167 *De l'antigel dans le calbute*
168 *La Queue en trompette*
169 *Grimpe-la en danseuse*
170 *Ne soldez pas grand-mère, elle brosse encore*
171 *Du sable dans la vaseline*
172 *Ceci est bien une pipe*
173 *Trempe ton pain dans la soupe*
174 *Lâche-le, il tiendra tout seul*
175 *Céréales killer*

HORS SÉRIE

Histoire de France
Le Standinge
Béru et ces dames
Les Vacances de Bérurier
Béru-Béru
La Sexualité
Les Con
Les Mots en épingle de Françoise Dard
Queue-d'âne
Les Confessions de l'Ange noir
Y a-t-il un Français dans la salle ?
Les clés du pouvoir sont dans la boîte à gants
Les Aventures galantes de Bérurier
Faut-il tuer les petits garçons qui ont les mains sur les hanches ?
La vieille qui marchait dans la mer
San-Antoniaiseries
Le Mari de Léon
Les Soupers du prince
Dictionnaire San-Antonio
Ces dames du Palais Rizzi
La Nurse anglaise
Le Dragon de Cracovie
Napoléon Pommier

ŒUVRES COMPLÈTES (vingt-neuf tomes parus)

MORCEAUX CHOISIS

1. *Réflexions énamourées sur les femmes*
2. *Réflexions pointées sur le sexe*
3. *Réflexions poivrées sur la jactance*
4. *Réflexions appuyées sur la connerie*
5. *Réflexions sur les gens de chez nous et d'ailleurs*
6. *Réflexions passionnées sur l'amour*
7. *Réflexions branlantes sur la philosophie*
8. *Réflexions croustillantes sur nos semblables*
9. *Réflexions définitives sur l'au-delà*
10. *Réflexions jubilatoires sur l'existence*

Mes délirades

SAN-ANTONIO

N'EN JETEZ PLUS !

POCKET

Les éditions Pocket remercient Serge Amoré,
membre de l'Association des Amis de San-Antonio,
pour son aimable et précieuse collaboration.

FSC
www.fsc.org
MIXTE
Papier issu de
sources responsables
FSC® C003309

Pocket, une marque d'Univers Poche,
est un éditeur qui s'engage pour la
préservation de son environnement et
qui utilise du papier fabriqué à partir
de bois provenant de forêts gérées de
manière responsable.

ISBN 978-2-266-26802-8
ISSN 0768-1658

À Jean-Jacques DUPEYROUX
et Jean-Claude SOYER
mes pépiniéristes et mes amis.
En témoignage de profonde
reconnaissance.

San-A.

CHAPITRE PREMIER

PAS DE PANIQUE :
BÉRU EST AUX COMMANDES !

— V's' auriez-t'y pas un french baveux, ma colombe ? demande Bérurier-le-preux à la charmante hôtesse d'El Al ; biscotte vos canards en godiche[1], j' sais pas de quel côté faut les tenir pour les lire.

Ça y est ! Le voilà cassé, le Gros. Fin rond, beurré comme poularde au four !

Je le pousse du genou.

— Écrase, Abomination ! lui enjoins-je. Pas la peine de t'être fringué en rabbin pour venir donner ton récital de goye aviné !

Il pose sur moi un regard pareil à deux petits drapeaux japonais.

— On peut z'être le rabbin Abraham Bérurheim et préférer *France-Soir* aux journaux écrits rien qu'av'c des virgules gothiques, non ? On peut z'être israélien

1. Béru veut sûrement dire « en yiddish ».

et avoir une prédication pour la presse française, quoi merde ! C'est quéque chose, la presse française ! Pas dans ce qu'é raconte, mais dans la manière de le raconter. T'as toujours l'impression que c'est textuel. J' lu ferais qu'un reproche : ses encres ! La presse française, faut reconnaître : elle déteint. Si t'as le malheur de t'en torchonner le recteur, aux vouatères, tu te retrouves avec la photo de Tony et Margaret sur les miches, ou bien celle de Maurice Choumane, c' qu'est plus grave. Un jour que j'allais au toubib, pour lui présenter mes émeraudes sur champ d'azur, j'avais écrit « Une fuite de gaz fait deux morts » en caractères gras sur le beigneur. Et Berthe ! tiens, une fois, comme je m'apprêtais à lui interpréter « Hue Cocotte », façon afghane, je lui avise les cours de la bourse en travers du prosibus. Tu juges ? Ça m'a déconcerté les élans affectifs, d'autant mieux que la bourse était en baisse !

La voix du Mastar se fait de plus en plus évasive et inaudible. Il finit par piquer du nez et il s'endort d'un sommeil d'ange ivre mort. Je préfère ses ronflements à ses divagations : ils sont moins compromettants.

C'est le coéquipier à toute épreuve, Bérurier, nous sommes parfaitement d'accord sur ce point, seulement dans les missions subtiles, faut se l'effacer, pépère ! Avant tout éviter la chopine nocive. Mais le moyen de le sevrer quand il voyage en first, le Dodu ? C'est la biture assurée, comprise dans le titre de transport. Un Alexandre-Benoît ceinturé à son siège, que voudriez-vous qu'il fasse d'autre ? Il s'est gloutonné quatre plateaux. Il a liquidé des apéros et du champagne entre Paris et Rome ! Il a vidé deux boutanches de bordeaux entre Rome et Athènes. Et il a pris le relais au whisky en attendant qu'on se pose à Tel-Aviv. Un numéro inouï ! L'hôtesse n'en revenait pas d'avoir un passager si exigeant. Il réclamait de la musique, Mon Saigneur ! Insistait pour qu'on lui passe un disque de Pierre Perret. À défaut il aurait accepté une sucrerie d'Haricot Machiasse. Il a raflé presque tous les petits flacons de liqueur quand on a passé la corbeille. Tous les bonbons pré-décolleurs et pré-atterrisseurs. À présent, repu, gonflé, violet, il récupère dans un grondement sauvage dont l'intensité domine celle des réacteurs. L'art de passer inaperçu, il l'a au plus haut point, le poussah. « Tout en finesse, messieurs ! », que nous avait recommandé le Boss ! Cause toujours ! Réclamer de « la finesse » à Bérurier dénote de la part du Vieux un reste de candeur que j'étais loin de lui soupçonner !

Dans son costard noir, élimé, made in « Carreau du Temple » dont les revers ressemblent à une palette de peintre (on y trouve même un petit rond de tomate qui lui confère la rosette), il fait obstinément abject, mon pote ! Une vraie dégoûtation vivante ! Voyager au côté de ce tas d'ordures est aussi sympa que de manger une fondue dans une léproserie !

On déplore sa condition humaine, à s'exhiber avec lui. On se sent rat d'égout ! Bref, comme disait un publicitaire : « Ça l'affiche mal. »

Tout en finesse ! J'eusse aimé le prendre à part, notre pépère qu'êtes odieux, pour lui demander s'il causait par galéjade, ou bien s'il n'avait pas oublié ses granulés pour la gamberge.

De la finesse, Béru ! Vous mordez ce mirage ? De quoi s'en claquer les jambons. Seulement, le Dabe, quand il est lancé sur une affaire, il s'emberlif dans les gravités solennelles. Il prend son visage marmoréen, style Maréchal-nous-voilà-dans-de-beaux-draps, l'œil crispé, les sourcils horizontaux, la bouche qui distribue les mots. De temps en temps, il remue un bout d'oreille, une aile de pif, un auriculaire, manière d'indiquer qu'il est vivant et que ce qu'on entend ne tombe pas d'un robot fringué en M'sieur-le-directeur.

— Mes chers amis, je vous ai réunis pour vous charger d'une affaire extrêmement délicate. Je vous préviens tout de suite qu'aucune autre ne m'a jamais autant tenu à cœur que celle-ci. Il faut que vous vous surpassiez. J'attends de vous des prouesses.

Sa voix froide paraissait vouloir s'abîmer sur les fins de paragraphe, mais le point qui la ponctuait nivelait le débit du Vieux. Il repartait d'un ton placide, lent et glacé afin de stimuler notre intérêt.

— Peut-être le savez-vous, mes amis, mais de tous les services d'espionnage étrangers qui sévissent en France, le plus actif est probablement le service israélien. Aussi le surveillons-nous étroitement.

Le Dabuche ouvrit son tiroir et, contrairement à toute attente, en sortit une petite bouteille de Perrier munie d'un bouchon de liège. Il prit également un verre et se servit une rasade qui, à notre grande surprise ne pétilla pas ; or le Perrier éventé est aussi insipide qu'un livre de Mme Agaga Christie qu'on a déjà lu. Le Dirlo puisa une boîte de pilules dans son gousset, lui fit pondre un comprimé moins gros qu'une chiure de mouche et le goba en s'aidant de la rasade d'eau.

— Grippe ? m'enquis-je.

Le Vioque opina.

— Un vague début que je cherche à neutraliser.

Bérurier reniflait avec la frénésie d'un sanglier sur le point de mettre à jour un banc de truffes.

— La vodka, c'est radical quand on a la crève, approuva-t-il. Rebouchez bien vot' flacon, Patron, que la vôtre pourrait s'éventrer.

Le Boss eut un frémissement de la glotte et ses yeux se firent aussi cordiaux que deux trous de balle de constipés. Il remisa sa panoplie et grommela en poussant vers moi un feuillet estampillé « *Ultra Confidentiel* »

— Nous avons capté et décodé ce message en provenance de Tel-Aviv.

Je lis :

« *Bravo d'avoir réussi à démasquer Von Chichmann. Sa position actuelle rend toute action délicate. Avant d'intervenir rentrez à Tel-Aviv pour grand conseil* »

— Von Chichmann, le bourreau nazi ? demandai-je.

— D'après ce message, il semblerait que oui.

— Je croyais qu'il était mort.

— Ces messieurs ne semblent pas partager votre opinion.

Il y eut un quasi-silence, à peine troublé par des borborygmes béruréens consécutifs à un haricot de mouton.

Je pigeais mal ce que nous venions branligoter dans tout ça, la Gonfle et moi. Que les Juifs règlent leurs comptes en retard, sans s'occuper de la prescription, me semblait étranger à mes propres activités. Je suis pas un dégusteur de vengeance surgelée, mais j'empêche pas les autres de s'en faire péter la sous-ventrière. De là à prendre leurs patins y a une marge. Les criminels qu'on alpague vingt-cinq ans après leurs crimes ne sont plus des criminels et j'ai, comme beaucoup, l'impression qu'on liquide des innocents. Voire ! J' sais pas très bien… J'émets… Je cherche à comprendre. Nos actes nous précèdent et nous suivent. On est pris dans leurs ficelles comme un parachutiste empêtré dans ses sustentes. À peine commis, ils prennent barre sur nous, ne nous lâchent plus, plus jamais ! On naît d'eux, par à-coups.

Ils accouchent de nous, au fil des ans. Pas moyen de les fuir, de se séparer d'eux. Je me rappelle, au lycée, garnement comme point d'autres, j'étais ! La vérolerie de la classe, toujours prêt à allumer la mèche ! La hantise des profs ! Meneur et déclencheur de cataclysme. Contestataire d'avant la lettre. Semeur de merde ! Géniteur de mouvements. Habile, ça oui, je m'en flatte bassement. Technicien du grabuge ! Manœuvrier diabolique, sachant distribuer les rôles ! Avec, par-dessus tout ça, une couche de grande candeur. Un rayonnement bien radieux, dégoulinant d'innocence frelatée. Brillant mauvais sujet, pomme en math, mais ardent en français.

Au début, on ne savait pas très bien où me situer : charogne délinquante, ou bien faible inconscient ? Ils se tâtaient, mes maîtres. Se posaient des questions. Avec certains, j'étais un ange éperdu de bien faire. Avec d'autres, la vraie salope. Ils confrontaient mes turpitudes et mes qualités, soupesaient mes actes, quoi !

Pendant des années j'ai maintenu l'équilibre. J'avais des défenseurs et je m'en servais. Et puis un jour, en classe de français, une connerie m'a échappé, me rappelle plus laquelle. Mon prof, pourtant, je l'adorais à la dévotion, mais le tempérament, ça ne se jugule pas.

Je le revois, Clément, avec ses grosses lunettes d'écaille noire, ses cheveux bruns, très lissés, son air sérieux. Il s'est arrêté de causer pour me regarder. J'ai senti sa surprise, sa déception. Il m'a fait signe d'approcher de sa chaire. J'y suis allé d'un pas mou.

— Je viens de comprendre une chose, m'a-t-il chuchoté à l'oreille, c'est que vous êtes un fumiste !

Simplement. Un nouveau signe pour me congédier. Croyez-moi, les mecs, c'est un grand malheureux qui s'est affalé sur son banc. Un gars vidé, ruiné, perdu, démasqué. L'auréole s'est éteinte. Je me suis senti seul, rejeté par moi-même, fini. Ce jour-là, on m'a diagnostiqué mon mal pour toujours. Je suis un fumiste. J'acharne à faire illusion, je mobilise tout mon savoir. J'éxécute les pirouettes savantes pour détromper. J'y parviens. On me croit quelqu'un, de-ci, de-là. On me gratule. Les coups de bitos pleuvent. Les salamalecs à n'en plus finir. « Et bonjour, môssieur San-Antonio, que vous êtes joli, que vous me semblez beau ! » Y me baiseraient les burnes, certains, si je leur en faisais part. Et moi j'ai envie de les relever, magnanime, façon Charles VII retapissé par Jeanne of Arc. Envie de leur dire : « Vous fatiguez pas, mes drôles, calmez-vous la frénésie. Rangez vos dévotions dans votre pot à vaseline, j' sus qu'un fumiste, un charlatan, un piège à cons, un gobe-mouche-à-merde ! J'ai joué à vous chambrer. »

Toujours, je sens l'œil à Clément posé sur moi. Un œil empli d'une brusque vérité. Un œil qui vient de découvrir. Un œil qui a vu des révélations. Et j'entends sa voix aussi. Il avait l'accent du midi, léger. Une vraie hantise calamiteuse. « Je viens de comprendre une chose, c'est que vous êtes un fumiste. » Des années durant j'ai essayé d'ergoter avec ma conscience. De plaider non coupable. Un jour, passant par Marseille, j'ai cherché mon ancien prof dans l'annuaire et l'y ai découvert. Le cœur battant, comme lorsque je m'approchais de sa table, j'ai composé le numéro. Une voix de femme m'a répondu. Sa femme. « M'sieur Clément ? Mais qui le demande ? Il est mort, monsieur ! Le mois dernier. »

Merde ! Vertige ! Dégringolade. J'aurais tellement voulu lui expliquer pour tenter d'y voir clair en moi-même… À nous deux on aurait essayé de comprendre. Trop tard, j'étais marron. Fumiste pour toujours… Bon, je déconne déjà. Un vrai lavement, votre San-A.

— En quoi sommes-nous concernés par cette affaire Von Chichmann, monsieur le directeur ? j'ai demandé au bout du compte.

— En ceci, mon cher ami, a rétorqué le Vieux : *je ne veux pas qu'il arrive quoi que ce soit de fâcheux à ce pseudo criminel de guerre ! Compris ?*

C'est tombé façon couvercle de sous-marin avant la plongée. Blouingg ! Proféré de telle sorte qu'il n'y avait aucune question à poser. Mais alors aucune !

— Voici l'identité des deux agents israéliens qui ont reçu ce message, a repris Pépère. Ils ont immédiatement retenu des places en *first* sur le vol de demain pour Israël. J'ai pris deux autres places pour vous, messieurs. J'entends que vous suiviez les deux hommes et ne perdiez pas le moindre de leurs faits et gestes. Vous devenez leurs ombres, comprenez-vous ! Essayez de savoir ce que le grand conseil dont il est question sur le message va décider à propos de Von Chichmann. Ensuite, par tous les moyens, je dis bien : par tous les moyens, empêchez que l'on nuise à cet ancien nazi. C'est tout, messieurs. Mes vœux les plus ardents vous accompagnent. De l'énergie, beaucoup d'énergie, et surtout agissez tout en finesse, messieurs !

Le rabbin Bérurheim a un râle effroyable, signe que ses végétations le turbulent. D'un coup de latte dans les tibias je tente de le rendre silencieux, mais on n'a jamais fait stopper une locomotive en shootant dans ses bielles. Le Gravos renchérit du tarin et de la gorge. C'est la violente débâcle de ses muqueuses.

Lui excepté, tout le monde est parfait à bord. Au premier rang, nos deux clients lisent des magazines américains. L'hôtesse vaque à ses aimables occupations et le reste des passagers somnole à l'unisson. Si l'on ne s'entendait pas voler, on entendrait voler une mouche.

La voix du commandant de bord retentit brusquement dans l'amplificateur :

— Votre attention, s'il vous plaît, les passagers situés à gauche de l'appareil peuvent apercevoir la côte libanaise sans majoration de prix. Merci.

Les gauchers s'écrasent d'un commun accord le pif sur la vitre de leur hublot et regardent dans une brume bleutée une langue de terre brune et ocre, tout en bas.

Satisfaits, ils reprennent des poses alanguies. Une douce torpeur règne dans l'avion. On se sent confortable. Je me tâte pour savoir si je vais fumer un Davidoff. Je décide qu'oui. C'est au moment (voluptueux) de l'allumer que l'événement se produit. L'hôtesse préposée à la classe touriste débouche dans la partie des premières après s'être quelque peu battue avec le rideau de séparation. Ce phénomène provient du fait qu'elle se déplace à reculons. Sur le coup, je crois qu'elle trimbale un petit chariot de cigarettes et je la regarde d'un œil d'autant plus évasif qu'elle est vachement locdue. Un vrai boudin capable de faire dégobiller un singe. Seulement où je réagis, mes gamins, c'est quand j'aperçois le canon d'un revolver braqué sur le plexus de la donzelle. Et, comme un malheur ne vient jamais seul, le pétard en question est pourvu d'un index sombre délicatement posé sur la détente. Il prolonge une main, laquelle termine un bras, qui est rattaché au tronc d'un grand type basané dont le regard flamboie.

« Allons donc, me dis-je en aparté, cela existe donc, ces choses-là ! »

J' sais pas si vous êtes comme moi, et d'ailleurs je m'en fous prodigieusement, mais j'ai toujours tendance à considérer les faits divers comme des abstractions. L'homme est salingue à force d'égoïsme, avouez ! Un tremblement de terre, un naufrage, un déraillement, appartiennent pour moi au domaine de la fiction. On y croit sans y croire. Ça se situe dans une autre dimension : celle de votre absence. Car pour tout homme, l'univers se divise en deux parties extrêmement distinctes. Il y a le monde avec lui et le monde sans lui.

Selon que vous soyez présent ou absent les choses « existent » ou font « semblant d'exister ».

Mon premier réflexe est une réaction de marrade. Un détournement de zinc, c'est cocasse, dans un sens. Ce gros n'avion soumis à des lois strictes, cette machine valant des centaines et des centaines de millions qu'un pégreleux prend soudain la fantaisie d'utiliser à sa guise, ça me paraît farce. Une farce coûteuse, certes, mais poilante pour qui aime l'humour jusque dans ses manifestations les plus extravagantes. Seulement, mon second réflexe est soumis à ma conscience professionnelle. Je me tiens le raisonnement ci-dessous.

T'es dans un zinc israélien dont la destination est Tel-Avoche. Si un dégourdi le déroute, c'est pour l'emmener dans un lieu tout à fait opposé, en l'occurrence un pays arabe. Une fois posé sur un aéroport musulman, ça va être la grande fiesta pour les Juifs du bord et notamment pour les deux agents que nous suivons. Notre mission risque fort de tourner court. Conclusion, faut que j'intervienne avant que mon histoire continue en cacascope-couleur. J'attends que le pointeur ait complètement pénétré en *first* pour agir. Il passe tout contre moi. Manière de le confiancer, je fais mine d'en écraser. Ça y est, il est passé. Souple comme un puma (vous voyez ce que je veux dire) je me ramasse, je bande mes muscles (j'ai la manière) et je bondis. Une manchette ! Sur la nuque ! Rrran ! À toute volée. Je m'écroule, car c'est mézigue qui vient de se la respirer. Quelqu'un, derrière a été plus prompt que moi et m'a fauché en plein ciel de gloire. Sottement, j'avais cru qu'il s'agissait d'un cas isolé. Eh ben non, mes trésors : ils sont plusieurs.

Que dis-je, plusieurs ! Ils sont nombreux ! Je suis mou de la coiffe, mais j'ai pas coulé dans le sirop. Me rends compte de tout. Ça énergumène drôlement sur El Al ! Une tripotée de gars décidés ! Qu'est-ce que je raconte, une tripotée ! Ils sont plus que ça ! Peut-être que je les vois double, notez, avec le parpaing que j'ai bloqué sur la coloquinte ! L'un d'eux m'attache avec une sangle élastique. Comme il serre à outrance, je suis totalement paralysé. Pendant qu'il s'active, plusieurs de ses potes investissent le poste de pilotage. À cet instant, les deux agents israéliens interviennent. Rapière au poing ! Seulement, sachant le danger que représente un coup de feu à bord, ils n'osent défourailler.

— Attention ! crie le chef du commando arabe en les apercevant. Ils sont deux et nous sommes seuls !

Un de ses compagnons qui vient de débouler des touristes agit avec une promptitude que je qualifierais volontiers de foudroyante si je n'avais la hantise du pléonasme. Il fait un geste. L'un de nos deux « clients » ouvre la bouche pour un cri qui ne sort pas. Il a un poignard planté en pleine gorge. Allez donc chanter la tyrolienne avec ce machin-là dans la glotte. C'est tout juste si on peut rire à gorge déployée ! Un flot de sang jaillit, souillant les banquettes. Le pauvre bougre tombe à genoux et gargouille. Je vois sa tête exsangue s'abattre dans la travée. Il a le regard révulsé. Un dernier râle caverneux. Stop ! Mortibus ! Et dire qu'il était peut-être père de quatre enfants.

Conscient de son impuissance, son camarade largue son feu. Mon ligoteur s'occupe alors de lui et le momifie sur son siège.

Tandis que se déroulent les événements ci-dessus, je perçois du grabuge en provenance du poste de pilotage. On dirait que l'équipage ne se laisse pas bricoler facilement. On entend des « blong », des « tchplaoff », des « faloumb », des « haaaaaarh » ; maintenant voici des cris, des plaintes et des râles. Une tuerie ! Une hécatombe ! On voit surgir le radio, les mains croisées sur ses entrailles fumantes qui lui échappent. Un des assaillants traîne le copilote mort hors de la cabine par ses bretelles (car il n'a pas de cheveux). Vous croyez la lutte terminée, vous autres niais ? Que non point ! Ça tohubohute toujours. Le bruit des gnons sur la chair d'homme, c'est pire encore que çui de l'œuf dur sur un comptoir de zinc, n'en déplaise à Prévert.

J'en soupçonne un de morfler la dérouillanche du siècle ! Quelle pluie, mes aïeux ! La tornade rouge ! On entend le glingling de ses dents pleuvant sur les appareils du bord. Encore des râles. Des onomatopées dramatiques ! De louches interjections ! Une funèbre exclamation ! Puis un silence enfin qui désendolore mes tympans. Un silence… tragique, voilà, faut bien puiser dans la panoplie des souverains poncifs. Tragique ; absolument.

L'un des agresseurs réapparaît et enjambe le radio expirant. Il masse ses pauvres phalanges endolories par les anneaux d'acier du coup-de-poing américain dont il s'est servi.

— Terminé ! annonce-t-il fièrement au chef du commando.

— Le commandant a accepté de changer de cap ?

— Non : li mort !

— Ça l'apprendra, approuve le chef (qui n'est autre que le grand maigre frisé du début de l'action).

Il réfléchit un peu, puis murmure :

— Mohamed !

— Qu'est-ce ti veux ? demande l'homme au coup-de-poing amerlock.

— Tu me dis comme ça, le commandant li mort ?

— Li mort même chose qu'une merguèse, Mohamed.

Mohamed hoche la tête (il branlerait le chef s'il n'était chef lui-même).

— Bon, fait-il, le commandant li mort. Le second pilote li mort aussi, ajoute-t-il en désignant le cadavre du chauve qu'on dut traîner par les bretelles. Et puis le radio galement li mort. Alors dis-moi, Messaoud, qui c'est qui conduit la vion ?

Messaoud étudie la question, puis répond d'un ton penaud :

— Pli personne, Mohamed !

— Alors si pli personne il conduit la vion, la vion elle tombe, bredouille le chef de ce coup de main téméraire.

Ses acolytes se mettent à vociférer, à s'entr'engueuler pour leur imprévoyance. Ils ont lessivé l'équipage sans mesurer les conséquences de leur massacre. Ils cherchent à se rejeter les responsabilités de cette sotte initiative l'un sur les autres.

En attendant, l'appareil placé en position de pilotage automatique continue sa route dans l'azur poudré d'or. Peut-être cette situation vous amuse-t-elle, mes vaches ? Si c'est le cas, tant mieux, mais de mon côté, je mouille ma limace, croyez-moi.

Perplexe – on le serait à moins –, le chef écarte les rideaux nous isolant de la classe touriste et demande à la cantonade :

— Y a-t-il un pilote de ligne dans la salle ?

Personne ne moufte. Je fais un effort pour me retourner, malgré mes sangles élastiques, je n'aperçois que des bouilles affligées, des yeux hagards, des fronts ruisselants de sueur.

— Bon, grommelle Mohamed. Alors y a-t-il au moins un gonze capable di mener la vion à distination ? Tout l'équipage li mort pour avoir joué au con. Si personne prend li commande, je t'issure qu'on se casse tout le monde la gueule recta.

À peine a-t-il annoncé la chose que la panique éclate à bord. On franchit dare-dare le mur du son des lamentations, mes gueux ! Ah ! ce tollé ! Ces implorades ! Ces gérémies ! Ces folleries ! Y en a qui détachent leur ceinture et qui courent à la porte du fond sur laquelle ils cognent à coups redoublés (voire quadruplés) en hurlant : « Ouvrez ou on enfonce ! » Y a ceux qui pleurent en certifiant qu'ils ont le droit de vivre. Un gros banquier propose de faire une traite à quatre-vingt-dix jours avalisée par les Rothschild. Une dame perd la raison dans la bousculade, ne la retrouve pas et se met à chanter l'*Internationale* d'une voix de soprano. Un rabbin (un vrai) sort son rasoir de son attaché case et commence à se raser. C'est le délire ! La grande chiasse collective ! D'ailleurs, ça sent ! La première chose qu'il fait, l'homme paniqué, c'est de se vider. Sa boyasserie joue relâche ! Aucun constipé ne peut résister à ça. Les pilules Miraton ? Knock out ! La peur est souveraine ! Laxative pire que toutes les ricins. Une apothéose merdeuse, on assiste ! Le chiotte *über alles* ! La liquéfaction malodorante !

Les camarades du commando, faut leur reconnaître une chose : ils s'engueulent mais ils n'ont pas les jetons. Mohamed, surtout, reste magnifique de sang-froid.

— Deuxième appel, crie-t-il en frappant dans ses mains nerveuses, y a-t-il un gonze capable d'atterrir la vion parmi vous ? Si oui, qu'y se fasse connaître, li z'ôtres peuvent descendre en marche ! Je li retiens pas !

Dans les cas les plus désespérés, donc les plus doux, il se produit toujours un élément de détente. Cette fois, cet élément a nom Bérurier. Probable que le brouhaha l'a réveillé. Malgré sa monstre peinture il a pris conscience de la situation et il juge opportun de se manifester, le Formide.

— Bon, aboule le manche, mec, déclare-t-il à l'arabe en se dressant malaisément, j' vas essayer de te la poser sur l' gazon, ta lampe à souder.

Mohamed le défrime d'un œil soucieux.

— Ti sais conduire la vion, toi ?

— Je veux, mon neveu ! Au carrousel aérien de la Foire of the Trône je fais toujours la pige à Alfred, dont lequel a cependant fait son service dans l'aéroporté ! Et si je te dirais : à la communale, mes avions de papelard faisaient fureur. J'étais le Dassault de la classe. De plus, si tu l'ignores je te l'apprends, mais j' sus tributaire d'un permis de conduire poids lourd. Donc tu vois que si y a quéqu'un d'hautement qualifié pour poser c' zinc, c'est bien Alexandre-Benoît Bérurier !

Lorsque vos jours sont en danger, il vous vient des témérités stupéfiantes. Moi, je l'aime bien, le Dodu, seulement de voir ce sac à vinasse jouer les pilotes de ligne, ça me fait friser les poils occultes.

— Bougre d'enflure porcine ! bramé-je. Tu vas nous faire péter le museau à tous avec tes couenneries. Moi, je veux bien essayer de le driver, ce putain de zinc.

— Toi ! ironise l'Épouvantable !

— J'en ai pas déjà posé un dans *Béru-Béru*, non ?

— Causons-en : un vieil os qui datait d'avant cent os du mont ! Et faut voir dans quel état il était à l'arrivée : le marché aux puces à lui tout seul ! Écoute-le pas, mon z'ami : il joue les casseurs pour épater les passagères. C't' un mec, l'occasion se présente d'en installer, il saute dessus à pieds joints comme un thermomètre dans un trou de balle !

Le pirate de l'air est en train de peser le pour et le contre. Probable qu'il a oublié de faire la tare car il opte pour Bérurier. Force m'est donc d'entrer en moi-même et de me préparer à l'inévitable. Le moment définitif, parce que dernier de ma vie est-il arrivé ? J'en jurerais, bien que je n'aie pas pour habitude de mourir au début d'un bouquin. C'est couillonnant, une dernière minute, une fois qu'on est bien certain qu'elle est la dernière. L'homme a l'impression que chaque instant qu'il vit est un passage qui le conduit à une plénitude terrestre. Il espère quelque arrêt du temps, un jour ou l'autre. Un déboucher radieux sur un eden indiscible en forme de quotidien apothéosé. Mais les instants succèdent aux instants. Il attend toujours, espère farouchement. Parfois, au tournant d'un bonheur, il pense toucher au but. Mais non : la machine continue de débiter sa chierie de minutes infernales. Et le mec, lui, continue de « passer » en trottinant dans une éternité qui ne lui appartient pas.

Je dois pousser une mochetée frime. Hallucinant d'être à onze mille mètres dans un Jet sans pilote qui fonce à travers le ciel comme une météorite. Tant qu'il aura de la tisane, pour peu que le Gros ne touche à rien, on continuera de darder dans les azurs. Et puis, une fois les réservoirs à sec, on se soumettra aux lois implacables de la pesanteur et notre machine volante deviendra dès lors bête comme un caillou.

Les passagers arborent des visages tellement défaits que, vraiment, ça ne vaut plus le coup de les refaire.

La trogne rubiconde du Mastar se dresse dans l'encadrement du poste de pilotage. Mégalomane en diable, Béru a coiffé la casquette galonnée du défunt commandant.

— Méhames, messieurs, harangue-t-il, le commandant Bérurheim sans son équipage sont heureux de vous souhaiter la bienvenue à bord du *Judas Hisse Carotte* (c'est le nom de notre appareil). Nous volons à une attitude de dix mille mètres (il regarde par un hublot car l'appareil a amorcé une courbe descendante) non, rectifie le Gravos, de neuf mille cinq cents, et p't-être même de neuf mille vu qu'on penche du côté où qu'on va tomber. Brèfle, faut se grouiller. Si vous sauriez des prières efficaces, vous pouvez toujours les déballer ça ne mange pas de pain. Mais je vous préviens : je tolérerais aucune panique à bord. Le premier que je prends à fout' la merde, j' le passe à travers un n'hublot sans l'ouvrir. Là-dessus je vas m' met' en rapport a'v'c une tour de con drôle pour qu'on m'instructionne du sol. Si vous muselez pas vos gueules j'entendrai que pouic !

Il s'adresse au chef du commando.

— Toi, mon z'ami, tu nous as flanqués dans une ratatouille niçoise qu'est pas parfumée au romarin, alors rends-toi utile et mornifle les branques qui se pâment à haute voix, qu'au moins je puisse m'écouter penser.

Sur ces fortes paroles, il entre dans le poste de pilotage. Un silence d'autant plus religieux que l'avion emmenait des pèlerins à Jérusalem s'établit. Si le temps ne suspend pas son vol, nous autres nous suspendons notre souffle. On a les portugaises tendues aux bérureries provenant de la cabine.

— Bon, dit l'organe du Gros qui, pour être *off* ne manque pas pour autant de présence, voyons voir un peu le topo… Le casque… Bon, merde, il fait mal aux feuilles. Il avait une tête de nœud, le radio ! Où ce qu'il est, le contac ? Ce s'rait pas ce boutoniot, par hasard ? Non, ça, ça allume une lampe rouge sur un panneau où qu'a marqué *Danger*. Çui-là, p't-être. Ça siffle ! C'est déjà du bruit. « Allô, y a quéqu'un à l'appareil ? » Non, mes prunes ! Et si j'essayerais cette manette ? Qui sait !

Notre coucou se met brusquement à trépider comme si, au lieu de voler, il empruntait une route non carrossable.

— Pas ça non plus, poursuit calmement Pépère. Quel manche je fais ! Je parie que c'est le bouton là, sur le micro. Et j' le matais pas. C'est presque écrit dessus, comme le Port-Salut ! Allô, vous m'entendez ?

Un brouhaha éclate tout à coup : Sa Majesté vient enfin d'ouvrir le canal sonore.

— Hé, pas tous à la fois ! J' sais qu' les lignes sont chargées, mais m' bousculez pas les tympans ! fulmine le Copieux. Et puis d'abord arrêtez vot' charabia, j' sus poli, moi, j' vous cause en français ! Bon, voilà, ça y est ! Pardon, si je vous quoi ?... si je vous reçois ? Non, mais dites, faut pas vous envoler, mec ! À quel titre ou sous-titre je vous recevrais ? On se connaît même pas ! Ah, j'imagine la frite de ma bourgeoise si je recevrais quéqu'un qu'on ne connaît ni de Bièvre ni de l'Île-Adam... Vous êtes la tour de con drôle d'où ça ?... Répétez, j'entrave ballepeau !... Jamais entendu causer de ce bled, ou alors vous avez un défaut de prononciation ! Enfin brèfle, y a pire. Voilà pourquoi je vous téléphone, c'est rapport à un DC 8 dont l'équipage est décédé à la suite d'un incident de parcours et qu'on voudrait bien ramener entier sur le plancher des dromadaires ; seulement on n'a pas la notice sous la main. Si vous m'affranchissez pas au plus vite, on va rapidos se déguiser en tache, mes petits camarades et moi-même... Hein ?... Quelle compagnie qu'on appartient ?... El Al, biscotte ?... Pardon, répétez voir, pour voir ?... On peut crever !... Charmant ! Técolle, t'as sûrement pas été élevé rue des Rosiers, espèce d'enfoirure !... En tout cas, si t'avais aut' chose que la gomme arabique ramollie dans la pansarde, tu te douterais qu'a pas que de la youpinerie à bord. L'équipage est pas clamsé de la typhoïde. C'est des ratons surchoix qui l'ont bousillé… Tiens, je te vas passer l'un de ces messieurs, dis-y en face qu'il peut crever, tu vas voir ce qui va te répondre ! Oh ! Ben Couscous ! hèle Bérurier. Ramène ta fraise dans le secteur, j' sus t'en ligne a'v'c un pote à toi qu'a pas l'esprit boy-scout !

Mohamed se rend auprès du Gravos. Il se met à invectiver le terrien en termes si véhéments qu'il s'en étrangle. Pendant qu'il déblatère (le chameau blatère seulement), je coule un regard effaré à travers le hublot. La terre se rapproche, les gars. Plus exactement c'est nous qui nous rapprochons d'elle, mais inutile de jouer sur les termes (comme disait une concierge) car le résultat sera identique.

Maintenant on survole un désert ocre, émaillé çà et là de taches de verdure. À l'horizon une chaîne montagneuse, pas très haute, mais que nous percuterons si on continue de perdre de l'altitude.

La voix de Mohamed cesse de jacter en arabe :

— Tiens, fait-il à Béru, on va te passer un pilote pour il indique à toi li manœuvre !

— Recommandes-y qu'y soye poli ! avertit Béru, autrement sinon, t'iras te chercher un pilote de secours chez Plumeau. Allô ! Ici, le commandant Bérurheim. Vous disez ? Le bouton rouge à droite du monovalveur de compromission ? Qu'est-c'est c'te bestiole ? Et puis d'abord, des boutons rouges ça foisonne autour de moi. À croire qu'il a la varicelle, ce tableau de bord ! Comment ?… Entre le contacteur d'endurance et le polyvaleur stercouillé ?… Vous vous foutez de ma poire ou quoi t'est-ce ?… L'avez appris à piloter sur un tracteur agricole, mon gars ! Oh, mais y m' les brisent menu, ces connards ! Bon à nibe ! Vanneurs ! Je perds mon temps avec ces branques ! Je m'ai mis j' sais pas combien d'unités à perdre de la latitude tant et plus ! Crânes mous, va !

— Tu vas pouvoir la conduire sans li renseignements, la vion ? s'inquiète le chef pirate.

— À la jugeote, mec ! Tout dans le chou du bonhomme ! Pour commencer, je te vas le redresser, Médor ! Tiens, mate : je dégoubille le volant et je tire à moaaaaaaaaaa !

Comme il n'achève pas sa phrase, sous sa violente pression, le DC 8 pique droit dans les nuages, presque à la verticale ! Il n'était que temps car des pics rocheux se dressent à quelques mètres du fuselage.

Mais quelle secousse ! On a le cœur dans le gosier, la rate sous la vessie, les testicules par-dessus l'estomac, le foie en bandoulière, et les poumons autour des oreilles comme les ailes d'une casquette fourrée.

Y a des dentiers en suspension dans la cabine, qui continuent à hurler. Une perruque flotte comme une méduse de cauchemar. Le banquier essaie de rattraper son chéquier qui lui est sorti de la fouille et qui vole avec la grâce titubante d'un papillon.

Fougueux, terrible, d'une monstrueuse brutalité mécanique, l'appareil continue de se cabrer. Il est droit comme un poteau d'exécution. Les gus qui n'étaient pas attachés pêlent-mêlent dans la région de la queue où se constitue un gros tas de gens grouillants et vociférants. Le zinc continue sa trajectoire. À présent, il vole à la renverse ! Et puis il repique du naze, se redresse peu à peu, retrouve tant bien que mal son assiette.

— Votre intention, if you pléase, bafouille la voix du Gros dans l'amplificateur, entre deux quintes de toux, le valdingue dont auquel vous auriez p't-être pu constater est dû au fait que je m'ai filé le dargif par terre sans lâcher le guidon. Maintenant la carburation est bonne, les essuie-glaces marchent bien, on a de la tisane dans le jerrican de secours, et si j'ai pas de poil à ma zoute, du moins ma soute est au poil !

CHAPITRE II

LA CHANCE EST UNE QUESTION D'ÉQUILIBRE

Les bons comtes font les bons amis, comme affirmait ce gars qui n'avait jamais lu le *Cid*. Tout en m'apprêtant, tant bien que mal, à clamser, je me dis, avant de rendre à la terre mon emballage consigné, que dans l'ensemble, le sort fut pour moi aussi clément que le lac du même nom [1]. J'aurai eu une belle vie, les mecs. Piètre satisfaction, au moment de la perdre, mais on doit bien s'accrocher à ce qui vous tombe sous le désespoir.

J'ai perçu intégralement mes allocations de marrade et d'amour, alors, à quoi bon me lamenter exagérément ? J'ai beaucoup ri et beaucoup forniqué, si bien que je donne volontiers quitus au destin. Beaucoup ri parce que le monde est un spectacle hilarant, basé sur

1. Le lac Léman, pour ceux à qui il faut mettre les poings sur les ouïes.

la connerie. Quand je songe qu'on organise à Cambrai la kermesse de la bêtise ! Beaucoup forniqué parce que j'aime ça et que l'homme porté sur la chose vit sur un parterre de chagattes toutes plus savoureuses l'une que les autres ! Je suis un pépiniériste du scoubidou à crinière, les gars. Je les cultive avec tendresse et dévotion, les bichonne, les dorlote, les surveille, les taste, les déguste, les oins, les surcharge, les frictionne, les lubrifie, les envahis, les investis, les Von-Karajane, les lime, les aménage, les épile, les fais bredouiller, les déniche, les pourlèche, les pourfends, les calibre, les accommode, les bénis, les pénis, les punis, les entame, les termine, les décuple, les sidère, les débroussaille, les magnifie, les décide, les dilate, les comble, les taquine, les exagère, les endolore, les conditionne, les AIME !

J'arrête car l'avion perd de l'altitude au point de voler à pas cent mètres du sol. Une terre rouge, entrecoupée çà et là de champs de paille misérables déferle au-dessous de nous. Ils sont trois, à présent, dans la cabine de pilotage. Béru, Mohamed, plus un passager qui, son premier mouvement de trouillance surmonté, s'est porté volontaire comme quoi il possède un avion personnel qu'il pilote lorsque ses affaires lui en laissent le temps. Ces trois personnages tentent donc l'impossible : poser un DC 8 dans une région désertique.

— Allez ! Atterris la vion maintenant ! ordonne le chef du commando.

— T'es pas louf ! proteste Béru, c'est plein de caillasse ! J' peux pas risquer d'éclater un boudin, j'ai oublié mon cric dans le coffre de ma R 8…

— Il faut lâcher des gaz ! affirme le troisième homme.

— Tu parles, avec le cassoulet de midi, c'est déjà fait ! ricane Béru[1].

Quand je vous dis quelques lignes plus avant que la région survolée est désertique, je m'écarte un tantinet soit peu de la vérité, vu que notre arrivée dans ces parages a été signalée et qu'à perte d'ovule on voit radiner des camions militaires qui sont quinquagénaires ou soviétiques. L'en surgit de tous les horizons. Voyant que notre atterrissage c'est du peu au jus, tous foncent vers les lointains catastrophiques qui nous guettent afin d'être là pour la curée (comme disait une abbesse).

— Cette fois, il faut poser là ! égosille le passager compétent. Rendez du manche !

— À qui ? demande la Poivrade.

— Vite, le terrain est bon !

— Et ce troupeau de moutons, qu'est-ce z'en faites ?

— Des méchouis, grommelle Mohamed, li réacteurs y en a tout grillé.

On fait du rase-mottes, cette fois. Je frémis en voyant se dévider le sol hallucinant à moins de dix mètres.

— Vous avez sorti le train d'atterrissage ? graptouille l'assistant pilote.

— Il eusse fallu que je sussasse où qu'il est ! hargnit le Gros ; si vous mordez chouchouille à tous ces boutons, servez-vous !

— Si on se pose sur le ventre c'est la catastrophe !

— Pensez-vous, baron ! V'là un grand champ de céréaux tout là-bas, on va faire coucouche-panier

1. Cette littérature est répugnante, moi, a votre place, je reprendrais Montaigne.

dedans. Excuse-moi de vous fout' la récolte en l'air, Ben Couscous, j'ai idée que votre balance des esportations va donner de la bande. Notez que vous pourrez y planter du manioc, paraît que ça vient bien sur brûlis.

Puis, très commandant de bord, il déclare d'une voix unie, belle et grave, aux passagers dont la plupart ont perdu connaissance :

— Méhames, messieurs, c'est ici que les astreignants s'astreignirent. Cramponnez-vous au manche du pinceau, je retire l'échelle.

— Je coupe les gaz ! avertit le passager coopératif.

— Coupez, mon seigneur, coupez, vous êtes les rois du sécateur ! déclare aimablement le pilote hors ligne.

Ça s'opère avec une brutalité inouïe ! D'instinct j'ai fermé les yeux ! Chétif moyen de protection, j'en conviens. La vitesse trop vite jugulée nous déguise en fer à repasser. Ce pet, madoué ! Une éventration du monstre ! Un pouaffff monumental ! J'ai l'impression de partir en volée de confettis. Malgré moi mes paupières se sont soulevées. Bon gré, mal gré, je VOIS ! C'est confus, fulgurant, apocalyptique, écrirait mon regretté confrère Victor Hugo qui avait du cataclysme plein ses poches d'airain. Une gerbe de feu ! Des tôles qui se gondolent ! Une aile qui se fait (non pas la paire puisqu'elle était couplée) mais une fugue. La carlingue se renfrogne sous mes yeux ! Elle plisse comme un com. Y a de l'hurlerie, du fracas, du titanesque autour et alentour. On continue de foncer. On fait une pirouette, puis deux. La seconde aile récupère à son tour son autonomie pleine et entière. On file à travers les récoltes comme un savon sur une planche inclinée.

Heureusement que les réservoirs étaient presque vides. On n'a pas explosé ! Bravo Bérurier ! L'avion poursuit toujours sa course folle sur le sol qu'il dévaste. Les camions tout-terrain qui survenaient des azimuts se concentrent sur nous. Une vraie meute ! Ils nous cernent. Nous escortent de part et d'autre, à présent qu'on est devenus terriens. J'aperçois des militaires habillés en soldats qui gesticulent, penchés hors de leurs véhicules biliaires[1]. Ils doivent nous glapir des insultes, déjà ! Ils nous en veulent qu'on soit encore vivants ! Nous traitent de miraculés de frais ! Lourdes, chez eux ? Non, jamais ! La main de Fatima ? Dans la culotte d'un zouave pontifical ! J'ai le temps de voir flamboyer la haine sur leurs visages basanés. « Juste ciel, me dis-je in petto, combien de temps encore allons-nous continuer de foncer à travers cet immense champ ? Est-il donc sans limites, le bougre ? »

Hélas si ! Oh, que si ! Soudain (pour ne pas dire tout à coup), ma peau se glace, mon sang se caramélise malgré que je n'aie pas de diabète. L'horreur succède à l'horreur comme le jour à la nuit. Mes cheveux se dressent. Saint Trahabi priez *for us* ! Que se passe-t-il ? me demanderez-vous, fouinards comme je vous sais.

Une chose horrible, mes biquets. Le champ où qu'on vient de s'affaler couronne un haut plateau dont nous allons atteindre l'extrémité. Après c'est le gouffre vertigineux. Une cascade de caillasse qui dévale jusqu'à un fleuve fangeux.

Vous parlez d'une pétoche noire ! Juste comme on

1. Faites pas attention : ça m'aide !

venait de toucher un miracle pur fruit, voilà qu'on tombe sur une complication fétide. Cette fois, ce sera sans rémission. Pas besoin de sortir de Normale-Stup, comme disait Malraux, pour comprendre que notre reliquat d'avion supportera mal cette dégringolade aux enfers. On continue l'irrésistible glissade vers la falaise. La carlingue se trémousse comme un gros reptile tronçonné. Le vide approche ! Approche ! Ap… Ça y est, on le surplombe ! On va basculer. Non ! Notre coucou ne s'engage qu'à demi au-dessus du gouffre. À bout de course il s'immobilise avant de perdre l'équilibre. Depuis mon siège, comme d'un balcon, je surplombe une vallée aride mal irriguée par le cours d'eau couleur de café au lait très teinté. Sous moi c'est le chaos, les éboulis de roches brunes. La lune, quoi ! Le soleil fait scintiller des parcelles de quartz. Je devine que ça doit cramer ferme à l'extérieur. Chose poilante, la horde de camions bourrés de mecs vociférants continue de déferler. Trop occupés à nous agonir, les militaires n'ont pas fait gaffe à la falaise et, entraînés par leur ruée sauvage, les premiers éléments du convoi choient dans le précipice. C'est une vraie féerie médranesque. Les camions font un bond terrible. Leurs passagers paraissent s'envoler. On voit tournoyer des zigotos avec leur fusil. Les véhicules éclatent, se dispersent dans des gerbes de flammes et de pierrailles. De toute beauté !

Enfin les secondes vagues parviennent à freiner à temps. Y a du télescopage. Des insultes ! Ça égosille en arabe survolté. Les percutés se collettent avec les percutants. Les sous-officiers giflent les soldats, et les officiers supérieurs bottent le train des sous-officiers.

Une vraie séance ! Et puis le calme revient car l'avion monopolise l'intérêt général.

— Méhames, messieurs, déclare l'organe béruréen, nous venons d'atterrir j' sais pas où, avec des tas d'encombres, mais si vous voudrez bien recenser vos abattis, vous vous apercevrez que (grâce au commandant Bérurheim) les morceaux sont entiers. Nous espérons que ce voyage à bord du *Judas Hisse Carotte* vous a plu et qu'on vous reverra bientôt sur les lignes d'Hélas.

Personne ne l'écoute. Ils ont qu'un souci, les rescapés : fuir cette carcasse de DC 8 au plus vite ! Les moins morts que vifs se ruent pour déboulonner la porte. Une bouffée de chaleur ardente balaie l'intérieur du zinc.

— Stop ! hurlent des voix peu amènes.

Je me penche pour mater à l'extérieur. Je vois une automitrailleuse en batterie. M'est avis, les amis, qu'on n'a pas atteint l'extrémité de notre calvaire ! Mohamed et ses archers sortent en roulant les mécaniques. Ils sont un peu verdâtres, mais le sentiment de la victoire les dope. Dehors, les militaires les plus galonnés les congratulent et les décorent séance tenante.

— Qu'est-ce tu dis de ça ? me demande Béru, radieux, en réapparaissant en compagnie de son conseiller technique.

— Dix sur dix, mec. T'aurais dû te faire pilote d'essai.

Pendant qu'il me débarrasse de mes liens, je continue d'observer les faits et gestes des militaires au-dehors.

Un gros camion frigorifique est en train de manœuvrer de manière à se placer perpendiculairement à la sortie arrière de l'avion, la seule praticable, la sortie antérieure surplombant le gouffre. Un panneau se soulève, un autre s'abaisse, nous permettant de découvrir l'intérieur de l'énorme véhicule. Le spectacle qui nous est dévoilé est ahurissant. Dans le fond du camion réfrigéré se trouve une table où sont assis trois personnages à mine rébarbative. À droite, sur un banc, on aperçoit un quatrième type habillé en avocat. Un cinquième est assis à un bureau. Au premier plan se dresse une barre de tribunal.

— *Dreck!* lâche l'aide-pilote du Mastar, ce qui en yiddish signifie merde, je ne vous apprends rien. *Dreck* de *dreck*, ces *schlemiels*[1] ne perdent pas de temps !

— De quoi s'agit-il ? m'enquiers-je.

— La cour d'exception ambulante, celle qui ne prononce que des arrêts de mort !

Effectivement, les hommes de troupe déchargent d'autres camions des potences pliantes montées sur trépieds qu'ils dressent en un tournemain.

— Les fameux gibets Thrighâno ! balbutie le malheureux. Nous allons être jugés sur place et pendus séance tenante.

Un officier s'approche de la porte et hurle : « À la sentence, tout le monde ! Les hommes et les enfants mâles d'abord ! Approchez ! »

Une passerelle de bois conduit directement de l'avion en ruine au camion-tribunal. Un premier « inculpé » y est poussé par des soldats grimpés à bord. C'est un petit vieillard à barbiche et lunettes cerclées de fer.

1. Schlemiel : connard.

— Nationalité ? lui demande le président du tribunal.

— Israélienne, répond courageusement le malheureux.

— Je propose la peine de mort, déclare le président. Que dit l'avocat ?

— Bravo ! fait sobrement l'interpellé.

— Exécution immédiate ! décide alors le tribunal.

On empare le petit vioque et on court le pendre. Pendant ces procès expéditifs, ça s'est organisé alentour. Des civils radinent. Des marchands de glace et de pistaches proposent leur camelote. Une ambiance de liesse populaire se crée. Des mouches bleues se mettent de la partie, attirées illico par les cadavres.

Le tribunal ne chôme pas ! Ces messieurs magistrats dépotent les sentences à une allure vertigineuse. Abasourdis, les malheureux passagers du *Judas Iscariote*, mal remis de leurs séries de commotions se laissent ballotter sans comprendre. C'est tout juste si, de temps à autre, l'un d'eux essaie vaguement de regimber.

— Ne me condamnez pas, je ne suis pas israélien mais français ! Français, ami du peuple arabe ! Je ne suis pas même juif. Je m'appelle Dupont et je tiens une boucherie cachère rue du Roi-de-Sicile ! Demandez à ma femme qui est ici. Hein, Ruth, qu'on n'est pas juifs ?

— Non, Jacob ! répond une pauvre femme.

Insoutenable ! Moi, vous me connaissez ! J'occupe une position similaire à celle du nombril, les gars : au-dessus des parties ! San-A., vous lui trouverez jamais le blase sur aucune liste politicarde.

Mes seules convictions consistent à n'en pas avoir

de définitives. Je reste perpétuellement disponible. Ouvert à tout ce qui est séduisant, réfractaire à tout ce qui brime.

J' suis pour ce qui est bon et contre ce qui est tarte. Trop simpliste pour être admis, ce point de vue !

Ils me le pardonneront jamais ! M'arracheront les yeux, un jour ! Me feront abjurer ! Me couperont les testicules !

Un type libre, absolument, rigoureusement, totalement libre, ils peuvent pas l'admettre. Ils préféreront que j'appartienne à un machin contraire. Que je plonge dans une opposition farouche. Mais le côté bouddha du bonhomme, sa belle sérénité de gus qui a mis sa vie à essayer d'être honnête avec lui-même, ils toléreront plus davantage. Faudra que je plonge, pour sauver ma peau. Que je m'engage ! Que je me foute en carte comme les putes ! Que j'émarge. Que je crie Vive ! (J' suis sur le crie-vive, mes lapines !) Que je me laisse chapitrer, convaincre ! Ils m'expliqueront qu'il faut encaisser les mocheries d'une cause pour la faire triompher. Que les bons sentiments, tout nus, tout crus, sont nocifs, délictueux ; qu'ils mènent nulle part. Que la charité et la fraternité c'est poésie moisie et pet de muse constipée ! Qu'on n'a plus le droit de penser à part ! Qu'il faut s'entasser dans des meetinges, dans des églises, sur des places. Qu'on est dingue à encabanonner de dire : Vive l'Homme et son nœud ! Ah ! les tantes ! Un de ces quatre, je me taillerai à Katmandou avec les autres pommes à crinière. D'accord, eux sont prisonniers de leur chnouf, mais au moins ils n'imposent rien. Ils ne font que la chasse aux rêves, moi j'irai rêver avec eux.

Ma came sera de n'en pas prendre. Elle est bien assez stupéfiante comme ça, la réalité, non ? Merde, à force que je regarde le monde, j'en prends le tournis de ces turpitudes avilissantes. J'ai beau me tenir à l'écart, ils m'éclaboussent de leur sanie, les horribles ! Si je vous disais, l'idée de mourir, ça me soulage seulement pas. J'en rouscaille de leur abandonner ma dépouille. Leur faire pousser leurs épinards un jour, ça me rage partout. Je voudrais me diluer dans le Cosmos ! Rien leur laisser que les cinq lettres au cher Cambronne écrites en majuscules sur ma porte fermée. Ah, ce que je suis douloureux de la bêtise, l'ai-je assez déplorée, pleurée, même ! D'y penser me fout en noire rogne ! Je la filtre plus. Elle m'assassine ! Au secours !

On va probably tous y passer, à la potence. Car ils ont un potentiel de potence inouï, ces grands méchants.

Tout compte fait, on se serait déguisés en flaque, tous, ça allait plus vite et c'était plus propre. Moi qui lançais des actions de grâces à tout-va parce qu'on rescapait ! Tu parles ! Déjà je croyais retrouver mon jardin de nanas, avec leurs beaux volubilis roses grands ouverts ou mi-clos ! Des clous !

L'avion se vide rapidement.

— Tu crois qu'on va y aller itou de la cravtouze ? commence à s'inquiéter Béru.

— Et comment, mon drôle !

— Pourtant on est français intégraux !

— Raconte-leur ça, mon beau rabbin, avec tes faux fafs au nom de Bérurheim.

— Si on tenterait quéque chose ?

— Avec les mitrailleuses pointées sur nous ?

Faut reconnaître que la situation est préoccupante.

— Hello, messieurs ! lance une voix, auriez-vous l'amabilité de me délier ?

C'est l'un des agents secrets israéliens que nous avions mission de filer. Toujours ligoté à son siège, le pauvre. Béru et moi on se précipite, car vous connaissez notre âme généreuse, n'est-ce pas ?

Ô comme il est vrai que la vertu est toujours récompensée ! Je vais me faire un plaisir de vous en administrer une nouvelle preuve.

Mais quelle preuve !

Et quelle épreuve !

Je vous ai expliqué que notre zinc s'est arrêté au-dessus du gouffre, en équilibre provisoirement stable, n'est-il point vrai ? Or, du fait que la partie reposant sur le sol est évacuée progressivement, ledit équilibre, mes blanches gazelles, devient de plus en plus instable. Si bel et bien qu'au moment où nous nous précipitons, Béru et moi vers l'avant de l'appareil où se trouve l'Israélien ligoté, la carlingue démantelée se met à osciller. Ce que voyant, les militaires ayant pénétré en classe touriste pour houspiller les passagers prennent peur et sautent à terre. Ce qui compromet irrémédiablement l'équilibre de notre cage.

Les causes et les effets sont gigognes. Tout se désemboîte avec une parfaite régularité. L'immense carcasse plonge mollement vers l'abîme. Ça fait un bruit formidable, comme si douze mille camions-bennes déchargeaient simultanément du gravier ; comme si l'Etna coulait vers la mer ; comme si la tour Eiffel se disloquait ; comme si on cassait dans la serrure la clé de voûte du pont de Tancarville ; comme si un train de marchandises et un train de voyageurs se rencontraient sur la même voie ; comme si, enfin, un avion se mettait à dévaler la pente raide d'un précipice.

Brrrahaloumzzzinfffl chprocksss panbingstrilvouampleuff ! fait notre culbute (approximativement). De nouveau c'est le tourbillon infernal ! Le tohu-bohu ! Le toboggan ! On part dans une avalanche de cailloux ! On habite un cataclysme ! On se confie à une fin de monde. On est secoué, roulé, tanné, traîné, raclé, évidé. On déferle dans une agonie minérale. La terre paraît mourir avec nous. On rebondit de plus en plus vite, de plus en plus fort. On percute ! On se répercute ! On s'éboule ! Tout s'abat sur moi : des surfaces métalliques, des volumes béruréens, des cadavres. Je dois avoir une jambe nouée autour du cou. Je me lézarde comme un vieux plafond ! Je m'écaille ! M'émiette ! Chaque choc m'est notifié ! J'enregistre la moindre ecchymose. Ah ! dans certains cas : la lucidité, quel chiendent ! Je vis cette infernale plongée millimètre par dixième de seconde (oui, parfaitement, je mêle unité de longueur et unité de temps. Et les multiplierai, si ça me chante ! Qu'on me donne un décamètre et une montre, et je vous confondrai tous, bande de matheux de mes deux !)

J'ai même le temps de penser pendant cette dévalanche. De me dire *in extenso :* « On a déjà perdu les ailes, donc, les réservoirs d'essence, par conséquent on ne peut plus prendre feu. » L'art et la manière de se réconforter au plus fort de la trombe ! D'amadouer le sort ! D'infléchir la courbure du destin ! De se refaire un moral avec ce qui reste du reste ! On prend de plus en plus de vitesse comme si on venait de déboucher sur une piste de skeleton. On essuie des ébranlements fantastiques. Des renards des sables nous regardent passer avec des mines stupéfaites. Le vent de notre tornade leur retrousse les moustaches. Soudain, on percute un monumental rocher. Crac zimboum, comme disait le regretté Maréchal Rommel[1] qui avait eu le temps d'apprendre l'arabe pendant sa campagne d'Afrique. On se disloque partiellement. Notre carcasse se divise en deux. Cette fois on s'est séparé à tout jamais de la classe touriste. On reste juste entre nous : les morts, l'agent israélien, Béru et moi, plus une moitié de l'aide pilote qui, au moment de l'impact, se tenait entre les deux compartiments. Son buste est resté avec nous, ses papattes ont suivi le destin des autres passagers. Mon tronçon, nos valeurs continuent à dévaler, à dévaler dans un suprême valdingue. Et brusquement : plouf ! Comme je vous le bruite ! Plouf ! Une gerbe de flotte. On vient « d'atterrir dans l'eau », comme le déclare la voix haletante de notre honoré du discourant. Le poids du poste de pilotage fait piquer notre moitié de carlingue vers le fond, si bien qu'elle se déguise illico en une espèce de nacelle cabossée qui se met à voguer au fil de l'eau. *Venez Margot dans ma nacelle !* chantait jadis une cousine à Félicie, à l'issue des repas de famille. Et puis encore *Je vous emmènerai dans mon joli bateau, voguer au fil de l'eau* !

Ce que ça repose le canotage, mes petites câlines !

1. Car vous remarquerez que Rommel est encore plus populaire chez les alliés que chez les allemands.

Ouf ! On avait besoin de moelleux ! Ça commençait à faire mal aux endosses, ce patacaisse cascadeux. Notre esquif tournoie mollement dans le courant. Je tente de me trouver un aplomb quelconque et j'y parviens. On est drôlement contusionné, le Mastar et moi. L'agent israélien, lui, a moins de bobo, précisément parce qu'il était ligoté à son siège. Comme quoi faut pas oublier de mettre sa ceinture de sécurité, mes drôles, que vous apparteniez ou pas au club des casse-cous (d'Houille).

Juste Dieu, comme s'exclamait il y a pas si naguère encore la marquise de la Frotte-Chagattau des Tergent, juste Dieu, combien nous sommes loin de la falaise ! Nos gars du comité d'Arcueil gesticulent, là-bas, là-haut, minuscules comme des fourmis ! On voit le profond sillon de notre dévalade dans la terre rouge aux éboulis scintillants. Des écrivains pour-de-vrai ajouteraient qu'on dirait une blessure dans le flanc meurtri de la montagne, ou une connerie ronflante de ce tonneau ! Au bas de la pente, l'autre partie de la carcasse est coincée contre un roc pareil à une énorme canine. Les survivants essaient de rescaper pour de bon en s'égayant dans toutes les directions. Mais depuis l'en haut, les soldats les flinguent à la mitrailleuse. Pendant cette confusion, notre embarcation s'éloigne dans l'indifférence générale. Heureusement, ce cours d'eau est en crue. Ceux qui espèrent un calembour, style « faut laisser les crues se tasser », peuvent se l'arrondir au tamponnoir, j'ai d'autres crèmes à fouetter !

— Qu'est-ce que c'est que ce fleuve ? glapatouille Béru qui a des ennuis techniques avec son râtelier, la Vodka ? La Fistule ? Le Chibre ? Le Mec-Con ? La Meuse ou le Fusil-Yamoi ?

L'Agent israélien répond spontanément :

— L'Euphrate, sans le moindre doute !

— En êtes-vous sûr ? lui dis-je.

— Certain. Ce sont des soldats irakiens, là-haut sur la falaise. J'ai reconnu leurs uniformes… et leurs méthodes. Nous n'avions pas traversé d'autres fleuves, or le Tigre se trouve plus à l'est.

— Ne serions-nous pas en même temps que dans l'œuf-frate dans la gadoue jusqu'au trognon ? questionne innocemment Bérurier.

Je ne réponds pas.

Pourtant, si vous voulez mon avis, on en a plus haut que le trognon !

Bien plus haut !

CHAPITRE III

ÇA FINIT TOUT DE MÊME PAR BAIGNER DANS L'HUILE !

On dérive un couple d'heures en tourbillonnant. Notre étrange embarcation fait de l'eau comme un académicien-qui-se-serait-fracturé-le-col-du-fémur.

Déjà, le poste de pilotage est noyé. Notre capsule plonge de plus en plus. Parfois, elle racle le fond du fleuve et on en est chaviré.

— Ça enfonce, on dirait ? note Béru auquel rien n'échappe.

À cette allure, c'te garcerie d'avion va se transformer en sous-marin avant lulure. On ferait p't-être bien de se payer un concours de deux cents mètres nage libre, tous les trois ?

La suggestion paraît pertinente. À tour de rôle on évacue le reliquat de DC 8. La nuit tombe sans bruit. Le fleuve roule impétueusement des eaux couleur de purin. Les rives sont désertes. Nous nageons comme des perdus en direction de la berge de gauche, non pas par conviction politique, mais parce que c'est la plus proche. On y va d'un crawl impec. Et puis, à un certain moment, c'est la débâcle. Nous sommes happés par un tourbillon effrayant. Impossible de briser la fougue du courant. Lutter est stérile. Le mieux est de se laisser aller. L'Israélien et moi faisons la planche, tandis que Béru fait le tronc. On tournoie dans un carrousel en dinguerie. On se voit, on se dit bonjour, on se quitte pour se retrouver un peu plus tard, un peu plus loin… C'est le bouquet final ! Le dessert de ce voyage infernal. On en avale ! On en recrache ! On crapouille ! On gargouille ! On sacouille !

L'élément liquide joue avec nous comme avec des fœtus de paille (selon Béru). On plonge, on remonte ! Pauvre carcasse qui ne tremble même plus, qui se laisse ballotter au gré des forces turpides. Qui se laisse rouler, transir, meurtrir encore et tant et plus ! Au bout d'un laps d'étang que je ne saurais évaluer, n'ayant pas eu la présence d'esprit de déclencher la trotteuse de mon chrono, le courant mauvais qui nous avait empoignés nous relâche, semblable à un vilain matou qui en aurait classe de joujouer avec la souris de l'abbé Jouvence. Le premier, me semble-t-il, je suis libéré. Le rivage est là, à portée de main. J'use mes dernières forces à l'atteindre. Quelques halètements, manière de régulariser le service d'ordre à l'intérieur de mes poumons, et je me retourne pour voir si mes deux compagnons sont toujours en ballottage. Ils radinent à leur tour, comme Marguerite de Bourgogne à l'heure de la pointe[1]. On

1. Si c'est trop subtil pour vous, je vous dresserai une liste de

reprend gentiment ses esprits en se regardant glavioter de la boue, des fétus, des alevins et de vieux préservatifs oblitérés datant de l'occupation britannique. Enfin nous voici remis de ces nouvelles émotions. On est sains et saufs. Provisoirement, certes, mais la santé, le confort intellectuel et la vie de tout individu ne sont-ils pas que provisoires ? Ses coïts, ses malversations, ses sélections, ses érections, ses constipations, ses économies et son enterrement sont limités dans le temps. Pas la peine, donc, de se démolir l'optimisme en considérant la brièveté de ce salut si chèrement acquis.

— Cette flotte est dégueulasse, déclare le Gros. J'en voudrais même pas pour mouiller un Ricard.

Notre camarade d'équipée a un rire de loup-cervier.

— Eh bien, dit-il, je ne m'attendais pas à survivre à de pareils exploits.

Il nous tend une main qui, pour être ruisselante, n'en est pas moins spontanée, comme l'écrivait M. Jules Romains il n'y a pas si longtemps.

— Mon nom est Horry Zonthal, dit-il fort civilement, du fait qu'il n'est point habillé en militaire.

— Enchanté, fait mon Merlin privé en secouant les cinq doigts de l'homme que nous avons entrepris de suivre. Moi, c'est le rabbin Bérurheim.

Notre gars se gondole comme le Grand Canal une nuit de féerie nautique.

— À d'autres, dit-il. Vous êtes moins rabbin que je ne suis archevêque. L'habit ne suffit pas toujours à faire le moine, mon vieux.

bouquins mieux à votre portée.

— J'ai pas le côté lèche-culte ? grommelle Pépère.

— Vous avez plutôt le côté flic français, affirme l'agent israélien.

Je décide d'intervenir avant que le Mastar ne lâche une salve de conneries irréparables.

— Dix sur dix, monsieur Zonthal. Effectivement, mon camarade et moi-même appartenons à la police montée (et vachement bien montée) parisienne. Nous étions sur la trace du chef terroriste qui a détourné l'avion. Les Services de sécurité nous ont ordonné de prendre place à bord, seulement le gredin avait une escouade de tueurs avec lui, chose que nous ignorions, si bien qu'il ne nous a pas été possible de le neutraliser.

Cette explication semble satisfaire notre ami.

— Branle-con de baba ! hurla tout à coup l'Irrémédiable en se jetant à plat bide sur le limon de la berge.

Je n'ai pas le temps de rectifier son lapsus pourtant équivoque, ce dont je m'excuse auprès de mes lectrices, car j'avise à mon tour l'objet de ses inquiétudes. En l'occurrence, il s'agit d'une espèce de chenillette blindée, modèle 1924, munie d'une mitrailleuse qui devait être jumelée jadis, mais l'un des jumeaux est retourné chez sa mère. Cela ne retire rien de son aspect intimidant au canon restant. Il est pointé droit sur nous par un militaire qui patibule de la physionomie.

Comme il est dit dans le Coran : « *Chaque femelle féconde laissera tomber son fardeau.* » Je décide séance tenante de laisser quimper, non seulement le cadet, mais la totalité de mes soucis. Aussi resté-je debout, calme et d'un fatalisme absolu.

Le mitrailleur nous lance une grande phrase vociférante, en arabe.

— If you pouvez, I serais very happy que vous traduisiez in franchecaille, mec ! rétorque Béru.

Heureusement, notre camarade israélien connaît l'arabe car c'est lui qui était chargé des interrogatoires, pendant les Six jours de Gaza.

— Il nous ordonne de lever les bras ! souffle-t-il en obtempérant.

On s'exécute, ce qui vaut mieux, à tout prendre, que d'être exécutés par d'autres.

Il y a deux hommes à bord du véhicule : le conducteur et le mitrailleur. Le premier conduit derrière une plaque de blindage rigoureusement opaque, et c'est son pote dont le buste émerge de la coupole qui le guide dans ses déplacements. Ayant stoppé sa tire, le chauffeur saute à terre et, revolver au point (bien au point) marche à nous, gris de fureur, en braillant des trucs probablement impertinents. Selon toute probabilité, ce gus est prêt à nous fourrer et il n'attend qu'un geste malencontreux de notre part pour presser sa détente. C'est à Béru qu'il en a, peut-être parce qu'il est agacé de voir le Dodu gésir sur le sol comme un caïman gavé. Fectivement, il avance son arme en direction du Gros et lui balance une praline. Heureusement pour mon Béru, l'agresseur se trouve à un mètre dix de lui, et la balle se perd dans le sol mou avec un bruit de pet amorti.

Alors se passe quéque chose d'assez inouï pour paraître surprenant, mes câlines. Horry Zonthal fulgure. C'est du grand art ! Un numéro inoubliable. D'une manchette il désarme le soldat. D'un geste de jongleur il empare son feu. Et moins d'un douzième de seconde après l'avoir récupéré, il praline le mitrailleur. Ploum ! Le zig morfle la bastos entre les cocards et pendouille sur sa coupole, comme une fleur fanée dans son vase. Une seconde prune suit. Elle cueille le bérucide à la tempe. Terminé ! On n'a pas eu le temps de sourciller, Alexandre-Benoît et moi. À peine celui de piger. De constater plutôt. Les deux militaires foudroyés raisinent dans la pénombre.

— Ben mon pote, complimente l'Épais, t'as travaillé chez Barnume, técolle ! au rayon buffle-à-l'eau-bille ! Tu m'as sauvé la vie, gars. Doré-de-l'avant, c't' entre nous à la vie à la morgue !

Scène émouvante. Situation cornélienne. L'homme que nous poursuivons nous tire de l'impasse ! Y aurait de quoi brosser un tableau allégorique, hein ? Ah, si j'étais David ou Delacroix !

— On devrait se manier la rondelle, préconise Béru, je vous parie une dame âgée contre une dame à jeun que ces gugus n'étaient pas seulâbres. Les engins blindés, c'est comme les sauterelles : ça se déplace en groupe.

Vif comme l'argent[1], Sa Majesté se précipite sur la chenillette, s'active, et le défunt mitrailleur atterrit dans le sable. Le Gros coiffe alors le casque de l'expulsé et s'engage dans la tourelle d'où il émerge ; majestueux comme un buste du regretté Oliver Hardy.

— En route, mauvaise troupe ! ordonne l'Enflure

1. J'ai toujours entendu causer du vif-argent.

maintenant qu'on est locomotionné on va pouvoir se tailler de c't' zone insoluble.

L'esprit de décision du Mastar est communicatif. Sans barguiner nous prenons place sur la banquette avant.

— Installez-vous au volant, m'enjoins Horry Zonthal, moi je resterai debout sur le siège pour vous guider, car je suppose que votre copain ne connaît pas la route ?

— Quelle route ?

— Celle de Bagdad, bien sûr. Nous devons être à moins de cent kilomètres de cette ville !

— Et qu'irions-nous fiche à Bagdad à dix heures du soir ? m'enquiers-je.

— Chercher de l'aide. Livrés à nous-mêmes dans ce pays, nous sommes fichus. Je contacterai notre agent de là-bas qui, peut-être, trouvera un moyen de nous tirer de ce mauvais pas. Le tout est de parvenir jusqu'à lui.

— O.K. ! soupiré-je, le cœur gonflé d'appréhension.

Tout à fait entre nous et la pissotière de la rue Vieille-Prostate, je me dis qu'on s'en tirerait plus facilement si nous n'étions pas flanqués de Horry Zonthal. Parce qu'après tout, nous gentils Français ! Nous goys authentiques, non décapsulés au sécateur ! Nous grands z'amis des nations arabes qu'on a tellement fait suer leur burnous, qu'à force, cette rage est devenue amour.

Je sais cela, oui, mais voilà ; je suis comme le dépeceur de la gare de Lyon : je ne connais que la consigne.

La mienne consiste à suivre Horry Zonthal. Je le suivrai même si je dois me faire accompagner de lui !

En outre, j'ai des principes z'humanitaires. Ceux-ci m'interdisent de larguer un compagnon d'infortune au moment où il court un danger mortel. Voilà pourquoi, le San-A. bien-aimé suivra jusqu'au bout la voie tortueuse et semée d'embûches du devoir.

— Piquez sur la gauche, mon vieux ! ordonne Horry. On va s'écarter de ce putain de fleuve.

La lune s'est levée sur une immensité coupée ça hélas de palmiers squelettiques. À perte de vue, c'est le désert, plat, uniforme… On fonce là-dedans comme sur la piste de Montlhéry. Un vrai régal… Parfois on trouble le sommeil de nomades au bivouac avec leurs dromadaires. Inquiets, ils jaillissent de leurs tentes de peaux et nous adressent des signes craintifs.

— Heureusement qu'ils n'ont pas le téléphone ! note le Pertinent, du haut de son poste d'observation. Autrement sinon ils tuberaient à la gendarmerie nationale du secteur et on serait obligés de se coltiner avec la mariée chaussée !

Le vent de la vitesse emporte ses paroles. Je roule comme une pierre qui ne se soucie pas d'amasser de la mousse. La chenillette cahote, vibre et fume. C'est du matériel pour musée. Avec un os pareil je n'entreprendrais pas Alger-Le Cap. Ou alors je le mettrais sur un camion Dodge pour aller plus vite !

— Tirez sur la droite ! recommande Zonthal. J'aperçois sur la gauche une agglomération qui pourrait bien être *El Falloudja*, inutile de nous faire repérer avant Bagdad.

— Vous connaissez la région comme le slip de votre petite amie, ricané-je. Je suppose que vous y vîntes en vacances avant le changement de régime ?

— Du tout, proteste Horry Zonthal. Simplement dans l'armée israélienne on nous fait étudier minutieusement les régions que nous devrons conquérir pour assurer notre sécurité.

— Elles vont de Casablanca à Vladivostock, je suppose ?

— Y a de ça. Toute tranquillité territoriale repose sur l'importance des *no man's lands*. Ainsi les gens qui s'installent dans un lotissement devraient-ils se soucier avant toute chose de posséder une maison plus petite sur un terrain plus grand, mon cher ; alors qu'ils font généralement le contraire. Le grand ennemi de l'humain c'est la promiscuité.

— Le problème s'aggrave d'heure en heure, souligné-je. Un jour viendra où les hommes seront au coude à coude.

— Jamais ! réfute Zonthal. Ils préféreront faire sauter la planète avant d'en arriver là.

— En attendant, les mecs, je vous annonce qu'on a des gus au panier ! avertit Béru. C'est bien beau de mater les avants, mais faut pas oublier ses arrières.

Je ralentis pour me pencher à l'extérieur. En effet, on aperçoit des lumières louvoyantes à quelques centaines de mètres de nous. La chasse est donnée ! Les engins qui nous coursent sont beaucoup plus rapides que le nôtre. À cause de la pétarade infernale de notre moteur, nous ne les avions pas entendus.

— Ils sont nombreux ? demandé-je en champignonnant à outrance.

— Attends que j' compte les phares et que j' divise par deux !

Béru marmonne des trucs mal audibles et déclare :

— Quatre tires, gars ! Si c'est des camions pleins de

troufions, ça risque vite de faire du peuple. En tout cas, ils bombent. Je crois que notre fuite est stérilisée. Au lieu de se tailler comme des malpropres vaut mieux les effronter puisqu'on jouit d'une mitrailleuse.

— Je crois qu'il a raison, renchérit Zonthal. Faites demi-tour et allons sus à eux ! Vous, là-haut, vous savez actionner ce moulin à légumes ?

— Tu parles, Charles ! J'étais mitrailleur de charme chez les Sénégalais ! À cinq cents mètres j'écrivais mon blaze sur la cible !

Je ralentis pour virer. Des balles viennent frapper notre chenillette.

Tirez sur la chenillette et la bobinette cherra ! Les véhicules lancés à nos trousses sont à présent à moins de cent mètres. Leurs occupants ne se sont pas rendu compte qu'on faisait demi-tour. Ils ont cru qu'on zigzaguait seulement pour essayer d'éviter leurs pruneaux, aussi lorsque le Mastar se met à leur défourailler dessus, c'est la méchante panique !

Comme flingueur, il est effectivement de première, Alexandre-Benoît ! RRrrrrran ! D'une seule salve il éteint tous les phares ! Faut le faire, non ?

D'une seconde salve il perce tous les boudins avant des cinq tonnes qui, dès lors, paraissent se mettre à genoux comme des chameaux.

Les occupants se dispersent en braillant dans tous les azimuts. Y en avait ! Oh ! qu'en avait ! Une bonne cinq douzaines en tout !

On continue d'approcher. À présent les quatre camions sont déserts, et c'est le désert qui grouille de gars affolés par notre chaude détermination (la température avoisine encore vingt-quatre degrés plantigrades, comme dit Béru).

Cent vingt godasses jonchent le sol. Sous ces latitudes, c'est ça, le « délacement » du guerrier.

— On se croirait aux puces ! blague Bérurier.

Je coupe les gaz. Un silence mésopotamien dégouline suavement dans nos portugaises trop lestées en décibels (on se croirait à la 2e dB).

— On va continuer notre route en camion, mes amis ! déclaré-je. Ce sera un moyen de locomotion plus rapide et moins voyant.

— Mais tous les pneus avant sont crevés ! objecte le Gros.

— On va déguiser deux pneus arrière en pneus avant, mec. Et tant pis si la pression n'est pas respectée. Allez, oust, au boulot !

Déjà Horry Zonthal s'affaire. Un instant s'écoule. L'agent israélien et moi-même sommes en train de malmener le coffre à outils d'un des Berliet lorsqu'un gémissement nous fait dresser les oreilles comme deux chacaux [1] devant un électrophone en train de mouliner du Hallyday.

Cette plainte m'inquiète d'autant plus vigoureusement qu'elle est signée Béru.

— Quéque chose qui ne va pas, gars ? Tu n'es pas blessé au moins ?

— J'arrive pas à m'estraire de cette nom de foutre de saloperie de tourelle de merde ! glapit Sa Majesté. J'ai

1. Me souviens plus si on doit dire : un chacal, des shakos, ou bien un çacolle, des chacaux.

trop forcé pour m'engager dans l'encolure, à présent, j' sus bloqué ! Pas mèche de m'arracher la bonbonne !

Je laisse Zonthal rechausser seul l'un des camions pour voler au secours de M. Gradu.

Il suffoque ! Il sacre ! Il s'évertue ! Il apoplectise !

— Oh, couillardise en branche ! Merderie du diable ! fulmine mon camarade. Ôte-moi c'te ch'nillette d'autour du ventre que ça m'étouffe le foie !

Facile à demander ! Mais impossible à exaucer. J'ai beau appuyer sur ses frêles épaules nubiles, j'ai beau tirer sur ses jambes graciles comme un sonneur carillonnant le tocsin, il ne bouge pas d'un centimètre, le pauvre ange.

— Découpe ! il s'affole. Découpe que je vais clamser !

— Eh dis, Gros lard, c'est pas un bracelet de montre, ta tourelle ! Il faudrait un chalumeau oxhydrique. Et encore, on te carboniserait la viandasse. Non, il me vient une meilleure idée : l'huile !

— Quoi, l'huile ? s'inquiète le Mahousse.

— Celle du moteur, eh, Baleine ! Je vais la récupérer dans un récipient et t'en arroser la taille, peut-être alors pourrons-nous t'arracher !

Passant aux actes, je soutire trois litres d'une huile infâme, mille fois brûlée, et en asperge le torse de mon ami. Ensuite de quoi, Horry vient à la rescousse. Hélas, on a beau haler, on peut aller se faire foutre ! Soudé, il est Béru. Un centaure de chair et de ferraille ! La situation devient délibérément alarmante. Zonthal m'adresse une mimique déconfite, style « selon moi les carottes de votre copain sont cuites ».

Que faire ?

Justement, il le demande, la Bedaine.

— Suivre une cure d'amaigrissement, préconisé-je. Au bout de quelques jours tu auras largué quelques kilos et alors tu pourras passer à travers le chas d'une aiguille.

— Que ça soye à travers çui d'une aiguille ou çui d'une rosière, je m'en tamponne ! brame l'Opulent. Ce que je veux, c'est que « ta » bon Dieu de chenillette s'en aille de moi !

Il se tait, émet un gargouillement, puis d'un ton plus feutré demande :

— Y reste de l'huile dans le moteur ?

— Je pense. En tout cas il y en a à bord des camions. Mais te fais pas d'illuses, Gros, dans ta situation, l'oléagineux reste impuissant, on vient d'en avoir la preuve !

— Passe-moi-z'en toujours un litre !

Le moyen de refuser les saintes huiles à un type enchâssé dans une cangue de fer ? Je lui sers un plein bidon d'un mélange nauséabond qui pue la fritaille pourrie, la ferraille rouillée, la mécanique surchauffée et le rance ranci.

Vous savez, dès lors, ce qu'il en fait, Béru ?

Bravo : vous l'avez deviné ! En effet, mes colombes, il le boit !

Parfaitement, le Vorace avale à longs traits cette épouvantable mixture brûlée ; cette huile de vidange quinze fois vidangée. Il s'enfile ça comme du muscadet, le Mammouth. Glaoug glaoug ! Le liquide visqueux lui dégouline des babines.

— On croit rêver ! murmure, admiratif, l'ami Zonthal.

— Et encore ce n'est rien, affirmé-je, avec une confuse fierté dans la voix. Béru est un garçon qui a fait reculer très loin les limites du comestible.

Un rot puissant, profond, appliqué nous annonce que le Terrible a terminé sa potion.

Le croiriez-vous ? Il ne fait même pas la grimace. Simplement une petite moue… Celle d'un commandeur du Tastevin auquel on ferait boire du vin d'épicier.

— Y foutent de l'huile d'olive dans leurs moteurs, annonce ce prince du bien-boire. Vous parlez d'un aïoli que ça doit micmaquer sous les capots !

Un nouveau borgborygme plus sonore que le précédent sert, si je puis dire, de préface à ce qui va suivre.

Et ce qui suit, je suis trop bien élevé pour vous le raconter.

C'est trop terrible ! Trop niagaresque ! C'est impitoyable comme un séisme ! Aveugle ! Sonore ! Infernal ! Déferlant ! Ça malodore jusqu'au supplice ! C'est bactéricide, dans un sens ! Tornadeux ! Effrayant de violence !

Engoncé dans sa tourelle comme un œuf dans son coquetier, Bérurier exulte ! Il s'épanouit ! Il actionne de grâce ! Il crie merci à la nature ! Il fait constater l'ampleur ! Il prend à témoin ! Il souligne les phases aiguës ! Produit avec la bouche des accompagnements musicaux ! Cherche et trouve des rimes insensées. Envisage des aurores ! Promet des délivrances ! Apprécie des odeurs ! Compare des contractions ! Provoque des spasmes ! Se pâme ! Se passe d'encouragements. Se vide ! Bref, puisqu'il faut conclure, sachez, bonnes gens, que le cher Alexandre-Benoît parvient à se dégager de son corset d'acier.

Il se libère grâce au jeu soupapesque de ses orifices. Il s'auto-pond !

CHAPITRE IV

LA RECONNAISSANCE DE BÉRU

Horry Zonthal étend son bras vers le large fleuve aux eaux couleur de mercure qui s'écoule devant nous.

— Le Tigre ! fait-il.

Déjà Béru bondit sur l'un des flingues trouvés dans notre camion, de belles armes *made in France* car vous le savez, mes amis, notre glorieux pays est devenu un fournisseur important en matière d'engins meurtriers. Jadis nous exportions nos vins. À présent nous bradons des mécaniques à éliminer le trop-plein de la planète. On soldait nos putes, dorénavant elles ne sont plus que la prime pour le guerrier, genre la petite bagnole ancienne dans le pacxif de lessive. La formule *Turlu-tu tues*, ça s'appelle. Mille mitraillettes et t'as droit à une pouffe. On te débloque une rouquine contre l'achat d'un canon. Notez qu'il vaut mieux vendre des armes que de s'en servir, comme ça on reste en bonne santé pour assurer les réassorts. On s'occupe seulement de la facturation et des *Te Deum*. À eux le missile, à nous le missel. Le Français, de défaites en sécessions, d'abdications en dérouillanches, il a cessé d'être fringuant impérialiste, soldat intrépide, conquérant magnanime pour devenir commerçant. Adieu, Mars ! Salut, Mercure ! Tous sous le signe de la balance épicière !

— Où qu'il est, ce tigre, que je rapporte une descente de lit à Berthe ! gronde l'Énorme.

On lui explique ! On le géographise. Bougon, il repose le flingue.

— On arrive bientôt à la Bague-Dague ? s'inquiète-t-il.

— Voilà ! répond Zonthal.

Des minarets, des dômes, des mosquées rutilent au clair de la lune (laquelle se fait un devoir de rester continuellement en croissant dans ces régions, vous pensez bien !).

— J'espère qu'a une succursale de Sigrand dans ce bled, poursuit le Déloqué. J'en ai classe d'avoir le dargeot en montre.

Car il a abandonné sa vesture inférieure sur le terrain de ses exploits. C'était son futal ou nous ! Le cul à l'air, fringué d'une chemise et de sa lévite de rabbin, il manque quelque peu de décence, Balochard. Les joyeuses tintinnabulantes, les jambons poilus, le bide qui proémine, c'est pas exactement la tenue play-boy ! M'étonnerait qu'on trouve sa photo dans *Esquire* ! En tout cas, sa mise — ou plutôt sa « démise » — ne contribue pas à nous faire passer inaperçus.

On continue de driver en direction de la ville.

— Une bonne chose que nous soyons à bord d'un camion militaire, déclare l'agent israélien, de la sorte je suppose que les patrouilles de nuit ne vous stopperont pas. On va prendre le premier pont et foncer vers les faubourgs de Rashitik, car c'est là-bas que se trouve la personne qu'il nous faut contacter. Rue du Colonel-Moussah-Râzzé, très exactement.

Plein à ras bord de détermination, je me dirige vers le pont Râdih Sâlé qui se trouve à main gauche. Manque de bolanche, un groupe de militaires le barre. En nous apercevant, l'un d'eux se met à balancer un fanal, tandis que les autres braquent leurs mitraillettes.

— Arrêtez ! me conseille Zonthal, je vais essayer de parlementer.

Fectivement, s'adressant au gus à la loupiote, il lui crie des trucs qui s'écrivent de gauche à droite ; seulement il a dû les prononcer de droite à gauche, car le préposé se met à hurler plus fort que lui.

Les crans de sûreté des armes cliquettent avec un ensemble parfait.

— Ils nous ordonnent de descendre, chuchote Horry Zonthal. C'est la garde du croissant rouge brioché, des types d'élite, j'ai bien peur qu'on soit fichus.

Notre lenteur à obéir n'est pas du goût de nos interpelleurs car ils nous couchent en joue sans plus attendre.

— Planquez-vous, je déboule ! lancé-je à mes deux compagnons.

J'embraye et file un coup de sauce mémorable. Le camion bondit. Les soldats se jettent en arrière. Brève est leur confusion car ils se mettent à défourailler illico. J'entends sonner les balles contre les tôles du bahu. Les boudins éclatent à qui mieux mieux.

Pour couronner la farce, une méchante escouade surgit de l'autre bout du pont. Des délurés, ces nouveaux arrivants, puisqu'ils trouvent le moyen de flinguer en courant. On est coincés, cernés, cuits, râpés. Alors San-A. il ne fait ni hune n' hideux. Dans les cas désespérés faut pas craindre de gâcher son beau complet des dimanches. Je donne un coup de volant violant à droite et notre camion file recta sur le garde-dingue du pont. La balustrade de fonte vole en éclats. Notre tire pique du blair et choit dans le fleuve. Espérons qu'il est un tantisoit peu en crue, lui aussi. Des tomobilistes se complaisent à mettre un tigre dans leur moteur, nous autres, c'est un moteur qu'on met dans le Tigre[1]. Fort heureusement, on ploufe au beau mitan de la tisane, là où qu'elle est le plus épais. Par un miracle tout ce qu'y a de miraculeux, à tel point qu'à Lourdes on n'aurait pas pu faire mieux, le Berliet tombe d'équerre. Il coule très lentement, ce qui nous laisse le temps de l'évacuer.

Cette histoire n'est qu'un éternel recommencement, hein ? À nouveau la flotte où on clapote, et des gars qui nous tirent dessus, d'en haut. Seulement on barbote dans des ténèbres cloaqueuses et faudrait une balle perdue pour nous farcir.

À se démener sauvagement, on arrive à rallier la rive.

— Et moi que je me figurais que ces patelins manquaient d'eau ! bredouille le Gros. On passe son temps à faire la brasse papillon !

1. Vous vous doutez bien que je n'allais pas le laisser passer çui-là !

Des bruits de pas cadencés nous incitent à la débinade extra-prompte.

— Filons vite ! murmure Horry Zonthal.

— Mais z'où ? s'inquiète Béru.

— Ailleurs ! répond pertinemment notre ami.

Il prend l'initiative de la direction. Nous le suivons, en bons Panurges. On se trouve sur une étendue gâleuse où il ne fait pas chouette se déplacer, vu que le sol est recouvert d'une épaisse croûte de sel. On casse la croûte en courant, ce qui freine notre vélocité.

— Jetons-nous à terre et ne bougeons plus ! déclare l'Israélien.

Il donne l'exemple en se laissant tomber sur le sol, raide comme un piquet. La violence de l'impact lui a permis de s'enfoncer de trente bons centimètres, de telle sorte qu'il affleure à peine la surface de la croûte salée. Je pige son admirable ruse. À distance, et même d'assez près, il est impossible de déceler sa présence. Convaincu de l'excellence de sa tactique, je l'imite. Béru en fait autant. Maintenant nous sommes absents du paysage. Seule, la grande lumière du jour pourrait nous faire repérer. On patiente ainsi deux bonnes heures, suivant à l'oreille le brouhaha de la chasse à l'homme. Il y a des cris, des galopades, des salves, des ronflements de voiture, des coups de frein, des ordres, des contrordres, du désordre. Enfin, estimant que nous avons dû nous noyer, les braves garçons suspendent leurs recherches à un porte-manteau et vont se coucher. On laisse s'écouler encore du temps, après quoi on réveille Bébéru et, en rampant, on gagne la ville.

Les ruelles grouillent de monde, malgré l'heure

tardive. Des mômes dépenaillés pioncent à même la terre. Des types palabrent en mâchant je ne sais quoi de dégueulasse qui les fait cracher noir. Une cacophonie de radios diffusant des musiques orientales, flûtées, acides ; des cris, des rires emplissent le quartier. Sur les murs, d'effroyables affiches à la typographie très rudimentaire nous offrent un échantillonnage complet de Juifs pendus, d'ogres américains aux babines dégoulinantes de sang et de capitalistes exploiteurs ayant un coffre-fort en guise de ventre et une bombe H entre les dents. Bérurier trottine malaisément dans sa lévite transformée en pantalon. Vous dire qu'on ne se fait pas remarquer serait un vilain mensonge. On a beau raser les murs, filindienner dans les coins d'ombre, notre passage ne laisse pas que de troubler les populations.

— Nous devons être signalés depuis un bon moment déjà, déclare Horry Zonthal, et je gage que la police ne va pas tarder à apparaître, mais j'espère toutefois que nous atteindrons la demeure de notre correspondant à temps ; la rue Moussâh-Razzé est à deux pas.

— Vous comptez vraiment que votre correspondant saura nous tirer d'affaire ?

— Elle est très efficace, dit-il simplement.

— Ah, car c'est une femme ?

— Oui.

Il lève la tête au carrefour, comme un qui cherche à se repérer.

— Rue Colonel-Moussâh-Razzé ! annonce-t-il en nous désignant une pincée de vermicelles peints sur le mur.

Décidément, il est précieux, Zonthal. Sa profonde

connaissance du pays et de sa langue risque de nous sauver la mise.

Il tourne à droite. Y a plus que des hommes dans cette venelle qui malodore infernalement. Des hommes et des chiens, aussi faméliques les uns que les autres. Les mecs ont cette allure louche et turpide des mâles en train de draguer dans les quartiers réservés. Horry traverse la rue en une demi-enjambée et s'engouffre sous un porche bas orné d'un encadrement en mosaïque. Un zig un peu bouffi, au teint verdâtre et aux yeux atones est occupé à rajuster son khâlbar[1]. Il nous regarde entrer en ricanant et déclare avec un fort accent bédouin :

— Steputê bhôn anib ! Vfrié-miheu ed voutapésur lâ kolônn !

— Qu'est-ce qu'il raconte ? grommelle Bérurier.

— Il porte une appréciation peu avantageuse sur l'amie que nous venons voir, répond Horry Zonthal, car j'ai oublié de vous le dire : il s'agit d'une prostituée.

Comme il vient de nous apporter cette précieuse information, un cri, presque un rugissement, retentit tout près de là.

C'est une femme qui vient de le pousser.

D'instinct, nous fonçons. Une porte s'offre (dans un lupanar, même les portes s'offrent). D'un coup d'épaule, nous l'ouvrons. Un spectacle déroutant se propose à nos regards stupéfaits. C'est gonflant, la vie. Dans les périodes les plus graves, les plus dramatiques,

1. Sorte de vêtement masculin en usage au Moyen-Orient qui sert à la fois de pantalon et de fourre-tout. La capacité d'un khâlbar normal est sensiblement celle d'un coffre de 2 CV Citroën.

faut que la farce montre le bout de son nez de gugusse. Rires et larmes, frissons d'aise et frissons d'angoisse s'entremêlent.

Alors que nous voilà en pleine béchamelle, traqués, forcés, cernés, alors que l'armée et la police nous coursent, alors que nous jouons notre peau à pile ou face, une scène cocasse, insolite, grandiose nous fait pouffer.

Figurez-vous, mes petites curieuses, qu'on vient d'entrer dans une pauvre piaule de « travail » chichement meublée d'un lit et d'un clou dans le mur. Deux personnes occupent cette chambre ; une femme brune, au regard béant d'effroi, et un grand gaillard immensément large d'épaules, avec un petit dargiflard ridicule. La dame est lovée sur le plumard, les jambes serrées, les bras tendus en butoirs de chemin de fer. Elle secoue la tête. Tout son être est une dénégation éperdue ! Un refus ardent ! Une protestation formelle ! Un désaveu complet ! Une opposition définitive ! Elle dit non : en bédouin, en kurde, en sanscrit, en anglais, en français, en sourd-muet, en turc, en arménien, en gesticulant. Seulement son clille ne l'entend d'aucune oreille. Il est pour la logique des choses, lui. Pour l'équilibre d'un système dûment éprouvé. Il a payé, il consomme, voilà tout ! Son flouze est déjà dans le bas de la dame. Lui il veut son dû. Rien de plus. Mais rien de moins. Contre une pincée de dinars il a acquis le droit d'emmener Popaul au cirque : il exige sa représentation. Ou alors ça bardera ! Un marché est un marché ! Surtout en matière coïtale. On peut plus discutailler lorsque les sens sont en condition. Vous raisonnez le rut, vous autres ? Non, hein ? C'est pas concevable.

Le zig en état de fornication, faut l'assouvir. Pas moyen d'échapper. C'est meurtrier, un mâle commencé et pas fini. Y a de l'homicide dans son mandrinoche. L'homme que je vous cause, rien qu'à le regarder de dos, on devine qu'il tuera si on lui refuse sa potion d'extase. La gonzesse doit bien le sentir, et malgré tout elle dit « non, que c'est pas possible ; que c'est inconcevable ; utopique ; à rayer de la liste des possibilités ; à bannir ; à oublier ».

On s'avance. L'ardent hardeur ne nous attentionne même pas. Agenouillé sur le terrain de manœuvre, il prend sa position, ses dispositions. Y a pas d'Allàh, faut qu'elle en donne pour l'article, mam'zelle chochotte ! Qu'elle fournisse !

On contourne le démoniaque, soucieux de contrôler les raisons d'un refus inexplicable de la part d'une personne pratiquant le taxi-cul. À peine qu'on l'avise de trois quarts, déjà on a pigé ! On joint notre frayeur à celle de la pute. On est commotionnés, abasourdis.

— Pire que m'sieur Félix ! bredouille Béru[1].

Oh, oui : bien pire !

Une chose pareille, ça paraît impossible. Dans les cauchemars les plus saugrenus, on n'en rencontre pas de semblable. Ça n'appartient plus à un homme, c'est plutôt une zézette avec un homme au bout, comprenez-vous la différence ? Ça défie la logique, l'imagination,

1. *Les Vacances de Bérurier* dans lequel un professeur prénommé Félix réalise une vraie petite fortune en permettant aux passagères du *Mer d'Alors* de photographier son exceptionnelle vigueur.

la nature ! C'est poignant. C'est sidérant ! Ça blesse la vue ! Ça bafoue. On en grelotte d'humiliation, de détresse, de pitié, de tout ! On a froid. On a besoin de crier. Besoin de prier ! De se voiler la face ! De demander pardon ! De se la mettre sous scellés. On en veut à sa mère ! On se déplore !

— Au secours ! crie la donzelle, comme le zig précise son action. À moi !

Crier « à moi » quand justement on en veut pas, c'est une hérésie, non ? Notez qu'elle l'a crié en arabe, mais il est des circonstances où l'on n'a pas besoin de coiffer ses écouteurs pour obtenir la traduction. Des circonstances où les faits causent !

Béru vole au secours de la pauvrette. Car, pour le coup, il lui redonne une totale virginité, à la fille, ce mec exceptionnel. Lui revalorise le fignedé. Elle a la gaufrette précieuse, miss Prends-moi-toute, par opposition. Son inaptitude à recevoir l'anormal la rend nubile, tout soudain. Lui confère automatiquement un petit côté « jeune fille violée » qui émeut l'honnête homme.

Le gros secoue le bras du forcené.

— Hé ! Planque ton obélix, mon pote ! exhorte le Valeureux. Et reste av'c nous, qu'autrement sinon tu vas assassiner c't' pauv' guêpe ! La défoncer jusqu'au moral ! Soye objectif, quoi, merde ! C'est comme si Pompidou voudrait faire passer la revue du Quatorze juillet par le Passage des Panoramas ! Ce sidi, j' sais pas où que tu peux trouver des Champs-Élysées capables de laisser défiler ta force de frappe ! Ah ! mon pauv' vieux… Et moi qui plaignais un cousin à Berthe parce qu'il a un pied-bot !

Nulle bonne parole n'est susceptible d'atteindre l'entendement de cet homme (je devrais écrire : de ce surhomme). C'est un fauve ! Un cerf en plein élan ; un tigre, un plantigrade ! Mais non, que cité-je là : c'est un é-lé-phant ! Il grogne ! Il s'obstine ! Il s'impétueuse sur la personne. Comprenant l'inefficacité du verbe en face de ce problème, l'Intrépide passe aux actes, lui aussi. V'lan ! Il porte un atémi foudroyant sur le corps du délice. Une manchette pareille, je vous jure, un rhinocéros en choperait le torticolis. Le membre actif devient membre honoraire aussi vite que se dégonfle un ballon en baudruche contre lequel on a voulu éteindre sa cigarette. Fou de rage, le client se jette sur son agresseur. Seulement, s'il a la force il lui manque la technique. Le Mastar esquive, puis lui place deux ou trois une-deux à la face, ce qui représente une demi-douzaine de gnons homologués. L'autre s'écroule, sonné. Bérurier décroche ses fringues du clou et les lui jette en déclarant :

— Disparais, toi et ton pipe-line de malheur ! Pas la peine de trimbaler un chibroc de diplodocus quand on est incapable d'amortir quéques chiques-naudes. Ça se prend pour Jumbo et ça se laisse mettre K.O. d'un coup de plumeau ! Gonzesse, va !

Il le vire hors de la chambre.

— Tu sais, dis-je au Gros, des « gonzesses » pareilles, je ne crois pas que nous en recontrerons beaucoup.

Plus réaliste que nous, Horry Zonthal est déjà en train de parlementer avec la fille. Il s'adresse à elle en anglais.

— Je cherche Fatima Shagatdôré, dit-il. Est-ce vous ?

L'interpellée qui reprenait du poil de sa bête depuis l'expulsion de son invraisemblable client a une nouvelle mimique effarée.

— Elle n'est plus ici ! Plus ici ! jette-t-elle en hâte, en vrac et en haletant (faut le faire).

— Où est-elle ? insiste l'agent israélien.

— On l'a pendue hier matin, elle appartenait à un réseau d'espionnage.

Et floc ! À vous de jouer, monsieur le maire ! Notre ultime planche of salut, déjà passablement vermoulue, s'écroule.

Comme pour concrétiser notre affliction, voilà que ça se met à brouhahater ferme *in the street*.

— Acré ! glapit le Dodu qui vient de jeter un œil par l'entrebâillement ; v'là les matuches ! C'te carne de Jumbo a fait un foin terrible. J'aurais dû lui administrer une totale. Il nous balance aux bourdilles, la vache !

On a une réaction similaire, Zonthal et moi. On se complète admirablement. D'un même élan on empoigne le plumard de la nana et on le coltine devant la lourde. Faible obstacle. Dérisoire sursis ! Y a pas d'autre issue à la pièce. S'agit d'une tanière à bavouiller, d'un alvéole à vérole, d'une cellule d'émois ! Alors, que faire ?

C'est le Prohéminent qui trouve. Il nous désigne la cloison nous isolant de la pièce voisine. De simples planches grossièrement tapissées. Le v'là qui prend du recul. La charge sauvage ! Un taureau furax ! Le mur de bois éclate. Le Gros continue de débouler chez les voisins. Un couple en train de bien faire, que dis-je : de bien foutre ! Une collègue à la gentille brunette qu'on vient de délivrer éponge un vieux barbu au crâne rasé et au bide tombant. Pépère qui opérait sa jonction avec des apothéoses sensorielles est culbuté en pleine gloire ! Il a été propulsé hors de sa partenaire hors du lit ! Il gît « à plat ventre » sur le plancher rugueux, bramant tout ce qu'il sait, avec son zigom qui tortillonne. Vous parlez d'une avarie de machine !

— Pleure pas, pépère, lui lance le Mastar, on t'a p't-être évité une chtouille mémorable !

Nous avons franchi la brèche. Déjà ça tambourine à notre porte. J' sais pas s'il a lu Marcel Aymé, Alexandre-Benoît, toujours est-il que le Passe-Muraille, c'est son modèle. Le voici qui réitère. Une nouvelle ruée. Un nouveau fracas ! Et les cloisons cèdent ! Des béantures se forment ! Un autre couple est interrompu dans ses ébats ! Cette fois ils sont tombés l'un sur l'autre et le monsieur se trouve engagé jusqu'à la garde dans l'hagarde. Faudra les désunir au démonte-pneu, probable. Un taureau, je disais de Béru ? Non : un bélier, mes fils ! Heureusement que l'immeuble est supra-léger. Si toutes les maisons ont cette friabilité, on va traverser Bagdad de la sorte. À présent, il démantèle une porte, le Calife.

Broutille, vous pensez ! On déboule dans un couloir obscur et malodorant. À droite, *the street.* Grouillante d'uniformes ! C'est pas pour nos pommes. On oblique à gauche. Un escalier ! On le gravit. Pas haut, car l'immeuble ne comporte qu'un étage. Une sorte de tabatière livre accès au toit. Pas le temps d'entonner « J'ai du bon tabac ». On s'entrehisse. Les tuiles romaines, cuites et recuites par l'impétueux soleil, craquent sous nos pas.

On galope dans les pénombres. Fuir, c'est aller ailleurs le plus rapidement possible, n'est-ce pas ? De préférence dans la direction opposée au danger. Seulement, ici, le danger est partout. Ambiant, endémique. On court à perdre haleine, comme disent les grands romanciers ou les cordonniers distraits. On monte, on redescend les misérables toitures groupées. Parfois on saute une ruelle, ce qui n'a rien d'olympique comme exploit. Les Mille et Une Nuits ! Tu parles… Ce que j'aimerais un tapis volant ! À réaction de préférence… Soudain, Horry Zonthal pousse un cri et s'engloutit dans des profondeurs. Il vient de rater un toit et il s'est abîmé, trois mètres plus bas dans une courette. Sans hésiter on plonge à sa suite et on se trouve dans un atelier de chaudronnerie en plein air. Le pauvre vieux est tombé sur une enclume et il gît au sol dans une posture éloquente ; il a la jambe cassée, presque à l'équerre du tronc. Vous parlez d'une tuile, si j'ose dire à propos d'un gars tombé d'un toit ! On s'empresse autour de lui. Il est livide.

— Je suis perdu ! halète-t-il.

— Tu débloques, gars ! Une guitare fanée, c'est pas la mort d'un jules ! le rassure Bérurier. À ce tarif-là les estations de sports divers feraient relâche !

— Non, non, balbutie l'agent israélien, je n'ai pas que la jambe. Ma colonne vertébrale aussi s'est rompue. Je n'éprouve plus rien dans la partie inférieure. Tout est fini.

— Soye pas pessimisse, mec ! Tu la reverras ton Israël, tente malgré tout de convaincre le Sédatif.

— Écoutez ! me souffle Zonthal. Prenez ma montre.

À l'intérieur du boîtier se trouve un document qui doit parvenir coûte que coûte à mes chefs, car je suis des services secrets moi aussi. Si vous arrivez à vous en tirer, allez en Israël ; rendez-vous aussitôt au kibboutz. Youde-Labbhoûm, à gauche en sortant de Nazareth. Demeurez-y quelque temps. Un jour quelqu'un s'approchera de vous, qui vous dira : « Française des Pétroles perd un point ! » Vous répondrez alors « Sablières de la Seine en gagne deux ! » Puis vous remettrez ma montre à la personne en question, en même temps que votre note de frais. Nos services remboursent les voyages en first et les notes de restaurant sur simples justificatifs, moins quinze pour cent de retenue pour la taxe de séjour. À présent, partez, partez vite !

— Et toi, mon pauv' bonhomme ? lamente le Bérurier au grand cœur.

— Moi, il ne me reste plus qu'à me suicider car je ne veux pas tomber encore vivant aux mains de nos poursuivants. J'ai une ampoule de cyanure sur moi.

— Te suicider ! T'es pas louf, alors qu'y a du mimosa plein l'Estérel et du beaujolpif dans les chais de Juliénas ! Pas de ça, fiston. Si tu t'es fêlé la colonne, on te foutra une tringle à rideau à la place ! Tant qu'a de la vie, y a de l'espoir !

— Non, non, inutile ! Adieu…

Notre compagnon porte lentement la main à sa poche.

— Je te laisserai pas faire une connerie pareille ! gronde l'Énorme. Tu m'as sauvé la vie, je te sauverai la tienne.

Il place un crochet du droit assez sec au menton de

Horry Zonthal, manière de le faire tenir tranquille. Le résultat dépasse-de-très-loin-ses espérances. L'agent n'a pas d'odeur, mais il a un spasme. Ses yeux se révulsent. Ses lèvres bleuissent. Il s'affaisse, entièrement mort, à nos pieds.

— Mais ! Mais… bêle Béru. J'ai pourtant pas appuyé. On dirait qu'il est canné, hein ?

— Son ampoule, expliqué-je. Il l'avait dans la bouche et tu la lui as brisée !

— Misère de mes os, pleure le Gros. V'là que je l'ai buté en voulant le sauver.

— Bast, tu lui as évité ce suprême et terrible effort de volonté, le consolé-je en récupérant la montre. De toute façon, il avait vu juste : c'était foutu pour lui !

Béru pointe le doigt au ciel.

— Pour nous, c'est pas encore les vacances aux Baléares, affirme-t-il. T'entends ce raffût ?

Ça drague ferme dans le quartier, croyez-moi. Il arrive des chargements de volaille. L'armée ! Les pompelards ! Bagdad est en ébullition.

En notre honneur !

À nous qui sommes en loques, sans argent, sans amis. À nous qui ne parlons pas la langue du pays.

— Bon, viens, soupire Alexandre-Benoît. Faut tout de même qu'on s'en sorte, non ?

CHAPITRE V

POUR UNE SURPRISE, C'EST UNE SURPRISE !

Je viens donc.

Comme toujours.

Mais pour aller où ? Vers quel piège ? Quel supplice ! Dieu ! que notre cheminement en ce monde est donc hasardeux. On dégouline, bête comme l'eau. Ou bien, si l'on choisit c'est pire, car on a ensuite le regret d'avoir opté pour le mauvais chemin. Tourner à gauche, à droite ! Foncer tout droit ? Et puis après ? Y a que des embûches, à perte de vue. Entre lesquelles on cherche à faire du slalom. Les plus beurrés réussissent à franchir le cap des quatre-vingt-dix piges. Et puis après ? De toute manière on est coincés, promis, compromis, empoussiérés d'office. La vie c'est juste un apprentissage du néant. Mais je me demande s'il y a des élèves vraiment doués pour, vraiment brillants ? Des gars intellectuellement organisés qui LA regardent arriver sans sourciller, avec encore moins d'émotion qu'on regarde son train entrer en gare. Des sages hindous, à ce qu'on raconte…

Je demande à voir. J'en doute ! Les jetons, au dernier instant, comme tout un chacun, toute une chacune. À propos de chacune, si : les femmes ! Là encore, je parie bien qu'elles nous blousent. Elles ont leur manière à elles de se disperser. De mourir sans en avoir l'air. Les vieilles. Madrées ! Consentantes. Elles s'offrent, c'est leur force ! L'apothéose. L'habitude de l'abandon total. Elles se confient. Elles détiennent cette grande recette qui consiste à transformer l'inévitable en don.

Mais c'est pas le moment de dévider la moulinette. Ça urge.

Moi quand j'épilogue, catalogue ou scatologue, j'en intéresse peut-être plus d'un, mais j'en fais tarter des milliers. La plupart, c'est ma poudre à éternuer qui les intéresse. Ma vessie pétomane, ma cuiller fondante, toute la bonne panoplie du rigolo de noces.

Bon, passons, acceptons de n'être que ce qu'on n'est, que ce con né !

On en était où est-ce ? Ah oui, la courette où Horry Zonthal vient de trépasser après m'avoir remis sa tocante. Étrangeté du sort… On devait suivre ce garçon pour lui arracher son secret, et voilà qu'il me le confie spontanément. Vous parlez d'une coïncidence étrange !

Béru a délourdé une nouvelle porte et trace dans une venelle bordant un grand immeuble. Ici les rares buildinges, ou assimilés, poussent dans le chiendent des masures. On arrive sans trop d'encombres au bout de cette sombre aorte sans avoir rencontré autre chose qu'un chien errant. On débouche sur une place. Le terrain découvert, c'est nocif dans notre cas. On va pour rebrousser chemin lorsque la garde surgit à l'autre extrémité de la ruelle. Des balles bourdonnent à nos étiquettes. Y a pas à tergiverser, mais à traverser. On fonce sur l'esplanade. Le clair de terre de verlune nous découvre une vision dantesque : au lieu d'arbres, il y a sur cette place des potences. Un vrai verger ! Et qui porte des fruits. Une kyrielle de pendus oscillent mollement dans la légère brise soufflant du Tigre.

Faut voir ça au moins une fois dans sa vie ! On se met à louvoyer entre les gibets. Il a le bonjour, le père Louis Onze avec ses bois de Plessis-lez-Tours ! C'était de l'amateurisme, à son époque. Du petit artisanat provincial. De la bricole de maniaque. Du joujou acheté au Nain Bleu ! S'il retapisse ça, de là-haut, il doit fulminer vilain !

Ici, oui, on voit les choses en grand. C'est vachement industrialisé, la culture du pendu. Ils exportent, sûrement, les Irakiens (qui ira le dernier). Sur leurs dépliants pour agences de voyages c'est marqué en toutes lettres : *L'Iraq, son pétrole, ses pendus*... La chasse à nous se poursuit. Le flot des poursuivants grossit. On entend des appels, des sifflets, des trompes d'auto, des trompes d'Eustache ! Des sonneries, des conneries ! Ça galope ! Ça évertue... Les carnes foncent à bord de jeeps pour cerner la place.

— Gros ! Gros ! haleté-je. Stop !

Obéissant, même au milieu des plus ardentes fournaises, A.-B. s'arrête pile.

— Mate, mon pote ! lui dis-je en désignant une rangée de gibets disponibles.

— Quoi-ce ?

Je lui donne l'exemple. Rien ne remplace les actes lorsqu'on veut expliciter sa pensée. D'un bond je cramponne l'une des cordes tombant de la potence et m'y suspens.

— Fais-en autant et reste immobile ! lâché-je.

Il a pigé. Il m'imite.

Je vous mets au défi, vous et n'importe quelle autre pomme, en pleine noye, dans cette lugubre forêt de macchabées, de nous repérer. Nos silhouettes inertes s'ajoutent aux silhouettes des suppliciés. Y en a deux de plus simplement. Nos ombres vivantes se joignent aux ombres mortes. Le tout est d'attendre sans lâcher la ficelle.

Une lourde odeur de mort flotte sur l'esplanade, obsédante, pénétrante. Je m'applique à respirer avec la bouche seulement. La meute investit le quadrilatère. Des torches électriques dansent entre les montants de bois. On se hèle, se querelle, s'appelle. Le tort d'un poursuivant, c'est de trop se presser. Sa précipitation lui nuit car il regarde sommairement les lieux. Il est obnubilé par ce qu'il cherche. Il ne guette que ce qu'il s'attend à voir. En l'occurrence, ces braves gens comptent débusquer deux hommes posés sur le sol, aussi ne prêtent-ils aucune attention aux gens suspendus puisqu'ils les estiment tous morts.

Belle feinte, hein ?

Je vous l'avais déjà fait, ce coup-là ? Non, je crois pas. Remarquez qu'on peut se gourer, à force d'à force. Tu prends les plus grands de parmi nous (je cite pas de noms pour emmerder personne et inquiéter tout le monde) si tu collationnais tous les trucs dont ils se sont déjà servis, toutes les grandes choses qu'ils ont déjà dites, ce qui resterait de neuf dans leurs dernières zœuvres ne remplirait pas la dent creuse d'un canari. Moi, ça m'arrive aussi, les redites. Seulement je m'en tire sur la quantité. C'est mes abondances qui me sauvent. Parmi mes charretées de culteries, on trouve malgré tout de l'inédit. Enfin, j'espère. Sans illuses y a plus d'homme.

Donc, nous v'là accrochés à nos potences. Sa Beurranche et moi-même. Pas fiérots pour un dinar, attendant que ça se tasse.

Des matiches teigneux nous passent devant, derrière, autour, à proximité… L'un d'eux me bouscule même les cannes de l'épaule. Ça dure un fameux bout de moment. Ils s'obstinent. Mais voilà que dans les lointains une pomme se met à siffler aigu. Probable qu'un bruit ou une ombre l'aura alerté. Illico les forces défluent en direction de l'appel. La place se vide de poulardins et on reste peinards, entre pendus de bonne compagnie. Par sécurité je poireaute encore. Mes doigts sont brûlés par le contact de la corde rêche et je ne sens plus mes épaules.

Soudain je perçois un gros « floc ». C'est Béru qui vient de mûrir et qui tombe au pied de son arbre. J'en fais autant. On reste un instant abasourdis, en proie à de sournois torticolis. Ensuite on essaie de remuer les doigts. On dirait qu'ils se sont soudés les uns aux autres. Peu à peu notre sang reprend son circuit initial.

— Et maintenant, mon cher Monseigneur ? souffle Bérurier, on se lave les pieds ou on se fait cuire une soupe à l'oignon ?

— L'ambassade de France, réponds-je.

— T'as l'adresse ?

Évidemment, c'est là le hic. Bagdad est un charmant port de mer de deux millions d'habitants, et pour s'y repérer il nous faudrait l'expérience du malheureux

Zonthal. De plus, je le répète (mais avec des crânes de pioche comme les vôtres, faut pas avoir peur de marteler) nous n'avons pas un dinar en fouille, nous sommes en haillons, et…

J'interromps ce triste bilan car une idée vient de me court-circuiter la pensarde.

— Qu'est-ce t'as ? s'inquiète le Monumental.

Je lui désigne, de l'autre côté de l'esplanade, une longue artère assez bien éclairée, où des voitures roulent à vive allure. Certaines ont une lumière caractéristique fixée au-dessus de leur pare-brise.

— Il y a des taxis ! dis-je. Viens, Gros, on va en fréter un. C'est notre seule chance d'atteindre l'ambassade.

— J'en ai plein les flûtes et je commence à avoir une faim de loup.

— On demandera poliment un sandwich à m'sieur l'ambassadeur.

***

C'est d'une témérité noire, ce qu'on fait là. Vous nous imaginez, dans notre état, plantés au bord d'Huildarâshid Street comme deux naufragés, à vouloir stopper un bahu ? Et sous un lampadaire, encore ! Notez bien que la témérité paie toujours. Les bourdilles sondent les masures et explorent les labyrinthes entourant le bazar ; ils n'ont pas l'idée de nous chercher dans l'artère majeure de la ville.

À plusieurs reprises déjà, des taxis ont ralenti à notre appel, mais après nous avoir avisés d'un peu plus près, comment qu'ils ont champignonné, les bougres !

Les étrangers qui ne sont pas d'ici, eux, au départ, ça ne les excite pas avec le régime de fer qui règne en Irak. Z'ont la frousse de se fiche dans des ennuieries compliquées. Alors vous pensez, en matant deux bougres contusionnés et loqueteux, ils détalent pire que des lièvres devant une battue.

— Faudrait qu'on allasse à une estation, préconise l'Enflure. On grimperait d'autor…

Comme il achève ces mots, un taxi répond enfin à mon signe et stoppe devant nous. Il est un peu mieux que les autres. C'est pas une vieille casserole des années 30, mais une respectable Bentley des années 20, noire, avec des raies blanches et vertes peintes autour des lourdes pour faire plus joyce.

— *French embassy* ! jeté-je vivement en m'affalant sur la banquette arrière en compagnie du Mahousse.

Le chauffeur nous défrime un bout de temps dans son rétro, ensuite de quoi il opine et démarre.

On remonte la grande artère, à peu près vide à cette heure avancée *of the night*. Le driveman conduit un peu plus mal qu'un con, décrivant des arabesques orientales et butant les trottoirs dans les virages, ce qui nous fait embarder violemment. On se farcit une vraie croisière dans son carrosse (d'Hussein sacrément). Au bout de vingt minutes, je réaperçois le Tigre sur la gauche. En bordure du fleuve se dresse un vaste bâtiment. Y a plein de flics alentour et le merveilleux drapeau irakien flotte au sommet d'un mât, éclairé par un judicieux projecteur. Tout à fait entre nous le Tigre et l'Euphrate, mes drôles, cette construction ressemble autant à une ambassade de France que Béru à la reine mère d'Angleterre (et encore, s'il portait une jupe, une perruque et qu'il engraisse de dix kilos, y aurait « de ça »).

Je touche l'épaule du petit rigolo.

— *French embassy, quick* !

Au lieu d'obéir il accélère.

— Il nous repasse, hé ? note le Mastar.

Sans même attendre ma réponse, il cramponne une oreille du chauffeur et la lui arrache d'une monstrueuse torsion. L'autre pousse un hurlement et décrit une embardée supplémentaire.

— On t'a dit la franche embrassade, gars ! mugit Zorro, remue-toi le panier, autrement je t'arrache l'autre et t'auras le bonjour pour porter des lunettes quand est-ce que ta vue commencera à faire du rase-mottes.

J'ignore s'il comprend le français, notre conducteur. Peut-être est-il sensible à la voix du Gros ; à ses inflexions délicates… Toujours est-il qu'il manœuvre en vitesse, manquant emboutir un datier servant de calendrier municipal, escaladant le trottoir, renversant un panneau de bois sur lequel un artiste figuratif a peint un immonde Juif aux dents de carnassier en train de vomir des bombes sur une campagne apocalyptique.

Un poulardin nous siffle, mais on n'en a cure. Il pilote comme un fou, le Van Gogh des G 7. Tout en portant l'aiguille de son compteur à cent quarante de large, il louche sur son oreille droite posée sur la banquette. Vous parlez d'un trophée pour taureau ayant vaincu le toréro ! Doit se demander si ça se recolle, une étiquette de ce genre, ce vilain faisandé ! Sinon il va changer de métier, se faire standardiste pour planquer sa mutilation.

Moi je le tiens à l'œil pour parer à une nouvelle arnaque.

— Vous êtes les échappés de l'avion ? me demande-t-il au bout d'un moment, dans un anglais convenable.

— Ne vous occupez pas de ça, mon vieux.

— Vous ne pourrez pas pénétrer dans l'ambassade.

Du coup, non par compassion, mais par intérêt, je lui prête une oreille attentive.

— Tiens donc ! Et pourquoi ?

— Parce qu'il y a des services de sécurité devant toutes les ambassades. Avant que vous entriez, des cordons de vigilance vous demanderont vos papiers.

Je suppose qu'il dit vrai. Il me prévient pour que nous ne croyions pas à une nouvelle vacherie de sa part.

— Roulez toujours, à petite allure. Nous verrons.

C'est tout vu.

Certes, le drapeau français flotte là-bas, sur une maison de style britannouille, mais pour atteindre icelle il faut passer par des chicanes dressées sur les voies y conduisant. Inutile d'insister, la zone est insalubre.

— Demi-tour ! ordonné-je.

— On est marron, non ?

— Marron très foncé, Gros. Pour le coup je ne sais plus que fiche.

— Si on piquerait son bahu et qu'on rejoignasse une frontière ? Doit bien être mitoyen av'c un pays sympa, l'Iraq ? La Roumanie ou le Portugal, par exemple, non ?

— Tu dois commencer à savoir que le pays est pourri de troupes. On ne ferait pas deux kilomètres sur une route sans être stoppés. Un taxi, tu parles !

Brusquement, il pousse un cri, mon camarade ! Un

cri du genre clameur ! Style : la charge des Zoulous fondants sur Napoléon IV.

— Quoi ? coassé-je.

— Dis-y qui s'arrête, vite ! J' sais pas si j'ai eu une berlue ou un mirage, mais ce que je viens de mater au moment qu'il a ralenti devant c't' immeube, c'est sidéral !

— Qu'as-tu vu ?

— Bouge pas. Je te dirai après.

La voiture venant de stopper à ma demande, Pépère descend et se met à cavaler dans la nuit. Son absence est de courte durée.

— C'est bien ça, c'est bien ça, exulte-t-il en revenant. La chose la plus époustouflante dont au sujet de laquelle on croit rêver. M'est avis que nous voilà enfin au-dessus du caniveau de la merde, Sana ! Un vrai miracle. Seulement faut donner le changement à c't' ouistiti, par prudence. Fais-nous vadrouiller un peu plus loin, pas qu'il retapisse notre point de chute.

— Mais enfin, parle !

— Minute ! Suppose que ce plouck entrave le franchecaille, mine de rien ! Tu sais ce qu'on dit : « Prudence est mère de la Sûreté et de la P.J. »...

On repart. Au bout de quatre cents mètres, le Mystérieux crie « stop ! », d'un ton qui ferait péter l'arbre de transmission du France. Il en freine si fort, l'homme à l'oreille cassée (il est tabou) [1] qu'il s'estourbit contre son pare-brise. Toujours soucieux de faire bonne mesure, Sa Majesté lui ajoute un parpaing derrière la nuque et l'autre

1. Je m'offre des astuces, maintenant que je dois être le seul à piger. C'est bath !

s'affaisse sur sa banquette, ce qui lui permet de dormir (très provisoirement) sur ses deux oreilles.

On rebrousse chemin prudemment. Pas le moment de tomber sur une patrouille !

— Alors, tu m'expliques ?

— Je préfère te laisser la surprise.

Nous retrouvons l'immeuble de briques. Il n'a que deux étages. Le bas est un entrepôt avec un portail de fer. Le premier doit servir de bureaux ; le second d'appartement.

Je considère la construction dont la seule particularité est d'être récente. Apparemment, elle n'a rien qui justifie le survoltage de mon compère.

— Eh ben quoi ? je lui fais.

— Ah ! Parce que t'as rien remarqué ! ricane l'Ignominie-Déambulatoire.

— Non… Oh, si ! Merde !

Ma sidérance se met à l'unisson de la sienne. Ce que je découvre est tellement incroyable ! Tellement fou !

Sur le portail de l'entrepôt, y a des caractères arabes. Mais sous ces caractères tortillonnés, en lettres blanches sur fond noir on peut lire très exactement ceci :

A.-B. BÉRURIER
Import — Export

Je vous en fous plein les moustaches, hein les gars ? Bon, je vais aller faire un tour pendant que vous récupérez.

CHAPITRE VI

LES BÉRURIER SE SUIVENT…

Ça y est, oui ? Vous êtes bien remis de votre commotion ? Les guignols sont calmés ? Vous avez torché la bave et la morve qui vous dégoulinaient sur la façade (décrépite) ?

Très bien, en ce cas, on va essayer de poursuivre. Le Gros ne se rassasie pas de lire et relire les trois syllabes magiques. Bé-ru-rier. Bé-ru-rier…

Il les chantonne, les psalmodie, s'en pâme.

— Vise, chuchote-t-il, ça s'écrit tout pareil identiquement. Y a un accent t'es cul sur le « é, » une « r » à la fin ; un point sur le « i » ; un « B » majuscule… Et t'as mordu les initiales de ses prénoms ? A-B, exacteli comme mégnace. Tu veux parier qu'il s'appelle Alexandre-Benoît, lui aussi ?

— On peut s'attendre à tout, conviens-je. Ne sommes-nous point au pays des mirages !

— C'est sûrement un parent ! décide l'Attendri. On va se faire sauver la mise par lui. Car si y a une chose qu'on a chez les Bérurier, c'est l'esprit de famille. Une vraie mafia, mec ! Une franche-maçonnerie, en quelque sorte pour ainsi dire. Pire que chez les corsicos ou les six ciliens. Un Bérurier se pointe, en danger, tout de suite aussitôt les autres dégrèvent la mobilisation générale ! Une entraide farouche, on pratique. La main à la fouille si besoin hait. On forme tous un médaillon de la chaîne familiale.

— Arrête, tu vas me faire chialer, interromps-je. Vérifions plutôt le bien-fondé de tes affirmations, Grosse Loque.

Et j'appuie sur l'une des trois sonnettes fichées dans le pilastre du portail. Comme au bout d'une petite séance de chatouille-bouton personne n'a réagi, je passe la troisième, me disant que celle du milieu doit correspondre aux bureaux situés à l'étage intermédiaire. En effet, dès le second carillon, une tête surgit dans un encadrement de fenêtre, au second.

— Kiquî m' feshyié âstheur ? bougonne une voix maussade.

Bien que ne comprenant pas l'irakien moderne je suppose qu'il doit s'agir d'une question à propos de notre identité, aussi, pour couper court à éviter des tergiversations sonores, vu la distance qui nous sépare, je lance un simple, un bref, un guttural :

— Police !

Blaoum ! C'est magique. Sans insister, le réveillé quitte sa croisée (elle fut amenée au Moyen-Orient par Chaud-Froid de Bouillon) et des lumières éclosent un peu partout dans l'immeuble. Après un peu moins de pas longtemps, un vantail de la vaste lourde s'écarte et une bouille inquiète se révèle dans le clair-obscur.

Ça ressemble à Béru, c'est vrai. À un Béru dessiné par un artiste de Bagdad. C'est gros, déplumé, mafflu, bajouteux ! C'est brun de poil, sombre de peau ! Ça a l'œil bouffi ! Ça se gratte le bide en nous considérant. Ça a des relents de tanière. Ça libère de sonores incongruités boréales et australes. Ça porte une espèce de longue chemise de nuit souillée pardessus un pantalon tirebouchonné. Ça a les pieds cradingues dans des cothurnes bâillantes. Ça manque nettement de chaleur et, à vrai dire, ça n'a pas l'air affable.

— Bérurier ! À moi ! s'écrie le Mastar (le mien, le nôtre) en empoignant son homonyme par les épaules et en plaquant deux baisers goulus sur la tremblotante gelée verdâtre qui lui sert de joues.

L'homme a un mouvement de recul. Il fuit l'étreinte ! Il veut fermer la lourde sur nous. Il a peur.

— J' sus un Béru, moi de même ! le rassure Sa Majesté. Un Béru natif de Saint-Locdu-le-Vieux, donc un vrai ! Tu spiques français, j'espère ? D'accord, je peux te faire la causette en engliche, vu que je parle couramment c'te langue, mais ce serait tellement glandu de ne pas s'exprimer la tendresse dans le parler de nos aïeuls !

— *But* ! Mais ! Mhêê… fait l'importateur-exportateur, effaré.

Je crois judicieux d'intervenir. Je le fais en anglais, me doutant que ce Bérurier bagdadien, s'il connaît la langue de Molière, ne doit pas avoir tous les jours l'occasion de l'employer.

— Je vous prie de nous pardonner cette visite aussi nocturne qu'intempestive, cher monsieur, lui dis-je. Mais imaginez-vous que nous sommes français et que mon ami ici présent s'appelle Bérurier. Comme nous avons quelques petits ennuis heu… passagers, nous n'avons pu résister à la tentation de faire votre connaissance.

À peine j'achève ces explications, débitées d'une voix fort urbaine, qu'une patrouille de matuches déboule dans la rue. J'ai que le temps de refouler le bonhomme et de pénétrer dans son fief.

Moi, vous me connaissez ? Je devine les réactions humaines. Ainsi, j' suis certain qu'il va glapir au secours, Ben Bérurier. Mettez-vous à sa place, si vous avez une minute. Ces deux vilains que nous sommes, hâves, sanguinolents, déchirés du cuir et des fringues, n'ont rien pour inspirer confiance. Aussi, après avoir repoussé le portail, lui fermé-je le bec d'une main prompte.

On entend croître, puis décroître le bruit de la patrouille. Le calme revient. Le guignolet de notre hôte fait un raffût de contrebasse.

Faut dire que ma main est large et que je l'étouffe un peu.

— Excusez, fais-je en le relâchant, mais j'ai craint que vos nerfs ne craquent. À présent, si vous le permettez, nous allons monter chez vous pour faire connaissance.

Il est hors d'état de parler. Il tremble. On doit le soutenir pour traverser l'entrepôt. Celui-ci est bourré de tapis empilés jusqu'au plaftard. On porte à demi le Bérurier irakien dans l'escalier menant à ses appartements.

— Faut pas chocotter, mon Gars ! tente de le calmer l'Énorme. On te veut pas de mal ! C'est juste une visite de pays à pays. Un bonjour-bonsoir en passant. Je lis Bérurier sur la lourde, j'allais pas filer sans te faire la bisouille à Béru, quoi, merde ! À quoi que ça servirait qu'on soye synonymes, les deux ? Cousins, même, je me gaffe ! Vise ma frite à la lumière, on se ressemble. Hein, Sana, qu'on a un air de *family*, moi z'et lui ?

Le cousin a une bouille à cracher son foie, c't' exaguete, les lampions qui globulent jaune, et il est plus bouffi qu'un cul de caissière, j' sus d'accord, nez en moins on sent le même raisin à la base.

À force qu'on fure et à mesure de monter en bavassant, nous voici dans la private carrée du cher homme. Il semblerait qu'il jetonne un peu moins. On déboule dans une grande pièce blanchie à la chaux (de Pise)[1], meublée de sofas, de tables basses, de poufs et de chauffe-narguilés.

Une ravissante petite fille d'une douzaine damnée, brune, avec un menu tatouage au milieu du front et des voiles arachnéens en guise de robe est lovée craintivement sur une pile de coussins.

— Qu'elle est mignonne ! s'écrie Béru-France. Et toute farouche, comme une biche qui aboie. C'est ta gamine, cousin ?

Béru-Iraq a récupéré.

— Ma femme ! répond-il en français.

— Y cause françouze ! trépigne le Gros. Ah, je

1. Seul le diamant, en se consumant, ne laisse pas de cendres.

savais qu'un Bérurier, il a beau quitter le sol naval, il emporte toujours sa langue à la semelle de ses souliers.

Puis, sollicité par le gracieux spectacle de la petite dans ses voiles, fasciné par le regard de braise et les longs cils langoureux de l'adolescente, il déclare :

— Ta femme ! Ben, mon pote, t'espédie le bouchon à dache, toi ! Grimper une colombe de c't' âge-là c'est culotté. T'as pas peur de te faire coffrer par les mœurs pour détournage de mineuse ?

Dépassé par ce verbiage, le suifeux se contente de branler le chef.

— T'es né en France ? demande Béru-Paname.

Béru-Bagdoche secoue négativement la tête.

— Je suis d'ici ! Mais mon père, oui.

Son français est aigu, mal fagoté.

— Il était de Saint-Locdu-le-Vieux ?

— *Yes... He was...* Je veux dire : oui ! Sîne-Locédou-el-Viot !

— T'as à faire, côté prononciation, pour t'aligner sur le diapason, reproche mon compère. C't' accent qu' t'as écopé chez les Arbis, mon pote ! Tu parles le français à la manière d'un perroquet qu'aurait l'accent anglais. Et encore : pas çui d'Os Fort. Et y se prénommait how, your pater, mi déhar ?

— Éloi !

— Merde : le cousin germain à mon Vieux ! J' savais qu'on était apparentés ! Éloi ! Il était apprenti orfèvre au chef-lieu, hein ?

— En effet, répond Béru-Moyen-Orient, de plus en plus rasséréné.

— J'ai jamais connu ton dabe, vu que j'étais pas né quand il a canné…

Sa Majesté fronce ses rides frontales. On poserait un petit bateau de papier dessus, vous jureriez la mer par gros temps.

— Mais dis voir, ton père, il avait disparu pendant la quatorzedixhuit, aux Dardanelles. On l'a porté mortibus. Y a son blaze sur le monument aux morts de Saint-Locdu. J'en sais quéque chose, aux z'onze novembre c'est moi que je récitais la liste.

— Il n'est pas mort à la guerre, il avait déserté, révèle placidement Bérurier-Bords du Tigre. Son adjudant le faisait chier, c'est le mot que mon père répétait toujours. Je n'ai jamais su quoi cela voulait dire.

Béru-Bords-de-Seine pousse une exclamation agonique.

— Déserté ! Un Bérurier !

— Oui. Il est passé en Turquie. Puis, de là en Irak où il s'est lancé dans le commerce des tapis. Il a marié « des » iraquiennes et je suis né.

Le Gravos est tout déconfit.

— Un daron déserteur et une épouse mineuse, y a du jeu dans la boîte à vitesses de ton pédigrée, cousin ! déclare-t-il sombrement. Enfin, les choses étant ce caleçon, j'ai pas à m' mêler de tes bidons. Faut croire qu'il avait gardé la nostalgie de chez nous, ta vieille guenille de père, puisqu'il t'a donné, comme on m'a donné à moi, les prénoms de notre arrière-grand-vioque qu'a été fait caporal à titre post-scriptume devant Sedan. Car tu t'appelles bien Alexandre-Benoît, non ?

— Pas du tout !

Mon camarade d'épopée se renferme.

— Alors ça veut dire quoi t'est-ce, A-B ?

— Akel-Brâkmâr, répond Bérurier-Asie, mon vénéré père s'était fait naturaliser Iraquien.

— Le bouquet ! soupire Béru. Enfin, tu vas tout de même nous arracher à la mélasse, Sana, expliques-y ce dont on espère de lui pendant qu'il va nous faire servir à croquer par sa mutine. Car j'espère que t'as de quoi morfiller, cousin ?

— Jé pas comprendre, murmure Béru-Salamalecs.

— On veut manger ! Miam-miam ! Et puis boire ! Pinard ! Piccolo ! Gros rouge ! Vinasse ! Picrate ! Tu see ? Mascara ! Beaujolpif-village ! Bercy ! Un drinque ! Du vin, quoi, merde !

L'autre prend un air horrifié.

— N'ai pas de vin. Je suis mousoulman !

Le Béru-Europe en perd son râtelier.

— Musulman ! Je te jure ! Mais y sont devenus dingues dans c'te branche de la famille ! Complètement carbonisés de la coiffe ! Le cervelet tourné en sirop ! Les cellules adipeuses ! Musulman, un Bérurier made in Saint-Locdu-le Vioque ! Je raconterais ça au village, on me rirait au pif ! On me députerait cinnoqué à fond ! Musulman ! Toi que ton père a fait sa première communion avec le mien ! J' serais peau de vache, j'écrirais au pape pour te faire excommuniquer ! Ça t'apprendrait ! Ah, nom d' Dieu, la bouille qu'y doivent faire, les aïeuls, là-haut ! Et puis c'est comme pas de vin. Jamais au grand jamais un Béru a manqué de rouquin, mec. Un Bérurier sans picrate c'est comme une bagnole sans volant ! Pas de vin ! Après toutes ses générations de francs-licheurs !

Le Gros se met à chialer sans pour autant cesser de vilipender son parent.

— Pas de vin ! Y m' fera crever d'honte, ce tordu ! Si je te disais, tu sais de quoi qu'il est mort, ton propre grand-père ? D'une cirrhose ! D'une vraie, avec un foie moins gros qu'une noix et plus dur qu'un caillou gelé ! Et not' arrière-grand-père, hein, espèce de faux-Béru de contrebande ? Disparu il était ! Tout un hiver. On l'a retrouvé à la fin mars, lors de la fonte des neiges. Trop blindé en revenant de la foire, y s'était écroulé dans un fossé, en pleine tempête. Alors ces braves gens auraient sacrifié leur vie au service du vin pour qu'un de leurs rejetons se fisse musulman et liche de la flotte ! Des hommes exemplaires que tout le canton cause encore d'eux, aux veillées ! Tiens, mate mon front : rouge d'humiliation ! J'en ai la peau des c… flétrie. Plein de désespoirs dans la vessie ! Musulman ! D'y songer ça me fout la fièvre ! Un Bérurier qui lit sa messe dans le Coran ! Et il prie Allah, hein, je parie ? Mais bien sûr, pourquoi qu'y s' gênerait ! Un bon Dieu en chéchia ! Allah ! Ah, lala ! Y a des coups de pompe pontificale au cul qui se perdent !

J'essaie d'endiguer la colère d'Alexandre-Benoît.

— Calme-toi, on ne va pas rouvrir le chapitre des guerres de religion, bonhomme ! Tous les chemins mènent au ciel !

— Tu veux faire la route sans ta gourde de pinard, toi ? objecte-t-il sombrement. Enfin, est-ce qu'il a seulement un petit frichti à nous coller sous la chaille ?

Pas de lard, œuf corse, le jambonneau chez plumeau ! Musulman comme il est, tu penses… On peut manger, chez toi, cousin ?

— Maintenant ! s'effare le Bérurier-Islamique.

— Me dis pas qu'a des heures de bouffe et qu' vous êtes en période de ramdam !

— Non… Mais…

— Mais quoi ? s'impatiente le Monumental.

— Je ne pourrais vous servir qu'un repas froid !

Le mot repas apaise comme par enchantement mon ami. C'est la pluie qui abat le grand vent.

— On t'en tiendra pas vigueur, promet-il. On sait ce que c'est d'arriver chez le monde à l'improvise. Bon, un repas, froid ou pas, c't' un repas, hein ? L'essentiel est qu'il soye copieux. Tu sais, cousin, les renards mangent froid tout l'hiver, c'est pas ce qui leur empêche d'avoir une belle queue !

*
* *

Je raffole du mouton.

Mais le mouton, quand il est servi froid et qu'il pue le bouc négligé, ça vous pousse au jeûne.

Je me contente de galettes de pain et de lait caillé tandis que Bérurier-Chrétienté nettoie la bidoche avec ce bel appétit en comparaison duquel un loup affamé a l'air de chipoter.

On explique au cousin nos avatars. On lui dit la vérité parce que c'est ce qu'il y a de plus facile et de plus convaincant. Il écoute, les yeux à demi fermés, l'air impassible. Tout en parlant je file des œillades assassines à la petite moukère.

Elle paraît s'apprivoiser quelque peu et ne me quitte pas du regard. J'aimerais bien que Bérurier-La Mecque aille discuter de son tiers provisionnel chez son contrôleur, manière d'expérimenter les méthodes françaises sur cette fille des sables.

L'export-tâteur souffle sur sa minuscule tasse de thé. On dirait un bouddha.

— T'es malade ? s'inquiète Bérurier-Vatican.

— Non, pourquoi ?

— Tu bois de la tisane !

— C'est du thé.

— Tu joues sur les maux, mec. Bien, à présent que t'es affranchi du topo, comment penses-tu nous en sortir ?…

Akel-Brâkmâr Bérurier réfléchit un bon moment, puis il déclare de sa voix d'eunuque constipé :

— Les autorités de mon pays sont très sévères avec les étrangers.

Bérurier s'étrangle.

— Ton pays, c'est la France. T'as beau boire de l'infusion au lieu du vin, faut tout de même que tu te colles ça dans le citron. Et si tu continues de me traiter d'étranger, moi je te vas secouer les plumes.

Je lui virgule un coup de tatane, ce qui n'est pas très aisé lorsqu'on est assis en tailleur.

— Fous-nous trois centimètres de paix, Gros, tu veux ? Ton patriotisme nous émiette les joyeuses, à force. Vous disiez donc, cher monsieur Bérurier ?

Le Béru-Calife déguste son thé au jasmin à menues gorgées gourmandes. C'est un type lent et circonspect.

— J'allais dire que vous devez sortir clandestinement d'Irak, déclare-t-il.

— Vous voyez un moyen ?

— Oui, un seul, mais très risqué.

— Tu vas affranchir l'ambassade de France de notre affaire ? lui demande son cousin issu de germain (et de Saint-Locdu-le-Vieux).

— Cela ne servirait de rien. Le régime actuel ne se soucie pas des questions diplomatiques et vous ne pourriez aller nulle part.

— Alors ?

Le buveur de thé repose sa tasse sur un plateau tellement ouvragé qu'il comporte plus de vide que de cuivre.

— Chaque mois j'expédie mes tapis à Beyrouth, par camion à un gros revendeur libanais. Depuis des années, ma maison est connue et l'on se contente, aux différentes douanes irakiennes, syriennes et libanaises, de compter les tapis. Ceux-ci sont roulés et enveloppés dans de la toile.

— Compris, dis-je. Nous pourrions voyager à l'intérieur de deux d'entre eux, n'est-ce pas ?

— Exactement. Seulement il y a plus de mille kilomètres d'ici Beyrouth, le camion met trois jours pour y parvenir et vous ne pourrez pas sortir de l'emballage.

— On emportera de quoi bouffer, tranche Bérurier.

— Vous respirerez mal.

— On marchera à l'éconocroque.

— Vous ne pourrez pratiquement pas bouger.

— On roupillera.

— Il fera une chaleur infernale.

— On mettra pas de Rasurel et si tu tâchais moyen de nous procurer un bidon de vin, ça collera à peu près. On ira se refaire les éponges en Suisse par la suite. T'es tout de même un vrai Béru, cousin. Tu permets que je fasse la bisouille à ta petite madame, elle est plus ragoûtante que toi.

— La femme est sacrée ! hurle Béru-Bagdad.

— Et chez nous, donc ! répond le Paisible. Elle est même tellement sacrée qu'on l'adore !

— Votre prochain départ a lieu bientôt ? demandé-je.

— Après demain.

J'approuve d'un hochement de tête. Ainsi nous n'aurons pas à nous éterniser chez ce parent insensé du Gravos. Je redoute un éclat de mon pote, que le mode d'existence du cousin met en transes à chaque instant.

— Merci, cher Akel Brâkmâr, nous saurons plus tard vous revaloir votre aide, promets-je en lui pressant la main.

— On t'espédiera une caisse de champ et des conserves de chez Olida ! rigole Bérurier-Paris. Plus une babiole pour ton petit moustique. J'espère pour elle que t'es moins chibré que le guignol dont on a délivré une radasse t't' à l'heure, autrement sinon, ta pauvrette, elle ferait disparaître les tabourets en s'assoyant dessus !

CHAPITRE VI

… MAIS NE SE RESSEMBLENT PAS !

Y en a pour qui dormir c'est mourir un peu ; moi, au contraire, je vis intensément pendant mon sommeil. Je fais plein de rêves majestueux, dans des décors exorbitants. Je pleure pas sur la figuration, quant à la distribution, elle est toujours de première. Vous devez bien vous douter, malgré votre intelligence délabrée, que lorsqu'on vient de traverser les péripéties ci-dessus, les songes qui leur succèdent ressemblent aux films du regretté Cécil B. de Mille. Je rêve qu'on vient de me nommer généralissime en super-grand-chef des armées irakiennes et que je passe le front des troupes en revue, décorant les uns, pinçant l'oreille des autres, faisant fusiller les militaires en négligé, bref, accomplissant mon boulot de général.

Y a des cliquetis d'armes sur mon passage, vu qu'on me les présente à tout-va. Je salue d'une main nonchalante. En filigrane de ce rêve, je me dis que c'est rudement bath de commander ces troupes qui me pourchassaient il n'y a pas si naguère. Bath et rassurant. Une chouette revanche sur le destin, non ? D'ailleurs, notez-le, beaucoup de songes sont à base de revanche. Le rêve est un compensateur.

Mon émotion est si forte que ça me réveille. J'ouvre les chasses et qu'aspers-je ? Une rangée de policiers en uniformes qui nous couchent en joue (bien que nous soyons déjà couchés) avec leurs mitraillettes (*made in* France, un comble !).

Ils sont une vingtaine dans la grande pièce nue où le bon cousin Bérurier nous a invités à la dorme. Tous déchaussés pour mieux nous surprendre, éviter que nous eussions des réactions de mauvais goût.

Le temps de piger que je ne rêve pas, et je me dis qu'ils vont tirer. Que c'est fatal. Qu'ils en ont envie. Je recommande mon âme à Qui-vous-savez avec accusé de réception et j'attends.

— *Stand up* ! hurle un officier habillé de galons. (Pour les personnes qui ne comprennent pas l'anglais, je précise que ces deux mots signifient « debout ! »). Généralement la langue anglaise est beaucoup plus condensée que la nôtre, il n'est que de contempler une notice pharmaceutique rédigée dans les deux langues pour s'en rendre compte.

Dès lors que ce « *stand up* » a retenti, je pense que ces messieurs ne nous abattront pas chez un particulier et je suis tout aise de ce sursis.

— Béru ! appelé-je, en me dressant. De la visite !

Il est tellement fourbu, le cher mignon, qu'il repousse la réalité.

— J' sus pas là ! articule-t-il à travers des épaisseurs.

— Mais si, mon Gros. Et je peux même te préciser que tu es dans de beaux draps ! Mate un peu !

— C'est ben la chiasse, bougonne-t-il en s'agitant, c'est plus des vacances !

Il ouvre ses lanternes japonaises, découvre la scène, en prend conscience et, se tournant vers moi, me pose cette déconcertante question :

— On est pas le 24 décembre ?

— Loin s'en faut, pourquoi ?

— Je pensais qu'ils avaient mis leurs ribouis devant la cheminée à cause du Père Noël ! Donc ils ont parvenu à nous retapisser. J'espère qu'ils représailleront pas trop contre mon cousin. Venir fout' ce pauvre vieux dans la pistouille au moment que je lui fais la connaissance, avoue que c'est rageur !

— T'inquiète pas pour cette infâme lope ! grondé-je. Vise-la qui s'épanouit à côté de l'officier.

Une doute glacial étreint mon ami.

— T'incinérerais qu'il nous a balancés aux matuches ?

— Aussitôt que nous avons été endormis, comptes-y !

— Un Bérurier !

— Il est par pur sucre, celui-ci. J'aurais dû me méfier. Mais il a si bien su nous chambrer avec son voyage en tapis ! Les *Mille et Une Nuits* !, ça se vend toujours !

Le Mastodonde secoue sa tronche.

— J'ai peine à croire ! Tu dois te gourrer.

— Regarde si je me gourre !

En effet, comme pour concrétiser mon accusation, l'officier sort des talbins de sa poche et les dépose l'un *after* l'autre dans la main cupide du sale bonhomme. Je compte avec lui. Trente dinars ! La somme est juste !

Un ouragan se déclenche alors. La fureur du monde concentrée en un seul individu. L'orgueil meurtri à l'assaut de la vilenie. Le noble Béru, beau comme la foudre, se rue sur son cancrelat de cousin.

Au péril de sa vie ! Au nez et à la barbe des mitraillettes.

Un coup de boule dans le portrait du scélérat. L'autre tombe comme une loque en geignant. Le Gros veut mettre un terme à la loque à terre[1] mais il est abattu d'un coup de crosse ! Non : de quatorze coups de crosse. Bien que je n'aie fait aucun geste belliqueux, entraînés par l'exemple de leurs copains, les huit soldats inactifs se précipitent sur moi pour me massacrer. Je me dis très vite, car le temps presse et en m'inspirant de mon camarade Damien : « Mon San-A., la journée commence mal ! » Vite je chois dans les coussins qui nous servaient de matelas et me tords sous une grêle de coups, moins pour les esquiver que pour me livrer à un petit mic-mac bien dans mon style. En effet, je considère qu'il serait particulièrement pernicieux d'être arrêté en ayant deux montres sur moi.

Voilà qui risquerait de troubler ces messieurs. Aussi me hâté-je de glisser en douce celle de notre ami Zonthal dans un coussin que je crève avec l'ongle.

J'ai juste le temps d'accomplir ma petite besogne. Les gnons m'estourbissent. Je sombre à demi dans les vapes. Ça se balance autour de moi cependant que je reste fixe comme le pivot d'une boussole. La pièce,

1. Ce calembour fait un peu cabaret d'avant 14, mais je ne méprise aucun style !

les soldats, le cousin Bérurier, tout se met à valser en silence. Vous êtes-vous amusés, parfois, à vous laisser couler à la renverse au fond d'une piscine ? Ça se trouble, se déforme, s'estompe. Il ne reste plus que des ombres biscornues, difficilement identifiables. L'engloutissement lent et funèbre…

L'officier se démène pour stopper le massacre. Oui, ça je le distingue encore. De même que Bérurier-Judas qui se remet sur ses pieds. Et puis une gazelle surgit ! Sa femme… La jouvencelle aux yeux de braise. Elle trépigne devant son barbon, lui crache à la figure. Je me marre…

*
* *

Nous sommes ligotés sur des chaises. Deux officiers et un civil discutent en arabe dans un coin de la pièce. Le civil fume délicatement une cigarette dont l'odeur me fait penser à des feuilles de rose que j'ai beaucoup appréciées. L'un des officiers est habillé en général, tandis que le civil est en particulier.

Soudain, le moins militaire des officiers s'aperçoit que je suis disponible et alerte les deux autres. Ceux-ci opinent, terminent leur petite converse et enfin s'approchent de moi.

— Qu'est-ce que je voulais vous dire, murmure en anglais le général. Oh, oui : vous êtes condamné à mort !

— Par contumace ? riposté-je, vu que mon procès m'a un tantinet échappé.

— Non, par pendaison, rétorque le général. Une

corde, ça se récupère tandis qu'une balle tirée est une balle perdue.

— Pas pour tout le monde, ajouté-je.

Sur cette excellente réplique dont je me demande si vous l'appréciez bien à sa juste valeur, l'ami Béru, le vrai, le seul, l'unique (et non l'inique) se racle la gorge et reprend conscience. Sa tronche ressemble à une mine marine, tant elle est hérissée de bosses.

— Ce qu'on branlici ? interroge-t-il d'une voix tellement pâteuse qu'elle paraît sortir d'un pétrin (ce qui en somme, hein…)

— On vient de se faire condamner à mort, Gros. Ce qui, j'espère, n'est pas fait pour te surprendre.

Il émet quelques-uns de ces bruits dont il a, sinon l'exclusivité, du moins le secret, et grommelle :

— Ce serait plutôt fait pour me suspendre. Quelle marotte y z'ont dans ce pays de filer des cravetouzes à tout berzingue ?

Il réfléchit et murmure :

— Paraît que ça flanque le tricotin à ce qu'on raconte ?

— On le prétend. S'ils t'accrochent en premier je te dirai !

— Défense de parler yiddish, chiens de Juifs ! hurle le général en nous giflant.

— Nous serions bien en peine d'utiliser ce langage, étant donné que nous ne sommes pas juifs ! objecté-je.

Le général manque en prendre une attaque, ce qui est normal pour un homme de ce grade.

— L'impudence de ce rat pestiféré est sans égale !

tonne-t-il avec emphase. Que pourrions-nous lui infliger comme peine qui soit pire que la mort !

Les deux autres hochent la tête.

— On lui a déjà pris sa montre et il n'a pas de dents en or, note le civil.

Dehors le jour point. On perçoit une rumeur houleuse dans la rue.

— Que crie le peuple ? demande le général.

Son subordonné va entrouvrir la fenêtre. Il prête l'oreille, hausse les épaules et annonce en refermant :

— On hurle : « Fusillade ! guillotine ! chaise électrique ! chambre à gaz », la foule en a assez des pendaisons, elle souhaiterait qu'on varie les plaisirs.

— Ces gueux prennent vite l'habitude du confort, fulmine l'officier. Au début ils trépignaient de joie et faisaient la ronde autour des potences. Enfin, c'est la fête du Khâlbarr ; on va leur accorder une faveur pour changer, brûlez-moi ces deux pourceaux putrides d'Israéliens après les avoir arrosés de pétrole.

Imperturbable, je déclare :

— Nous ne sommes pas israéliens mais français, et notre exécution aura de graves répercussions. Nous sommes deux hauts fonctionnaires. En apprenant que vous nous avez transformés en feu de joie, Paris est très capable de rétablir la T.V.A. sur les livraisons d'armes à l'Iraq.

— Français, vous ! Je ricane !

— Appelez l'ambassade de France, je n'aurais que deux mots à dire pour qu'on se porte garant de ce que j'avance.

— Le téléphone est en dérangement à l'ambassade et

nous nous ne l'avons pas encore ! dit l'officier, ce sont deux raisons suffisantes pour que nous n'accédions pas à votre demande !

— En ce cas, envoyez quelqu'un là-bas avec un message que j'écrirai !

— J'ai personne, on est vendredi [1].

Puis, s'emportant, il se précipite sur Béru et clame en désignant un minuscule tatouage sur le bras du Mastar :

— Pas juif, hé, avec ça au bras ! Pas juifs, espèce d'abjects porcs avariés dont la puanteur est une insulte à nos narines musulmanes.

Se tournant vers ses deux compères il continue :

— Il a encore sur sa honteuse viande youpine son numéro de déporté. Ah, lala, qu'Allah qu'est là rende grâce à Hitler ! Mais regardez, sanglants crachats que vous êtes ! nous réapostrophe-t-il. Regardez ! « Aus. 6969. » Cette espèce d'excroissance d'embryon de truie était à Auschwitz !

— Qu'est-ce il entre en crise, le liftier ? s'inquiète le Multibosses.

— Ton tatouage, Gros, qui l'enfurie.

— Biscotte ?

— Il dit que tu as été déporté à Auschwitz.

Le Maflu roule des coquards grands comme des entrées de parking souterrain. Puis il part d'un franc-rire cascadeur.

1. Le vendredi est un jour férié en Iraq [2].

2. J'écris tantôt Iraq et tantôt Irak parce que c'est permis, mais bientôt je vais l'écrire autrement pour me marrer.

— Ça va pas, il est lézardé du minaret, ton livreur de la Samaritaine. Ce truc-là c't' un numéro de téléphone d'où ce que je commande mes andouillettes. Comme je l'oubliais toujours, je me l'ai fait inscrire par Bruno, le tatoueur de Montmartre pour me souvenir de m'en rappeler. Austerlitz 69 deux fois ! Dis-y !

— Que veux-tu que je lui raconte ? On est réputés Israéliens et ils vont nous incendier comme un tas d'ordures dans une décharge publique. Le moyen de leur prouver le contraire, hein ?

— Le moyen ? ronronne le Gros Albatros que ses méninges de géant empêchent de penser. Le moyen ! J' le tiens à sa disposition, le moyen ! Hé, mon caporal ! fait le Monstrueux en s'adressant à l'officier. Puisque you gounod spique français, it is moi que je vas vous blablater in inglish, you scie ?

« Aïe canne tout prouver for you que oui arrhes not trépaned of the glandu. Oui arrhes… pardon : ouïe art aryens, tout c' qu'a de bon à rien. Plisse, volume détacher the pognes fort juste un moment. Ouane minute nonne lit sera toubib suffisant. Allons, couic ! Pronto ! Fissa, mec. Manie-toi la jugulaire ! »

Il s'est tant agité en parlant qu'il est parvenu à se dégager un bras et les Irakiens se livrent à de tels efforts pour essayer de piger son anglais qu'ils n'interviennent pas tout de suite. Béru a un geste rapide pour déverrouiller la braguette du futal que lui a prêté son ordure de cousin, la veille. D'un second geste, non moins rapide, il se déballe Coquette et l'exhibe (pardon, l'exobe) complaisamment en la faisant sautiller sur sa main, comme un boucher flatte une escalope sous les yeux d'une clientèle hésitante.

— Louquez un brin the marchandise, gentelmants. You havre déjà scie des commaks ? Et le coup of sécateur, il est where is, hmm ? Non, but louquez of mort près. Y vient d' la rue des Rosiers, ce panais, p't-être ? V's' avez déjà vu un pareil chibroc sculpté dans la masse sortir du bénard d'un rabbin, vous autres ? On l'a scalpé, le Mohican d'Alexandre-Benoît sur les fonds bas-tisse-mot de l'église Saint Locdu, mes mecs ! Mon parrain y s'appelait pas Isaac, mais Jacob ! J'ai un chauve à col roulé, moi, mes aminches. Mon emballage est consigné. J'ai pas largué mon amarre ; le parcours reste balisé pour la menteuse des friponnes.

Dans sa verve, il s'est mis à jacter français. Il s'en aperçoit et reprend vite son self-contrôle avant d'ajouter :

— Maintenant, you canne loquet the gourdin œuf mon pote. It mérite the spectacle itou. Un véry Nice bibelot de musée-homme. Kif-kif mézig, il trimbale de l'article of Paris, San-A. ! Du surchoix, estra comestible. Une trique de seigneur ! Du tringlard de pur-sang ! Ho là là, c't' outil de précision, Maâme ! Ce modèle grand-tourisme, mon décapotable ! Ce vibrator à tête chercheuse ! Regardez, je vous dis ! Regardez-y son m'sieur Zibus, à mon ami, manière de vous offrir des angoisses. Afteur avoir tout loquet vous oserez plus déballer vos tâte-mottes à vos bergères. Vous charrierez des complexes à bominable. Démoralisés à vie, vous serez !

Débordés par ce torrent de paroles, et intimidés par

l'intensité du spectacle, les trois Iraquiens se penchent sur l'appendice béruréen et le considèrent d'un regard surpris.

— Eh ben ? les apostrophe Alexandrovitch-Bénito d'un air sardonique, c'est le braquezing à m'sieur Lévy, ça ? Hmm ? Ç'a été bricolé au ciseau à broder, dites voir ? On l'a trépané à la Cinna-gogue, selon vous ? Non, mais causez ! Répondez !

« Bon, on vous prouve qu'on n'est pas juifs, à présent on va vous prouver qu'on est authentiquement françouzes. Je peux vous faire une mayonnaise, une béarnaise, un coq au vin, un bœuf mironton, une escalope de veau pas né, des moules marinières, des saucisses au chou, des crêpes suzette, des cuisses de grenouilles à la provençale. Je peux vous chanter *la Madelon, les Matelassiers, le P'tit Quinquin, les Trois Orfèvres, la Digue du cul, Petit Papa Noël, la Marseillaise, Ô Sole mio, Maréchal nous voilà, Paris-c't' une blonde, l'Hirondelle from the faubourg, Nini peau-de-chien, Tristesse-de-Chopin, Fascination, la Messe*, brèfle, tout le faut-le-clore français ! Je peux vous montrer, si vous m'offriez la participation active d'une gonzesse, les grandes passes de l'amour parisien, depuis "L'œil dans le compas", jusqu'à la "Bicyclette sans selle", en passant par : "Tousse pas, avale !" Mes officiers, sous-officiers et civils, être français c'est facile à prouver pour un homme qu'a un peu de temps et une femme et une cuisine à sa disposance. »

Me reste plus qu'à traduire !

Je le fais, en y ajoutant ma verve et mes arguments. Ils m'écoutent et finissent par me demander de prouver à mon tour, et de la même manière que le Gros, ma qualité (mais en est-ce bien une ?) de non-Juif.

Dans la vie, mes amis, l'essentiel est de tenir en main son auditoire par tous les moyens. Jusqu'à l'initiative du Gros, les trois Irakiens nous considéraient comme des pestiférés à transformer d'urgence en oxyde de carbone. Ils ne nous écoutaient pas, raillaient nos protestations, se gaussaient de nos souffrances, guettaient nos affres. Nous étions condamnés. Déjà en cours d'exécution ! Socialement morts ! Je crois sincèrement que si tant et tant de forfaits furent commis dans l'histoire (navrante) de l'humanité, c'est parce qu'à partir du moment où un individu ne peut plus se permettre d'être un opposant, il devient rapidement une victime. La faiblesse excite la force car elle est pornographique.

À présent, le charme morbide est rompu chez nos trois tourmenteurs. Le sexe de Bérurier s'est dressé au milieu de leur délectation comme un étendard (qui n'est pas sans gland). Or, le conquérant est toujours sensibilisé par l'étendard. Les victoires se concrétisent immanquablement par un chiffon. Tiens, je te prends les Ricains astronomes, *for* exemple. Quel fut leur premier geste en débarquant sur la Lune ? Y planter un drapeau ! Ils venaient de parer au plus pressé. Y aurait à débloquer là-dessus. Et sur tant et tant d'autres choses connes que si on le faisait, on se retrouverait rapidos en maison de repos, parmi les neu-neus dépressifs. Remarquez, on pourrait enfin causer entre gens de mauvaise compagnie.

Pourquoi qu'on le verrouille, un désespéré ? Hein ?

Je vais vous l'annoncer : *parce qu'il découvre la vie telle qu'elle est, LUI, et qu'il le dit, et qu'il se comporte comme un mec ayant bien pigé le système affreux.*

Seulement il est intolérable d'y voir clair. Le désespéré, ou le dépressé-nerveux, il sait avec force l'évidence. La mort inéluctable pour tous, la faillite de tout, les détresses, les chagrins, les misères, la connerie, la vachardise universelle, les salauds partout embusqués, les accidents perfides, les gosses trop battus, les femmes trop seules, les vieillards trop vieux. Rien lui échappe ; il pige en bloc le topo. Alors il se prend la tronche à deux mains et il chiale de frousse, d'angoisse, de faiblesse. Dare-dare le bon monde accourt pour le dissuader de ces vérités gênantes. Piqouses, repos, tranquillisants. On lui insuffle des rassurances. Lui fait croire qu'il est anormal !

Le sermonne. Le dope ! Le moralise : « Mais non, tout va bien, vous bilez pas, ça baigne dans le beurre, ça tourne rond, ça fonctionne au poil, bien admirablement. Vous avez une petite dépression, mais vous allez pouvoir constater, une fois guéri, combien c'est magnifique, l'existence. Une vraie extase ! Féerique ! On vadrouille dans des bonheurs. Allons, gesticulez plus que vous allez nous faire chavirer la barque, sale con ! »

Un jour je fonderai une « maison d'angoisse » où seront traités les soi-disants « normaux », qu'on leur dise la vraie vie, une fois pour toutes, à ces acharnés du tout-va-bien !

Je m'entraîne loin du récit, faut me pardonner. Un vrai déconographe. Sitôt que j'à-chevale un dada, hop, v'là que j'éperonne ! Il pique des deux San-A. comme on dit dans les Trois-Mousquetaires-Qu'étaient-Quatre. Je pique de mes deux, z'enfants ! Une marotte. Le rodéo de la gamberge. J'essaie qu'on comprenne un brin, du temps que je stationne parmi nous. Quand je serai descendu au sous-sol, rayon des arts-déménagés, je m'offrirai des cures de silence. Des infusions d'éternité. En attendant on bavasse, quoi ! C'est de notre vie.

Je vous causais : les trois, à mater nos admirables zézettes, ils deviennent pensifs. Troublés. Or, des militaires et des flics troublés, c'est des êtres en perdition. Eux, ils sont branchés sur les certitudes absolues, de zéro à vingt-quatre heures. Le trouble, c'est leur faille.

S'agit de déguiser cette faille en brèche. Et puis de se tailler par la brèche !

Ce que je peux te leur dégoiser, mes frères ! Véhément comme nul autre. Est-ce la présence de mon sexe offert à toutes les convoitises qui me survolte ? J'inclinerais à le croire. Je leur sors la vérité. Entière ! Car on ne peut déployer une totale éloquence qu'en s'appuyant sur le réel. Notre mission. Les agents israéliens qu'on filait. La preuve qu'ils étaient bien agents ? Le second, Zonthal, qu'ils ont trouvé mortibus dans la courette du ferblantier, comment est-il mort ? Hmm ? Parce qu'il a croqué une ampoule de cyanure. Les gens du commun se baguenaudent peut-être avec du cyanure dans leurs dents creuses ? Non, je vous pose la question ! Autre chose encore. Chez le cousin Bérurier de Bagdad on a retrouvé la lévite de rabbin du Gravos, vrai ou faux ? (Je l'ai aperçue sur une table à l'autre bout du burlingue.)

— Alors, réfléchissez, messieurs ! déclamé-je. Vous êtes des hommes d'une rare intelligence puisque vous avez accédé à de hautes fonctions, n'est-ce pas ? En ce cas, suivez mon raisonnement : « Si cet homme dont vous avez la preuve qu'il n'est pas juif s'est déguisé en rabbin, c'est pour passer inaperçu parmi les Israéliens. S'il voulait passer inaperçu de ces gens, c'est bien qu'il nourrissait contre eux de sombres desseins. Et si nous avions de sombres desseins contre vos ennemis, cela signifie que nous sommes vos amis ! » Au nom de la valeureuse nation irakienne qui donne au monde l'extraordinaire exemple d'un renouveau triomphant ne commettez pas une terrible erreur en exécutant des policiers français lancés aux trousses pestilentielles de gredins israéliens. Mieux : n'interrompez pas leur mission. Ce faisant, vous porteriez atteinte à la cause de votre pays !

Dites, mes gus, c'est quoi l'hymne iraquien ? Ce serait peut-être le moment de l'entonner, non ?

Les trois personnages se retirent à quelques mètres de là pour former le pack. Ils chuchotent. Précaution superfétatoire, vu que nous n'entravons pas leur langue, même lorsqu'elle est amplifiée au point de vous lézarder le tympan.

Le changement qui vient de s'opérer en eux est stupéfiant, comme me disait l'autre jour mon amie Marie Rouana. Ils semblent soucieux.

Lorsqu'ils se rapprochent, une relative aménité atténue la rudesse de leurs physionomies [1].

1. J'exprime bien quand je veux m'en donner la peine, hein ?

— La sentence est différée pour supplément d'information, m'annonce le sous-officier supérieur ; donnez-nous vos noms et qualités. Demain, à l'ouverture du bureau de poste, on téléphonera en pé cê vhé au ministère des Affaires étranges, à Paris, afin de demander des éclaircissements.

Un zéphyr embaumé sèche ma sueur.

Y a vraiment des trucs qui font plaisir à entendre.

CHAPITRE VII

BÉRU, DIGNE DESCENDANT DE CLOVIS…

Et deux jours plus tard…

Comme on eût écrit dans un film muet !

Deux jours plus tard, immuable, le même trio radine dans notre cellule.

Quelle cellule ! Ce n'est pas un cul de basse-fosse, mais un trou du cul de basse-fosse. Pourri, sanieux, obscur, plein de rats et de cancrelats, suintant parce que le Tigre pisse contre les murs de la prison.

Nous clignons de la prunelle, car la lumière électrique du couloir nous arrose les carreaux.

Le général est doux comme un pot de miel.

— Mes amis ! Mes chers frères français ! déclame-t-il en nous ouvrant les bras.

On accepte son accolade, sans grande joie, mais avec soulagement.

— Tout est en ordre, assure-t-il. Excusez-nous de vous avoir obligés de patienter, mais il y avait quarante-deux heures d'attente pour Paris, les circuits de votre capitale étant encombrés. J'ai eu le directeur de water-closet du ministre, lequel m'a passé votre chef suprême ; effectivement celui-ci se porte garant de vous. Il me demande même de vous aider dans l'accomplissement de votre mission, ce que je vais faire avec plaisir. Vous avez été satisfait du service, oui ? La nourriture était convenable ?

— Y cause de bouffe ? s'inquiète Bérurier qui a appris le mot « cuisine » dans toutes les langues de la galaxie. En ce cas, dis-y que leur ratatouille à la merde, c'était de la merde ! Tellement pimentée que toi t'as pas pu en becqueter une particelle, et que moi qu'ai clapé les deux porcifs j'ai à c't' heure le recteur plus fiévreux que la capsule Apollo quand elle replonge dans la mosphère.

Foin de ces doléances. Le général Akel Gânash (il s'est enfin présenté) me chope familièrement par le bras et m'entraîne dans son bureau.

Cigarette au jasmin, thé à la menthe, loukoum. Le style a changé.

— Mon cher mister commissaire, déclare Gânash, en plein accord avec vos services, je vais donc vous donner les moyens de vous rendre dans cette chiennerie d'Israël. Vous prendrez cet après-midi le vol Suissair (il crache avec mépris) Téhéran-Zurich qui fait escale ici, puis à Beyrouth où vous débarquerez. Depuis Beyrouth, un bateau vous conduira nuitamment au large des côtes israéliennes. Grâce à un canot pneumatique, vous gagnerez ces dernières clandestinement. Voici quelques dollars. Mon aide de kân, le lieutenant-capitaine de corvée Debônvâhl, va s'occuper de vous toiletter (comme les caniches).

— Je ne sais comment vous remercier, mon général, grafouillé-je. Croyez que je dirai partout combien c'est beau, combien c'est grand, combien c'est généreux, l'Iraq.

— Y raque ? me demande le Gravos en montrant les biftons.

— Yes, Pépère. Dis merci au monsieur.

Docile, mon commensal (sale faut voir comment !) embrasse Akel Gânash sur les deux joues.

— Ce n'est pas fini ! déclare l'officier extrêmement supérieur pour son âge.

— Mon général, vos largesses sont si grandes que…

Il m'interrompt en me tapotant le genou de sa main où scintille une lourde chevalière de cuivre.

— Vous n'irez pas seul en Israël, mister commissaire. Nous allons vous adjoindre notre meilleur agent secret.

— Général, ça n'est pas la peine, vous êtes trop aimable, mais…

— Il n'y a pas de « mais », rétorque Gânash d'une voix métallique que son sourire aimable ne parvient pas à rendre moins cruelle. L'Iraq se doit de participer à la lutte entreprise contre l'immonde impérialisme juif. Notre agent secret sera pour vous d'une aide précieuse et il ne vous quittera pas d'une babouche avant l'accomplissement de votre travail.

Rien à faire pour le dissuader. Bast, comme on dit si joliment dans les livres : nous verrons bien.

*
* *

Pomponnés, calamistrés, loqués de costumes *made in Russian* d'une coupe parfaite (les pantalons sont un peu larges du bas, pendants du fond et gondolés de la braguette ; la veste n'a pas d'épaules, les manches arrivent au ras de nos ongles et la doublure des poches dépasse le veston de vingt centimètres, mais l'ensemble n'en est pas moins très réussi, nous ressemblons à des gravures de mode (démodée). Le lieutenant-capitaine Debônvâhl nous considère avec satisfaction, comme un peintre admire sa toile avant de l'assigner.

— Magnifique ! assure-t-il. Vous êtes beaux comme ces messieurs du corps diplomatique albanais. Désirez-vous visiter la ville en attendant l'heure de l'avion ?

— Nous préférerions aller prendre congé du parent de mon ami, dis-je. *Bagdad by jour*, ce sera pour ensuite, s'il nous reste du temps.

— Vos vizirs sont en désordre ! répond notre mentor.

Traduction littérale de liracon qui signifie approximativement — les plus cultivés d'entre vous l'auront déjà compris : « Qu'il en soit fait selon votre bon plaisir. »

— J'ai une bonne nouvelle pour toi, dis-je au Mastar, on va dire au revoir à ton gentil cousin.

Illico, les mains de Bérurier-Paname se déguisent en poings susceptibles de provoquer des exclamations, voire une suspension et, qui sait ? un point final.

— Mon rêve, murmure l'Angoissant.

*
* *

C'est la mini-épouse de l'immonde Bérurier-Bagdoche qui délourde. Ah, la gentille petite mômasse ! Malgré ses deux yeux au beurre noir, sa bouche éclatée et sa pommette tuméfiée, elle se débrouille pour rester ravissante.

— Demandez-lui ce qui lui est arrivé, enjoins-je au lieutenant-capitaine de corvée qui nous escorte.

Bref dialogue entre les deux Irakiens.

— Son époux l'a corrigée, m'annonce gentiment le sous-officier supérieur, d'un ton paisible.

Bérurier opine.

— J'enregistre, dit-il. V'là qu'est noté sur mon ardoise personnelle dont mentalement j'écris dessus. Un Bérurier brosseur et tabasseur de fillette, ça va se facturer en suce du reste !

La gentille éclopée nous introduit (à charge de revanche, merci) dans l'appartement où notre bas délateur est en train de déjeuner de mouton puant arrosé de yaourt aigre. En voyant entrer le cortège, le judas de la lignée exportée des Bérurier devient plus blanchâtre que son lait caillé, car il saute aux yeux que nous sommes au mieux avec le militaire. Et puis, notre mise pimpante en dit long sur notre entrée en grâce. Il bafouille, essaie un sourire qui n'arrive pas à se concrétiser et hoche la tête pour un salut misérable.

Vous verriez mon Béru à moi, les gars, vous en seriez impressionnés. Cette dignité ! Cet hermétisme ! Silencieux comme l'ombre d'un nuage sur une pelouse, le Dodu. Calme. Grave !

D'un geste souple il désigne un amoncellement de coussins.

— Installez-vous là, mon yeutenant ! invite-t-il, vous verrez mieux.

Et comme le militaire obéit au geste, mon compagnon rectifie.

— Enlevez vos lunettes noires, mon yeutenant. Dis-y qui les enlève, San-A. biscotte ça va être en couleurs !

Un silence glacial succède. L'officier et moi-même avons pris place commodément. La petite femme du gros vilain s'est rapprochée de moi et je lui caresse les hanches d'une main nostalgique. J' vais pas jouer à Lolita, mais réellement, elle m'emballe, cette petite maquette de bonne femme. Toute forcée, toute souillée qu'elle soit par l'autre affreux, je voudrais pouvoir l'emmener avec moi. La prendre en main pour essayer de m'en faire une vraie nana, un jour… L'emmouscaillerie, dans le mariage, c'est qu'on connaît sa femme trop tard ; toujours trop tard. Faudrait se marida enfant, comme les rois de jadis. Se préparer mutuellement à la grande aventure. Alors là, oui, p't-être que ç'aurait des chances de réussir.

Fascinés par la séance qui démarre, nous ne perdons pas Alexandre-Benoît du regard. Comme il est beau, Béru-France, en justicier. Il donne le frisson ! Sa lenteur est royale. Il nous venge en grandes pompes. Il serait promu roi de France, son visage ne refléterait pas une plus grande sérénité à l'heure rémoise.

Il a les représailles majestueuses ! La rancune sublime ! Du laurier lumineux le surplombe. La noblesse de sa colère l'éclaire du dedans. Parallèlement, son vis-à-vis continue de se décomposer, de s'ensuifer, de s'ensoufrer, de suinter, de mollir et ramollir. Il se cerne et se creuse. Se voûte, s'anémie, rachitise.

Et toujours ce silence tendu, vibrant, qui finit par devenir un bruit cérébral. Un fracas intemporel.

Ô Béru, mon ami, toi qui tonnes si souvent, pour un oui et pour un non ; pour une ouïe et pour une nonne, combien ton mutisme est plus terrifiant que ta tempête !

Un peu de yaourt coule aux commissures d'Akel-Brâkmâr Bérurier. Ça le fait ressembler à un gros bébé frappé par la jaunisse des nourrissons.

Au bout d'une poignée d'éternelles minutes, la voix de Béru s'élève, musicale. Elle pouvait rompre le charme : elle ne fait que le rehausser. Il a opéré sa jonction silence-parole, Béru. Sa position s'affirme. Le succès est un somnambule qu'il faut se garder de réveiller, aussi retenons-nous notre souffle.

— Cousin, fait Bérurier, j'ai pas arrivé à mon âge sans m'avoir roulé dans la merde et la dégueulanche universelle. Je fais un métier où qu'on marche plus sur du fumier que sur de la moquette. Les salauds, je les pratique, crois-moi. J' sus en quelque short quai des Orfèvres en la matière. Brèfle, je croyais avoir tout vu dans la mocherie. Ben non, cousin : y m' restait toi ! T'es le furoncle de la famille, cousin, tu me purules sur les burniches. Écoute, mon gars ; on vient de tirer deux jours de mitard et ça aide à la réflexion. J'ai beaucoup songé sur ton cas. Ça me revenait comme un goût de radis, ta vacherie ignoble. Je la ruminais comme de la bile. Je me mettais la comprenette en pas de vis. Je me disais : comment se peut-ce qu'un Bérurier textuel, original de Saint-Locdu-le-Vieux par son père qu'était germain du mien ; comment se peut-ce qu'il se comporte de manière si peu catholique ? Et, dans les pénombres humides, la réponse m'est tombée sur la coloquinte : Ça vient de ce que t'es pas catholique, cousin, justement.

Le Précieux toussote dans son creux de poing, essuie les résultats à ses basques et enchaîne :

— Qu'un Arbi soye musulman, un Israélite juif et un empafé de rosbif anglichecan, je dis banco ! Faut qu'en ait pour tous les goûts. Mais qu'un Bérurier qu'a eu des chanoines dans ses aïeuls et dont toute la lignée a été baptisée depuis vers-cinq-jais-tôt-risque se permisse de se convaincre à la musulmanerie sous prétesque que sa vioque est ratone, alors pour le coup j'insurge. À cause de tes coraneries, cousin, t'as jamais picolé une larmette de vin : de là te vient tout le néfaste. Comment un homme peut-il se targuer d'être un homme quand il ignore le picrate ? J'entends un homme qu'a encore dans son sang le produit de nos vignes ? Pas possible, cousin… Pas possible. Ou alors faut pas venir me bonnir que la Terre est ronde !

Bérurier-France re-tousse comme précédemment. Sa mine reste figée, son œil calme, sa voix est toujours basse et veloutée lorsqu'il repart :

— Ma décision, la voilà, et elle est tirée-médiable : tu vas te faire baptiser. Je quitterai pas ce bled à la noix au paravent, t'entends, cousin ? J'ai un devoir à accomplir au nom de la famille. Seulement, je me gaffe qu'a pas de cureton à Baguenaude ! Va donc falloir que je retrousse mes manches et que j' te baptise moi-même. Mais y a un hic. Je me rappelle notre vieux curé, le père Cugnais, au catéchisse, il nous enseignait qu'un simple particulier pouvait administrer le baptême à condition que le gus à baptiser soye t'en danger de mort. Tu m' hunderstande véry well, cousin ? *Conclusion, pour pouvoir te baptiser, faut que je te mette en danger de mort !* Alors, allons-y.

Ayant dit, d'un coup de pompe précis, Béru écarte la table basse supportant la nourriture du félon. Privé de ce chétif rempart, Bérurier-Mille-et-un-ennuis n'attend plus pour flouzer en éventail dans son bénard gonflant (appelé là-bas un pîh jhâmah).

C'est spontané chez lui. Fils de déserteur et délateur à gages, il est de ces gens sur lesquels l'imminence du danger a un effet purgatif. Cette réaction merdatoire ne trouble pas Béru pour qui l'excrémentiel n'a pas de secrets. Simplement, ce relâchement fondamental lui indique qu'il ne rencontrera aucune opposition de la part de son cousin.

Dans le fond, ça le contriste un brin, m'sieur Cétoudodu. La passivité des adversaires éteint les nobles colères mais éveille les bas instincts sadiques.

Il n'est pas tortionnaire par vocation le Gravos. Occasionnel *only* ; lorsque les circonstances enjoignent.

Il commence donc à dérouiller l'Ignominieux avec application et sérénité, tel le bûcheron empoignant sa cognée dans la forêt matinale.

Un coup de talon en pleine frime, manière de lui éclater le pif. Akel-Brâkmâr part à la renverse.

Ostensiblement, mon aminche met les pognes dans les doigts. Travail entièrement au cuir ! Ce sera un passage à tabac de footballeur, style Pelé, amélioré

Kopa-Cabane. Le renversé gesticule lourdement, pareil à une grosse tortue qui aurait confié sa carapace à un marchand de poudriers pour la faire hypothéquer. Alexandre-Benoît grimpe alors sur cette loque humaine et se met à l'arpenter comme salle des pas perdus. Il va, de long en large, piétinant sans vergogne le bide, le thorax, le visage de son parent. L'autre pousse des cris qui lui sont enfouis dans la denture à coup de panards.

Le spectacle est sinistre. Je hais les punitions.

— Laisse, Béru ! conseillé-je. C'est une chiffe, ce type, tu ne vas pas t'abaisser à le démanteler.

— Je t'en prie, m'aboie le Gros. Chacun ses oignes, je règle une affaire de famille !

À quoi bon insister ? D'autant que la petite Mme Bérurier-Bagdad paraît prendre un vif plaisir à la chose, de même que le lieutenant-capitaine de corvée. On veut tout le temps intervenir dans la vie de ses contemporains et on a tort : ça les agace. Je vois, dans les moindres détails… Tenez, moi, l'autre jour, au cours d'une déception mondaine où grenouillait le trou-Paris, je rencontre un pote qu'a mal tourné puisqu'il est devenu député. On se secoue la louche, on se jure qu'on a pas changé en essayant de dissimuler nos frimes de catastrophe, et puis v'là mon prince du Palais Bourbeux qui pousse un cri en désignant mon revers de veste.

« Quoi donc, je lui demande, un oiseau s'est oublié ou bien on m'a renversé de la béarnaise dessus ? »

« Tu l'as pas, il égosille ! C'est pas possible ! Tu l'as pas ! »

Il causait du ruban rouge.

« Avec tes états de service ! il continue de rameuter au milieu du salon. Un homme de ta valeur ! On va arranger ça en vitesse. Faut qu'avant la fin de l'année… »

Je l'ai interrompu sèchement :

« Sors les aérofreins, Gaston ! Si t'as du rabe de Légion d'honneur, cloque-le plutôt à ton buraliste qui a tant mérité du P.M.U. Moi je la veux ni à titre militaire, ni à titre civil, pas même à titre posthume, mais à titre gracieux ! Quand on la trouvera dans les paquets de lessive, ça m'amusera ; ou bien lorsqu'une compagnie pétrolière la distribuera à sa clientèle. La Légion d'honneur, je la porterai pas avant qu'il y ait écrit "Esso" ou "Shell" dessus. Ça viendra, j'ai confiance. Déjà ils offrent des opuscules consacrés à Marcel Proust dans les stations d'essence. C'est ça la grande rénovation intellectuelle. L'éducation des masses par la base. La pénétration des cerveaux par le point le plus sensible de l'homme : son réservoir d'essence. Le pouvoir, pour se maintenir, faut qu'il s'aligne sur la queue de tigre, le gaulois de plastique, la pièce romaine en alliage de scroutz ; qu'il fasse distribuer ses leaders en médailles ou statuettes par Elf ou Kifkif. Tiens, j'imagine très bien la chouette vignette en couleurs représentant le Président, sur les pare-brises. Ça deviendrait obsessionnel. Cause-leur de l'idée en Naulieu, je vous l'offre. La Présidente-fétiche, mignonnette à croquer au bout de son élastique, accrochée après le rétroviseur, t'aimerais pas ? Vous auriez tort de vous gêner. Ils sont disponibles, les mecs. Parents pire qu'enfants, toujours partants pour soutenir à l'œil une campagne publicitaire, affirmer qu'ils écoutent tel poste, qu'ils emploient telle essence, qu'ils fument les cigarettes Machinchose. Un beurre ! Des volontaires ! Ça leur donne le sentiment de s'affirmer. Leur bagnole, c't' une colonne Moriss ambulante, l'affichage est gratuit. »

Je lui ai balancé tout ça, à mon petit camarade. Vous auriez vu sa tronche affreuse, son renfrognement farouche. Il arrivait pas à se composer un rire amusé.

— Tu changeras jamais ! il a conclu avant de piquer sur le buffet.

— Non, je changerai jamais. En tout cas, pas de mon vivant !

Dure séance pour Akel-Brâkmâr. Il ne plaisantait pas, Béru, lorsqu'il prétendait le mettre en danger de mort ! Les shoots succèdent aux shoots et précèdent d'autres shoots ! Dans un match amical, il aurait déjà placé seize penalties et tiré cinquante corners ! Il est rouge, suant, essoufflé.

L'autre, par contre, n'est plus rien du tout. Si : un tas de bidoche démantelée sur un tapis rouge de sang. Un laboratoire de charcutier après les différentes phases du saucissonnage, voilà à quoi il ressemble, l'appartement de l'Importexportateur. Sa frime est une sanguinolence atroce, un désastre humain ! Des bosses, du bleu, des ecchymoses, du raisin !

Enfin, le justicier s'arrête de taper. Fourbu.

Le lieutenant-capitaine de corvée applaudit à tout rompre.

— Excellente démonstration, me dit-il, votre ami a suivi des cours ou c'est naturel ?

— Un don, tranché-je.

L'autre tire son revolver de sa gaine. Il a une drôle de dégaine car c'est un drôle de pistolet. Une espèce de rapière à canon long qui doit cracher des pruneaux gros comme mon poing.

— Qu'allez-vous faire ? m'écrié-je.

— L'achever ! Cet individu est coupable de nous avoir fourni de faux renseignements, je le condamne à mort à l'unanimité !

C'est au tour du Mastodonte d'intervenir.

— Planquez votre lampe à souder, mon yeutenant ! Je veux pas qu'on le bute : c't' un Bérurier, malgré tout !

Je traduis et l'officier, magnanime, consent à surseoir. Pour le coup, Bérurier-Saint-Jean-Baptiste change radicalement d'occupations.

— Y a de la flotte, ici ? demande-t-il.

Et comme personne ne lui répond, il aborde sa belle-cousine.

— Aïl vente ouateur, mon petit loup. Douille houx un des stands ? Ouateur ! Flotte ! De l'eau ! Eau fort tea !

Et il chantonne le grand air de Nono-Nanette manière de fournir une illustration sonore.

Comme la juvénile Mme Bérurier n'est pas empotée du bulbe, elle désigne la bouilloire qui flonflonne[1] sur une espèce de petit brasero où des braises naguère incandescentes s'assoupissent.

Le Gros remercie d'un branlement de marmiton

1. Cherchez pas le verbe flonflonner sur le dico : je viens de l'inventer à l'instant.

et va empoigner l'anse en corde de la bouilloire. Sa personne tout entière s'est transfigurée. Il a la gravité épiscopale, le Mastar.

S'approchant du reliquat de cousin amoncelé sur la carpette, il prononce d'une voix majestueuse ces mots :

— Comme t'as un nom à vous faire pleurer les fesses, et que je veux pas t'obliger à débroder tes mouchoirs, je te vas appeler Alexandre-Benoît, cousin. J'espère que tu sauras, doré de l'avant, t'en montrer digne.

« Alexandre-Benoît, murmure-t-il avec ferveur, en versant l'eau bouillante sur son parent ; je te baptise, au nom du père, du fils, du Saint-Esprit et des Bérurier. Amène ! »

La flotte à cent degrés a ranimé le nouveau chrétien qui réussit un râle d'otarie en gésine.

Le Gravos se débarrasse de la bouilloire et déclare, agenouillé près du tuméfié :

— Ouv' grand tes bafles, Alexandre-Benoît, que je te cause un dernier coup. Voilà : à présent t'es chrétien. Ton Coran, tu peux le carrer dans tes gogues si les pages seraient pas trop épaisses. Grâce à moi t'es devenu un vrai Bérurier. Dès que t'auras colmaté tes ébréchures, cavale chez le Nicolas de l'endroit pour acheter une caisse de pichetegorne. Lésine pas : prends du chouette, car va s'agir de te faire un palais, vu que le tien à écluser du thé, il doit pas avoir plus de sensibilité qu'une cuvette de pissotière. Pour pas trop te dépayser les musqueuses, attaque par du blanc. Un petit Pouilly de Loire, ou un Crépy d'Haute-Savoie ça serait idéal pour t'enchanter au départ les glands de sale hiver. Ensuite d'après quoi tu passeras au rouge. Le rouge, c'est un vin d'homme. Vas-y molo au début : deux trois litres par jour, pas plus ; jusqu'à ce t'apprécie pleinement.

« Mais une fois que ton gosier a chopé sa vitesse de croisière, alors là, chique pas les bécheurs : BOIS ! Pour le coup, ta transformation s'opér'ra. Tu deviendras un brave homme, cousin. Promis, juré ! Le monde sera à ta mesure et toi à la sienne. Allez, j' te pardonne tes dégueulasseries. Encore une chose à ce propos : ta femme ! Chez les Bérurier on est tous tringleurs à ne plus en pouvoir. Ma mère disait de papa qu'il se serait cogné une chèvre pour peu qu'elle portasse un tablier. La bavouille, on a ça dans le sang, de père en fils et de paires en paires. Seulement on s'est jamais chaussé Popaul au rayon fillette ! »

D'un geste accablé, il désigne la mignonnette.

— Une épouse de c't' âge-là, je te jure ! Ça fait froid dans l'échine dorsale. Aussi v'là ce que tu vas faire immédiateli, cousin : divorcer ! T'as pas d'enfant ?

— Non, non, ânonne le dévasté.

— Parfait. Alors après le divorce tu m'adopteras cette gamine. C'est mieux qu'é soit ta fille ! Plus convenable et tout. Cette fois j'ai terminé, t'as bien tout pigé ?

Il tend sa vaste paluche à son cousin.

— Vas-y de cinq, gars. Et garde pas rancune pour la dérouillanche, si on se mettait pas une petite peignée, ent' cousins, ça voudrait dire quoi t'est-ce, la famille ?

CHAPITRE VIII

TOUS LES MOYENS (ORIENT) SONT BONS[1] !

Ayant subrepticement récupéré la montre de feu Horry Zonthal dans le coussin où je l'avais planquée, je donne le signal du départ. Le regard désespéré que me jette la petite Mme Bérurier-Irak lorsque nous quittons sa crèche, je ne l'oublierai jamais.

Seuls les yeux d'un animal peuvent contenir autant de ferveur, parfois.

J'en suis encore remué lorsque nous revenons dans les bureaux de la Sécurité où le général Akel Ghânash nous attend devant le thé de l'adieu.

— Le moment est venu de vous présenter notre agent secret, déclare-t-il. C'est le meilleur du monde, et peut-être même d'Irak ! Son nom de code est PI 3-1416. Impossible de le rouler : Il connaît toutes les ficelles du métier. Avec ça une force de caractère peu commune, les pires tortures ne parviendraient pas à lui arracher

1. Je boirai le calice jusqu'à l'hallali.

le plus menu des renseignements, fût-ce l'âge de sa grand-mère.

Ayant dit, le chef des Services de sécurité sociale frappe sur un gong. L'une des portes du fond s'ouvre. Paraît alors une étonnante créature.

On en a illico une dilatation de la rétine, le Gravos et moi. Un brutal court-jus dans le radada. La salive comme de la ouate thermogène. Les pinceaux qui se démanchent.

Hou you youille, cette nana, mes bien chers frères z'et sœurs ! Ce lot à réclamer ! Quand elle surgit, on oublie sa propre date de naissance, la capitale du Honduras, le téléphone d'Esvépé, les gondoles de Venise, les fausses couches de Babiola. On est changé en liqueur de chique ; en bulle de savon ; en jour chômé. On ringarde du sémaphore ! C'est instantané. Fougueusement physique. Le sensoriel qui s'impétueuse ! Les petites frangines qui tyroliennent. Trou l'halahi dans l' lit ! Et troue-là-là itou !

Attendez : faut que je nous prenne un moment pour vous raconter cette extrême beauté. Si Dalida ne faisait pas seulement semblant d'être grande, elle serait à peu près de sa taille. *You see* ? Mais elle n'a pas l'air d'un travesti. Un profil irakien, superbe. Avec des yeux sauvages, frangés de longs cils, comme on dit dans les textes primés par les agagadémiciens. Des cheveux noirs et brillants, très longs. Une bouche épaisse, faite pour bouffer de l'homme (en anglais, *to bite*). Une lueur dans le regard qui vous fascine et vous intimide, oui, surtout ça ! Quant au corps, alors là, mes gueux, attachez-vous zifolo à la jambe droite que je vous raconte, sinon vous auriez l'air de faire de la contrebande de mitraillette. La donzelle a les plus fantastiques loloches que j'aie jamais vus. Écoutez, une vraie console Louis XV ! Vous pourriez poser là-dessus une bible de dix livres sans les faire fléchir. Vous parlez d'un lutrin ! Deux z'obus jumelés ! Drôlement angoissant ! On risque son vie (pardon : sa vis) à se jeter trop fougueusement sur mademoiselle. Défoncement de la cage thoracique : fraaaac ! Les cerceaux qui vous jaillissent comme à une fin de méchoui. Des hanches, je ne vous dis pas que ça, parce qu'il y a le reste, mais qui méritent un détour ! Moelleuses, harmonieuses, accapareuses. Cette mousmé pourrait s'habiller rien qu'avec des mains d'hommes. Son apothéose, pourtant, ça reste ses jambes et ses fesses (indisociables). La garce porte une mini-jupe de cuir (la mode vient de se faufiler jusqu'en nid-raque [1]) qui dévoile tout de ses splendeurs. Seulement elle n'a pas de collants. Des bas noirs avec jarretelles roses comme dans l'ancien temps, à l'époque gaullienne. Un slip en dentelle. Des bottes montantes, noires.

Franchement, c'est Béru qui sait le mieux, et le plus succinctement, résumer l'impression générale :

— De Dieu ! s'écrie-t-il.

Le soupir qui suit est déjà une espèce d'orgasme.

Faut avouer que rien ni personne n'est plus excitant que cette fille. Un spectacle du *Crazy-Horse*, en comparaison, ressemble à une veillée funèbre dans un couvent de Dominicains.

1. Je vous avais prévenu que j'écrirai ça à ma façon !

L'époustouflante amazone vient se planter devant le général et le salue militairement.

— Je vous présente l'agent PI 3-1416, déclare l'officier supérieurement supérieur. De son vrai nom Mahatma Hâari. Vous allez, à dater de tout de suite, faire équipe avec elle.

— Mais, extrêmement volontiers ! m'empressé-je.

Je n'ajoute pas : « Où est-ce qu'on se met ? », mais je le pense ardemment.

Le général Akel Gânash doit lire mon désir sur ma frime (ou ailleurs) car il ajoute, d'un ton quelque peu âpre :

— Je vous mets en garde contre l'aspect, heu… disons humain de vos relations. Vous ne devez pas considérer Mahatma comme une femme, à aucun prix !

— Loin de moi cette pensée ! déclaré-je en remontant la jarretelle rose des yeux jusqu'à ce qu'elle opère sa jonction avec le délicat slip de notre équipière. Une mission est une mission. Dans notre métier le sexe n'existe pas. Homme ou femme, nous ne sommes que des rouages au service des volontés suprêmes.

— Bien, très bien, parfait ! approuve Gânash. J'aime qu'on parle ainsi.

Il dit quelques mots à l'arrivante.

Celle-ci se tourne alors vers moi et me salue militairement.

Je fais de même en me retenant de ne pas lui présenter les armes par-dessus (ou par-dessous) le marché !

Elle n'a pas l'air liante, la gredine ! Son regard de braise se plante en moi comme deux banderilles dans l'encolure d'un toro. Pas la moindre lueur complaisante, voire amicale. Une tigresse, mes bons amis ! Une tigresse teigneuse.

— L'agent PI 3-1416 parle couramment le français, ajoute le général. Voilà qui facilitera vos rapports.

Tu parles !

— Ravi d'apprendre cette bonne nouvelle, dis-je à miss Mahatma. Vous avez appris le français en France ?

— Mazda c'est la lumière ! me répond-elle.

Passablement éberlué par cette singulière réponse, je répète :

— Où avez-vous appris le français ?

— Grandir, c'est Nestlé ! rétorque sèchement la splendide créature.

Du fin fond de mes étonnements, je risque, en anglais cette fois :

— Qui vous a enseigné le français ?

— Personne, me répond-elle avec fierté dans la langue de S. M. E. II [1] en redressant la tête comme une pouliche dont la photo-finish vient de consacrer la victoire. Je l'ai appris toute seule.

— La méthode Assimil, miss Mahatma Hâari ?

— Non, dans un numéro du magasine *Paris Match* que j'ai trouvé à l'aéroport. Je l'ai lu jusqu'à ce que je le retienne entièrement. Et elle ajoute, en pur français, pour échantillonner ses dires :

— Le broyeur Watmotor rend possible partout l'installation d'un W.-C. Il suffit d'avoir l'eau courante.

Le général interrompt cet échange linguistique.

1. Comprenez : la reine d'Angleterre.

— Il est l'heure de votre avion. Partez pour le pays des chiens galeux ! Mes vœux vous accompagnent.

*
* *

J'essaie de bavarder avec notre collaboratrice, mais elle ne répond pratiquement pas. Des monosyllabes, et encore ! Un brin farouche, la reine des services secrets ! On a dû lui faire subir une éducation de choc !

Je me suis, d'autor, installé à son côté dans le zinc. Elle a mis sa ceinture et ne m'a plus regardé.

Pour ma part, je n'arrive pas à détacher mon regard de ses jambes extraordinaires. Mes yeux sont deux ventouses plaquées sur des cuisses sublimes.

Le voyage Bagdad-Beyrouth me paraît court.

À l'aéroport, nous sommes attendus. Un type fondant se tient à la sortie, près du bureau de police (le général nous a fourni de faux passeports[1]). L'homme en question porte un pantalon de lin blanc, tout froissé et maculé de taches ; une chemise déboutonnée jusqu'au pubis et il tient une serviette de cuir sous le bras. On dirait une grosse pédale. Il a des seins de femme, un dargif de crémière, une voix fluette, un sourire effarouché, de longs cils de biche, et des yeux humides comme une jouvencelle regardant chanter Johnny Hallyday.

1. Je dis ça pour ces cons de cartésiens qui pinaillent sur tout. Mais si c'était que de moi, comment que je vous enverrais quimper avec la bonne logique ! Dans ces cas-là, la logique c'est du temps perdu !

En nous apercevant, il se précipite. Il fait une bise fougueuse à Mahatma.

— Ma jolie chérie ! glousse-t-il. Quelle joie de te revoir ! Mon Dieu ! les beaux garçons qui t'accompagnent[1] !

J'ai droit à un sourire capricieux. Mais c'est Béru qui hérite du ticket princier. Un petit bout de langue rose se promène entre les lèvres charnues de notre accueilleur. M'est avis que, la nuit, il doit se déguiser en gonzesse et draguer dans les rues chaudes de la ville (en anglais : *the town*).

— Voici Fouad, notre correspondant libanais, jette brièvement, PI 3-1416.

— Permettez ! s'empresse le trémousseur en sortant de la poche supérieure de sa chemise une carte de visite ; ça peut toujours vous servir.

Je jette un œil sur le bristol très chargé et lis avant de l'empocher :

Fouad Voalanglès

Espionnage-Contre-espionnage-Documents en tout genre. Correspondant officiel des Services secrets : soviétiques, américains, britanniques, français, allemands, syriens, palestiniens, irakiens, égyptiens, suisses, israéliens, italiens, algériens, yougouslaves.

Agent exclusif pour la Chine populaire, le Brésil, l'Angola portugais et la Suède. Diplômé de l'I-S. Médaille de bronze du Deuxième Bureau Premier

1. Tout ça en anglais, ce qui rend le tutoiement plus délicat.

accessit du Gépéou. Adresse privée : Poste Restante, Bureau Central-Beyrouth.

— Venez vite, mes chéris, tout est prêt, annonce notre aimable mentor. Vous me tombez dessus en pleine saison et hélas mon temps est limité. Avant ce soir j'ai encore deux espions israéliens à faire passer en Syrie et un technicien en fusée américain pour l'Égypte ! Je deviens chèvre ! Surtout que je suis toute seule. Autrefois je travaillais en collaboration avec ma sœur, mais notre département *stupéfiants* s'est tellement développé, à cause de tous ces hippies, que nous avons été obligés de scinder l'affaire en deux.

Tout en tortillant du prose, la folle guêpe nous conduit à sa voiture, une superbe américaine décapotable et décapotée, de couleur rose pastel.

Elle se place au volant après avoir tenu la portière à Bérurier. Mahatma et moi nous nous installons à l'arrière. Il fait un temps fabuleux et Beyrouth-la-belle étincelle à l'horizon. Nous roulons sur des routes magnifiques dont le revêtement brille au soleil comme la carapace d'un scarabée. Au loin se dressent des immeubles neufs, dans les tons ocrés. Le ciel est d'un bleu de carte postale. Je me dis qu'il ferait bon marquer une étape dans ce délicieux pays en compagnie de notre gente agente, mais hélas le temps nous presse. En v'là un qu'est toujours à houspiller l'homme. On cavalcade comme des perdus, pour finir vous savez où et comment ? Bon, j'insiste pas, le temps est trop beau.

— Voici le programme, mes choux, déclare la folle. Nous montons sur mon canot de plaisance et nous gagnons le large comme pour faire du ski nautique. À quelques milles en mer, une rafiote chypriote vous prend à son bord et vous emmène à proximité des côtes israéliennes (pfou, les vilaines !). Il fera grand nuit lorsque vous y parviendrez. Un canot pneumatique sera alors mis à votre disposition et vous pourrez débarquer comme des petites folles sur le rivage. Astucieux, non ?

— Mes compliments, lui dis-je. Votre organisation m'a l'air parfaite.

— Sérieuse ! égosille la frivole. Terriblement sérieuse ! C'est ce qui a toujours fait la réputation de notre maison. Père, qui a fondé l'agence secrète au temps de l'occupation française (les fripons !) nous a inculqué les grands principes.

Béru semblait jusque-là flotter dans des maussaderies. Il intervient brusquement, d'un ton orageux :

— À propos d'inculquer, mon pote, est-ce qu'y a le changement de vitesse au tomatique, sur ta charrette à boudins ?

— Mais oui, naturellement, s'étonne l'autre, pourquoi ?

Sa Majesté lui tartine une beigne en plein museau qui fait dangereusement louvoyer la voiture.

— À cause de la manière que tu me taquines le genou av'c la main. Au début j' me gaffais de rien, tout à mes réflexions, je croyais que t'avais la vitesse au plancher. Et pis je t'avise de mon erreur. Faudrait pas qu'ait maldonne, parce que moi, en matière de fesses, j'ai mes têtes. Et je te préviens qu'elles sont toutes féminines. Les petits goulus du plantoir, je les déguise en grand t'invalide de guerre. Alors tu te la tiens pour dite, vu ?

*
* *

Nonobstant cet incident, les différentes opérations de transbordement s'opèrent sans histoire. On se paie tout d'abord une grande virouze sur le cris-craft à Fouad. Ensuite c'est le rafiot annoncé. Un vieux chalutier qui ne chalute plus depuis lulure. Son seul maitraborapré-dieu, le commandant Tahundsépolos, est une aimable fripouille plus ridée que la peau des mecs d'Houille (des très vieux, je cause). Il lui reste juste deux dents sur le devant de la clapoteuse pour faire tenir son brûle-gueule d'aplomb. Il a le nez posé sur le menton, une casquette de traviole et des galons décousus qui pendent de ses manches comme de la frange à rideau.

— Installez-vous sur le gaillard d'avant, il nous recommande, parce que sur le gaillard d'arrière j'ai des espions russes à destination de la Turquie où je dois les débarquer en allant chercher une cargaison de haschisch. Ne montez pas non plus sur l'entrepont, y a des agents de l'Intelligence Service pour la Syrie.

Fort brave homme, ce chypriote (il se prénomme Chyprien) est doté d'une philosophie à toute épreuve, comme dit toujours mon ami Joël qui est photographe. Nous naviguons plusieurs heures, et même un peu plus, avant d'atteindre les zoos territoriales israéliennes. La nuit est tombée sans bruit. La mer brille au clair de lune comme dans une comédie musicale hollywoo-dienne. Nous somnolons sur la partie de pont qui nous est affectée. Moi j'en écrase que d'un œil car je continue de loucher sur la belle Irakienne. Elle ne moufte toujours pas et paraît aussi lointaine que l'étoile polaire.

Sur les choses de neuf heures, le commandant Tahundsépolos radine, coltinant sur son dos une espèce de grand tapis de caoutchouc qu'il jette à nos pieds. Ça fait un bruit d'éléphant éventré.

— On va bientôt arriver dans votre zone de largage, annonce-t-il, à vous de jouer.

Réveillé en sursaut, Béru considère la chose flasque gisant à ses panards.

— Quècékça ? demande-t-il en grec ancien.

— Votre canot pneumatique.

— Et l'air ? s'inquiète Béru.

Le commandant arrache le tuyau de son brûle-sale-gueule d'entre ses deux chicots.

— C'est pas ce qui manque, ricane-t-il en décrivant un geste large. Prenez celui qui se trouve autour de vous pour le foutre là-dedans.

— V's' avez pas de pompe ? grommelle le Grumeux.

— Je regrette, j'ai oublié mon vélo devant le bistrot du port. Va falloir que vous gonfliez votre canot à la bouche.

Soupir (gaspillé) de Béru.

— V's' arrêtez pas le progrès, fait-il. Reusement que j'ai une cage toromachique de vingt-deux litres.

Courageusement, le Vigoureux dévisse le bouchon de la valve et se met à insuffler dans l'enveloppe de caoutchouc du résidu de poumons.

Ses efforts portent leurs fruits (selon l'expression d'une marchande des quatre-saisons) et bientôt, le tas gris s'anime, s'enfle, prend forme. Au fur et même à mesure qu'elle se gonfle, l'embarcation révèle des lettres, un peu comme ce tatouage sur le membre viril d'un zouave, qui clamait, lorsque l'intéressé était en posture flatteuse : « Et des comme ça, vous en avez déjà vu, chère madame ? » On lit sur les flancs du canot : *Ambroise Schmolldu et ses fils. Lausanne-VD.* C'est écrit en demi-cercle avec un drapeau suisse en dessous.

Après bien des efforts, le Gros amène notre futur moyen de locomotion à sa pression idéale.

Il palpe le canot, comme il le ferait des cuisses d'une maraîchère occupée à cueillir des salades.

— Tu crois qu'on pourra atteindre la côte avec c't' outil ? bougonne-t-il. J'aime pas tant tellement voyager à bord d'un préservatif, moi, t' sais.

— Allons, allons, Béru ! le morigéné-je. Tu oublies que notre bon ami Bombard a traversé l'Atlantique sur un radeau pneumatique et que Papillon a parcouru des mille et des cents avec un sac de noix de coco en guise de gilet de sauvetage. Dans notre cas, la terre n'est qu'à quelques encablures.

Son humeur ne s'arrange pas pour autant et c'est un monsieur fort grincheux qui prend congé de Chyprien.

La mise à flot s'opère sans dommage, vu le calme olympien de la mer. Nous disposons d'une paire de rames, vous vous en doutez bien. Soucieux de ménager les ressources physiques de mon compère après son numéro de gonflage, je m'y colle d'office.

Sur le pont, les espions russes nous adressent des signes d'amitié, de même que les Anglais. Car, voyez-vous mes bons et crédules amis, les dessous de l'espionnage ne sont pas plus secrets que ceux d'une putasse. La fameuse guerre des services de renseignements se déroule la plupart du temps autour d'une piste de 421, devant le rade d'acajou d'un *Hilton*. Les agents secrets sont comme des joueurs de football internationaux : interchangeables, à vendre au plus offrant, copains comme cochons. Ce sont des philatélistes qui échangent des renseignements au lieu de timbres. Et ces renseignements, la plupart du temps, sont en vente libre dans tous les Prisunic, seulement les états-majors font semblant de l'ignorer. Le jour où le gogo de public se farcira bien la rotonde de cette vérité première : que tout est infiniment simple ! Ce jour-là, *ladies and gentlemen*, les idoles tomberont.

Je rame…

Le flot berceur, la houle, un courant malin autant que marin nous emportent vers la terre du peuplélu. Il fait doux. Des étoiles judaïques scintillent dans un ciel de rois mages. L'exercice me fait du bien. Tout en m'activant sur un rythme efficace, je gamberge à notre mission. Jusqu'alors, les dangers encourus me la dissimulaient un chouille. Tout à fait entre nous et le S.M.I.G., je commence à la trouver foireuse.

Nous devions suivre deux agents afin de connaître la nature précise de la mission dont ils sont chargés à propos d'un dénommé Von Chichmann. Or, les deux hommes sont morts. Unique lien, combien fragile, qui nous rattache plus ou moins à l'affaire : le bracelet-montre d'Horry Zonthal. Un rembour évasif dans un kiboutz.

Qu'est-ce que cela donnera ? Je vous supplie de ne pas me le demander ! Car, treize au net ment, je n'en sais foutre rien. Mais enfin, pour bien exercer mon métier de chien, l'essentiel est de toujours avancer et de garder son moral intact dans du formol.

— Acré ! Acré ! beugle tout à coup Bérurier, branle-moi le con bas, mec ! V'là les visiteurs du soir !

Je me retourne, car vous avez sur la navigation à rames des connaissances suffisamment étendues pour ne pas ignorer qu'un rameur tourne le dos au sens de la marche, si bien qu'en barque, la notion de progression est basée sur une évaluation d'éloignement et non sur une évaluation d'approche.

J'avise une impétueuse lumière dansante en train de cabrioler sur la mer dans notre direction. Le vent du large nous empêche d'entendre le ronron du moteur puisqu'il est précisément « du large ». Pas de doute : il s'agit d'une vedette de la police ou des douanes. Guère fameux de toute manière ! Vous parlez d'un manque de bol !

Certes, nous avons sur nous de faux passeports suisses remis par le copain Fouad à Beyrouth, mais comment expliquer notre présence à cette heure dans les eaux territoriales israéliennes ?

Je m'en ouvre à la sagesse béruéenne.

— Inquiète-toi pas, dit le Mastar. Je te vas leur dégauchir un prétesque que tu m'en donneras des nouvelles.

Vous dire que je ne ressens pas une légère appréhension après cette rassurante promesse de mon ami serait faux, pourtant je me dis que le gars Béru est un garçon auquel on peut faire confiance lorsqu'il s'agit d'exprimer la candeur et l'innocence. Peut-être saura-t-il nous tirer de la mouscaille.

La vedette rapide (elle est française) arrive à notre hauteur et nous contourne. Le canot pneumatique danse comme : soit un fétu de paille, soit une coquille de noix (je me cantonne dans le classissime de la métaphore pour ne pas trop vous dépayser) dans les remous soulevés par les hélices de la vedette. Un projecteur nous aveugle par intermittence. Dans les périodes où son faisceau nous épargne, je regarde les arrivants. Ils sont au nombre de trois. Le pilote, un mitrailleur et un zig muni d'un rouleau de corde. Tous trois sont en uniforme.

— Ohé, les gars ! apostrophe Béru. Vous arrivez à pic pour nous rancarder, vu que ça fait un sacré nom d' Dieu de moment qu'on s'est paumés. Montreux, c't' encore loin ?

L'homme au rouleau de corde (pardon : de cordage, puisqu'on est sur l'eau) comprend le français et il exclame avec un accent qui me rappelle un fourreur de la rue de Provence chez qui j'ai acheté le manteau d'astrakan à Félicie.

— Qu'est-ce que le vous dire ?

Sans marquer d'impatience, le Gros reprend :

— Je vous demande pour Montreux ! On est allé faire une balade à Évian, hier matin, mais la tempête s'est levée et depuis dès lors on marche au pifomètre pour rejoindre Montreux où qu'on pioge[1].

1. Nos passeports nous domicilient dans cette délicieuse ville vaudoise.

— Vous vous le fichez de moi ! hurle l'officier. Montez !

Je présume que c'est un officier, à la manière dont il gueule.

D'une main adroite, bien qu'il se soit servi de la gauche, il nous met le grappin dessus.

Il semblerait que Bérurier ait usé d'un subterfuge un peu trop grossier, non ? Résigné, je fixe le cordage à notre frêle esquif, comme écrit si joliment la marquise de Sévigné dans son traité à propos de la navigation sur le grand bassin de Versailles, et j'aide le Mastar à se hisser dans la vedette.

Il continue son numéro de super-crétin.

— Salut, la marine ! lance le Fabuleux. J'eusse jamais cru que le lac Clément soye aussi grand. Ma douleur, on a des wonder dans les paluches, à force de ramer !

— Qu'est-ce que l'est de ces imbécillités ! tonne le trois-quartiers-maître (ce qui fait presque un entier). Vous êtes des espions arabes débarqués clandestinement par ce damné forban de capitaine Tahundsépolos !

— Permettez ! Permettez ! proteste Béru. Je ne vous permets pas d'instituer des choses ! Je suis citoillien suisse ! Élevé au lait Nestlé. Mon père est suisse helvétique, mon grand-père était zouave pontifiant au Vatican, mon arrière-grand-père était déjà suisse de père en fils ; ma mère, ma femme, ma montre sont suisses ! Jusqu'à mon passeport qui l'est aussi, si vous voudrez bien jeter un œil.

L'officier saisit le document bidon et se penche pour l'examiner dans la lumière rasante du projo.

— Je le les connaître, les passeports suisses de Fouad Voalanglès, ricane le zig de la police flottante, que y a encore de la pomme de terre après les tampons[1] !

— Vous pincez sans rire, mon amiral ! module le Gladiateur. Gaffez-vous de l'article j' sais plus combien t'est-ce qui punit la non-protection à personne en danger. J' vous le casse à nouveau : depuis hier matin on dérive sur notre capote anglaise. J'aimerais savoir quelle est la terre dont on aperçoit par là-bas ?

— Israël ! aboie le zig.

Béru marque un temps de silence qu'il espère faire prendre pour un signe d'abasourdissement.

— Israël ! répète-t-il. Vous voulez dire la vraie ? Celle qu'est en Palestine ? Avec Mathusalem la capitale ou Tel-Avoche, j' sais plus ? Le mur des augmentations ? Mâme Golde-Amer ? L'amoché d'ail-âne ? Je rêve ou dors-je ? Mais c't' insensé. Vous entendez vous autres ? nous jette-t-il par-dessus bord. V'là qu'on a dérivé jusqu'à Israël. Je me disais, aussi… Je vois ce qu'a dû se produire mon vice-contre-amiral : dans le brouillard, on a enquillé le Rhône, recta. Donc, la ville qu'on a aperçue dans la brumasse et qu'on a prise pour Berne, c'était Lyon ! Et celle qu'on disait : « V'là sûrement Lucerne », c'était Marseille ! Merde ! Et qu'après, on s'est cru au mitan du lac, comme des truffes ! On ramait en mes dix terres année, pauvres de nous ! Enfin l'essentiel c'est de pas s'être noyé, hein ? Vous allez prendre l'obligeance de nous tirer jusqu'à bon port. V's' avez pas un horaire

1. Beaucoup de faux tampons sont sculptés dans une pomme de terre crue.

des chemins de fer, qu'on susse à quelle heure y a des trains pour Montreux ?

La mine de son interlocuteur doit lui paralyser les muscles faciaux car il cesse mollement de parler, comme un moteur de ronronner lorsque le carburant s'épuise.

— Vous ze l'embarquez tous ! dit l'officier. Je vous le arrête pour espionnage et vous le serez fusillés !

Force nous est de nous exécuter avant qu'on nous exécute, ainsi que j'ai déjà eu l'occasion de vous le dire aussi naguère que précédemment et en maintes occasions.

La délicieuse Mahatma d'abord, bibi ensuite, nous allons rejoindre le Gros. Le chevalier à la triste bouille, il est devenu, pépère.

— On tombe de charivari en syllabe ! me souffle-t-il. Jamais vu un bigntz pareil. Depuis le début la pendule se détraque, c'est fatalitas et consort.

L'hostilité de nos trois appréhendeurs est tellement éloquente qu'elle n'a pas plus besoin de sous-titres qu'un film de Charlot.

— Je le veux que vous levez le bras ! ordonne l'officier, un petit sec, noir, au nez pincé.

On obtempère sans grand enthousiasme.

Alors il se met à nous fouiller. Il a la technique. Il commence par les épaules, les poches internes (selon Béru), à la ceinture il marque un temps plus prolongé, car il sait que l'homme s'arme de préférence le tour du bide. Ensuite il descend, descend…

Vous ai-je précisé qu'il a commencé sa farfouillette par le Gros ? Dois-je vous rappeler que mon vaillant camarade est un grand nerveux, malgré son lard enveloppant ? Douterez-vous de ma parole d'homme si je vous annonce que cette exploration minutieuse lui porte la rogne au point de rupture ? Serez-vous déconcerté quand je vous aurai expliqué qu'il réagit violemment.

Le commandant de la vedette est accroupi pour lui zibuler le bas du futal pour si, des fois le Gros planquerait une mitraillette dans son revers. Pour lors, notre pépère qu'est soucieux, se rappelant les joyeuses parties de fote-bâle de sa jeunesse, allonge un shoot précis entre les jambes de cet incrédule. On lui entend éclater une burne, au malheureux ! Faouff ! Cette décompression ! Il tombe évanoui sous l'impact ? Le Mammouth ne perd par un millimètre de seconde ! À peine son panard gauche a-t-il accompli son œuvre découillantrice, que son poing droit atterrit sur le menton du mitrailleur.

Celui-ci bascule par-dessus bord en lâchant une salve qui perfore le fond de l'embarcation. Tout se gâte. La flotte glougloute. Béru a déjà soulevé le pilote de son siège et l'a envoyé rejoindre son petit camarade dans la baille.

— Tu sais piloter ces barlus ? demande-t-il.

Il connaît ma réponse, mais sa question est plutôt une invite.

Déjà j'emballe le moteur lorsque Alexandre-Benoît s'écrie :

— Un instant, gars, j'ai encore de l'ouvrage à faire sur place !

Il se saisit du desticulé et le flanque à la mer.

— Faut qu'y rejoinsse ses potes, explique-t-il.

Ensuite de quoi, il tranche la corde retenant notre esquif de naguère à la vedette d'à présent.

— Sont pas malheureux avec ce barlu de secours. Combien de marins, combien de capitaines qui sont partis joyeux pour des courses lointaines eussent souhaité l'avoir !

La fin de sa phrase (mais les phrases de Béru ont-elles jamais une fin ?) se perd dans le vrombissement hargneux du moteur. Plein gaz, sur la Côte, mes amis !

CHAPITRE IX

À PIED (D'ŒUVRE) À CHEVAL ET EN VOITURE

Vous voyez le petit tabac-porte-peau sur la gauche quand on sort de Nazareth ? Celui qui s'appelle « *Ceint des restes de l'enfant Josué* » ? Vous pouvez pas vous gourer : il est peint en rouge et on y parle hébreu. Ça y est, vous le remettez ? Eh bien, c'est là que nous stoppons pour demander le chemin du kibboutz Youde-Labboûm après être descendus du bus d'Haïfa.

Nous sommes accueillis par un taulier coiffé d'un chapeau rond tout plein rigolo qui nous considère avec tellement de méfiance qu'on a envie de lui dire que nous sommes les cousins germains de Bénard Afate manière de lui justifier un grand coup la suspicion.

M'est avis qu'il fera une déposition en règle lorsqu'il lira notre signalement dans la presse du soir, car l'affaire de la vedette israélienne kidnappée par des Français fera du bruit, moi je vous le prédis.

Sans doute, et même probablement, vous devez nous

trouver bien intrépides de nous aventurer ainsi à travers le pays, alors que dans un tout petit peu moins de pas très longtemps des escouades de flics se lanceront à notre assaut. Ma tactique, en fait, est aussi simple que hardie (comme disait Stan Laurel) : rallier le kibboutz si prospère de Youde-Labboûm, y contacter le pote à Horry Zonthal, lui transmettre le message du malheureux et, ayant ainsi gagné sa confiance, lui demander aide et protection. Mettre sur le compte du but sacré de cette remise de message notre empoignade avec les gens de la vedette. L'essentiel est que nous parvenions à destination avant de nous faire alpaguer.

Le monsieur du tabac-popote-pot se gratte le ventre par une échancrure de sa chemise, en se demandant qui nous sont-ce et le pourquoi t'est-ce qu'on débarque chez lui comme d'abominables goys-scouts en chemin pour Jérusalem.

Il m'écoute la question, crache un pépin de figue coincé depuis *rosh hashanah*[1] dans une dent chicoteuse et grommelle :

— Où sont vos carabines à répétition ?

Dominant mon étonnement, je lui réponds que nous n'en avons point. Dès lors, il hausse les épaules et déclare dans un anglais teinté de yiddish que je ne vous retranscrirai pas pour différentes raisons dont la première, et peut-être la principale, est que je ne parle pas le yiddish :

— Quand on ne l'a ni tank ni fusil à la répétition

1. Premier jour de l'année liturgique. Mais ne vous laissez pas impressionner par ma culture, je cause pas casher hélas, j'ai simplement piqué ça dans un bouquin !

ce ne l'est pas la peine de l'aller au kibboutz prospère Youde Labboûm !

— Pourquoi ? insisté-je.

— Parce que, me répond cet homme de biens (il fait tabac-porte-pot-marchand de fonds), parce que le kibboutz Youde Labboûm est le plus exposé de tous les kibboutz d'Israël. Au point que là-bas il est inutile de retourner la terre pour la cultiver. Au moment des labours on fait courir en zigzag, et à travers champs, des prisonniers habillés en soldats israéliens. Avant qu'ils soient touchés, le sol est prêt pour les semailles. Il ne reste plus alors qu'à organiser un barrage d'artillerie pour pouvoir semer tranquille.

— La guerre rend ingénieux, déclaré-je.

— C'est évident et rémunérateur, se radoucit l'Israélien d'autant que c'est nous qui vendons les balles aux Jordaniens sous licence française par le truchement de notre bureau du Caire, l'agence Martin-Durand. Vous savez que le pamplemousse péréclite. Sans la guerre notre économie ne pourrait pas tourner [1].

Lesté de ces précieux renseignements, j'insiste toutefois pour connaître le chemin du kibboutz et le meilleur mode de locomotion pour s'y rendre.

— Vous prenez la route de gauche et vous faites du tank-stop, répond le tenancier.

À trois, j'ai idée que ça va être duraille ; pas vous ?

1. Je sais, y a une pléïade, et qui sait, peut-être une chiée de râleurs qui vont rameuter la garde, me réputer déconneur frappé de syphilis mentale. Je leur crache mes tréponèmes au visage en leur faisant respectueusement remarquer qu'une guerre qui dure est une guerre rentable !

*
* *

Ça l'est !

On a beau adresser des gestes pleins de détresses aux cultivateurs de passage, pas un qui stopperait sa chenillette pour nous prendre à son bord. Ils foncent les yeux farouchement braqués sur la route, tandis que leurs valets de ferme somnolent derrière la mitrailleuse jumelée équipant chaque véhicule.

Le soleil cogne ferme. On joue embrase-moi de partout, dans la région. Pour trouver un peu d'ombre, faudrait un spéculum. PI 3-1416 marche accrochée à mon bras. Elle est harassée, cette beauté. Est-ce une conséquence de sa grande fatigue ? Toujours est-il qu'elle devient nettement plus liante avec moi. Ainsi tenez, tout à l'heure, tandis que Béru s'isolait derrière un cacté, je lui ai glissé la main dans le corsage en lui roulant une pelle qu'avait rien de mécanique, eh bien, elle n'a pas protesté. C'est signe qu'elle s'amadoue, non ?

À propos d'amadou, on va cramer si la grosse Mazda au bon Dieu continue à biller de la sorte. Sans chapeau, c'est téméraire, la traversée de ce désert déguisé en potager par le génie juif. Je sors mon mouchoir pour confectionner une coiffure à miss Mahatma. Dans le mouvement je fais choir de ma poche un bifton de dix dollars. Sur le moment je ne m'en aperçois pas. Ce qui m'alerte, c'est un coup de frein puissant. Une grosse bagnole blindée qui survenait en surgissant, vient de stopper pile devant la coupure. Deux hommes en bondissent, qui se jettent sur le billet *of bank*. Ils le bichent simultanément.

— Je l'ai vu le premier ! dit l'un.

— Je l'ai touché le premier, répond l'autre !

— C'est moi qui ai arrêté l'auto pour le ramasser, affirme le premier.

— De toute façon j'aurais sauté en marche ! assure le deuxième.

Ils élèvent la voix :

— *Gonif !*

— *Kugel !*

— *Shlemiel !*

— *Shmattas !*

— *Shmegeggy !*

— *Shmendrick*[1] *!*

C'est vous dire si le ton monte et la preuve qu'ils ne se font pas de cadeau.

Soudain, Bérurier qui s'est aventuré dans un champ de chéquiers géants se met à crier :

— Venez par ici, y en a plein !

Ce clamant, il brandit un billet !

La ruée !

In english, the rush !

Parant au plus pressé les deux mecs déchirent en deux le bifton qu'ils se disputent, remettant à plus tard le gros problème de sa réunification, et se précipitent dans la plantation de chéquiers (à feuilles caduques). On dirait deux épagneuls (pas tellement bretons) sur la trace d'une mère macreuse. Ventre à terre, dans tous les sens !

1. Je vous fournis ces insultes dans un ordre alphabétique parce qu'elles s'y trouvaient dans le bouquin dont je vous faisais allusion.

— Allez, en route ! lance alors le Gravos en se juchant à bord de la voiture blindée.

Je balance un court instant. Mais après tout, traqués pour traqués, nous pouvons aussi bien ajouter le délit de vol au précédent, n'est-ce point ? Nous déhottons sans même que nos deux chercheurs de biftons relèvent la tête.

*
* *

— Qu'est-ce qui cogne commako ? s'inquiète Pépère, lequel vient de se tirer une flemme en ronflette magnétique sur écran large à l'arrière de la bagnole.

— Des balles ! dis-je.

— On est poursuivis ?

— Non : accueillis !

Je désigne les mamelons rocheux où des silhouettes hardies se dressent de temps à autre pour nous arroser.

— Y a de l'ambiance pour les vendanges, dans ce pays, résume le Gros. Si j'entrave bien, ici la culture s'opère au moilien de l'artillerie. Pour les moissons on est obligé de rappeler deux classes de réservistes ! Je me demande si c'est rentable. Me semble qu'un parking géant place Saint-Marc, à Venise, serait d'un meilleur rendement.

Ayant enregistré ces fortes paroles et admis leur bien-fondé, je franchis délibérément, et dans un nuage de poussière ocre, l'entrée du kibboutz.

Il ressemble à un cantonnement militaire, le kibboutz. Avec, en plus, quelque chose d'agricole.

Sous un gigantesque hangar les tracteurs et les

bulldozers sont alignés comme pour un défilé quatorze-juillesque. Les mitrailleuses qui les équipent brillent dans la glorieuse lumière moyenne-orientale. Des tanks et des chenillettes[1], des canons légers, des tubes lance-torpilles, des rockets, des gadgets alternent avec les engins de culture. Sur une esplanade, un hélicoptère tout jaune et tout pales, attend qu'on le charge d'insecticide. Une effervescence étonnante emplit le camp de sa rumeur. Les garçons de ferme en combinaison léopard et au casque garni de feuilles de chèque fanées s'affer-ment dans un enclos où paissent des vaches cashères. Chaque bête est peinte de la même manière que les combinaisons. Leur camouflage est si parfaitement réussi que les vaches myopes essaient de brouter leurs compagnes, les prenant pour un morceau d'Oberland bernois.

On devine une organisation de premier ordre. Une technicité à citer ! Une adaptation aux circonstances qui forcent ces dernières à s'aligner sur la conjoncture. Bref : du grand art !

J'aborde une accorte servante de ferme occupée à graisser une mitrailleuse jumelée (elle est née sous le signe des Gémeaux) et lui demande où se trouve le chef du kibboutz.

— Sur l'aire de départ des artillos-tracteurs de campagne, me renseigne-t-elle. Il lance ses effectifs aux semailles.

Elle a ponctué son renseignement d'un geste hugolien qui, déjà, me fait évoquer la moisson future. Je

1. Qui faut chérer la bobinette.

la remercie et, abandonnant mon lourd véhicule, me dirige, toujours flanqué de mes compagnons, dans la direction indiquée. On contourne les bâtiments et on parvient sur une esplanade à peine plus grande que celle du Champ de Mars où des véhicules processionnaires (tous munis de chenilles) sont rangés comme pour la parade devant une estrade pourvue de micros.

À l'instant que nous l'atteignons, un grand type chauve se hisse à la tribune et lève les deux bras, non pour composer le « V » du mot victoire[1] mais le « I » majuscule de Israël.

— Oui ! Oui ! Oui ! hurlent en : allemand, hébreu, yiddish, anglais, polonais, lituanien, slowène, hongrois, et dactylophasien les assistants, au garde-à-vous devant leurs semeuses-lance-torpilles.

L'homme chauve promène un regard bienveillant sur les *militerres*.

— Cultivateurs ! harangue-t-il, la nation a les yeux fixés sur vous !

— Et les feddayins, donc ! grommelle un bougon.

1. Ce geste a été inventé, prétend-on, par feu Winston Churchill au cours de la dernière guerre mondiale, rien de plus faux. Le Premier Anglais (qui n'était pas le dernier des imbéciles puisqu'à l'époque le roi Georges VI vivait encore) entendait seulement faire le salut scout. Mais l'usage du cigare avait à la longue écarté son médius de son index (ou vice versa) si bien que cette infirmité en provenance de la Havane fut interprétée par le monde entier comme un défi du vieux lion (de Bedford). Signalons à nos jeunes lecteurs que sir W.C. n'a pas fait que de la politique. Ça été également un très mauvais peintre. À mon sens, l'événement le plus marquant de sa longue carrière, c'est son enterrement dont il assura lui-même la mise en scène, et M. Léon Zitrone le reportage.

Son adjuculteur qui l'a entendu le tance vertement, comme on dit dans l'Emmanuelle.

— Skatologick ! aboie-t-il, si vous réchappez aux semailles vous me copierez vingt pages du Talmud !

Cet indident n'a pas altéré la faconde de l'harangueur.

— Vous partez pour une mission terriblement délicate, poursuit le chauve. Au péril de vos vies vous allez féconder le sol sacré de la nation sous le feu ennemi. La horde jordanienne et l'essaim syrien vous guettent ! N'en ayez cure ! Semez ! Et semez bien. Songez que la graine de blackeinschproft coûte deux livres le kilo. Toute déperdition de semence nous obligerait à dévaluer encore le poids de notre quintal qui est déjà fixé à quatre-vingt-deux kilos. Et ce serait grave car, vous le savez, seul le quintal arménien est inférieur au nôtre, lequel est talonné par le quintal grec. Allons, enfants de l'apatride, le jour de gloire est tarifié[1]. Vos borgnasifs sont prêts ?

— Oui ! clament les braves.

— Parfait, alors, à mon commandement... Borgnasifs... sifs !

Quelle envolée ! D'un même geste précis, les consemeurbattants s'affublent d'une coquille noire sur l'œil, style Moshe Dayan.

— Pourquoi ce cache-lampion ? demandé-je à voix basse au râleur de tout à l'heure.

Il hausse les épaules.

1. Cui-la, j'suis sûr de l'avoir fait dans un précédent bouquin, mais comme il n'est pas de moi, ça n'a aucune importance car si j'essaie tant mal que bien de me renouveler, j'sus pas tenu de renouveler les autres !

— Obligatoirement ! Le haut état-major-agricole pense que ce machin effraie l'adversaire, alors qu'au contraire il lui sert de cible.

— Ça ne vous gêne pas pour travailler ?

— Non, car il est percé. Mais ça tient chaud.

Il n'a pas le temps d'en révéler davantage, déjà sa colonne s'ébranle.

Nous attendons que les courageux semeurs aient changé d'aire avant d'affronter le grand patron. Je le fais comme il descend de son estrade.

— Je vous demande pardon, mon chef de kibboutz, l'abordé-je, pourrais-je vous entretenir un instant ?

Il me vaporise d'un regard malcommode.

— Parlez de suite ! déclare-t-il, et soyez bref car le temps est précieux.

— Justement, je voudrais vous faire un prix à propos du nôtre, assuré-je en traçant un signe cabalistique sur nos personnes. Nous cherchons du travail.

— D'où venez-vous ?

— D'Europe.

Il fait la grimace.

— Ça commence mal, tous des ramollis, les Européens. Que savez-vous faire ?

— Tout ! Plus ou moins bien…

Il désigne PI 3-1416.

— Elle n'est pas européenne, elle ?

— Si, turque.

Sa moue n'est pas engageante. Visiblement notre proposition ne lui dit rien qui vaille. J'en tremble d'énervement. En ce moment on joue la montre, les gars ! Notre arrestation n'est qu'une question de minutes. Il faut coûte que coûte que nous soyons contactés par l'agent secret du camp, le pote à notre copain Horry Zonthal, car c'est la seule chance que nous ayons de nous en tirer.

— Je vous en prie, chef, murmuré-je, ne découragez pas les vocations. Donnez-nous n'importe quel travail et vous nous paierez le prix que vous voudrez.

Il a un mouvement de tête agacé.

— Ils disent ça au début, et ensuite ils vous brandissent le S.M.I.G. sous le nez. Très bien, je vous offre un travail facile, un peu exposé peut-être, mais très facile.

Mon cœur six radis.

— Merci, chef ! Que faudra-t-il faire ?

— Rien !

— Comment ça, rien ?

— Vous serez versés dans la section épouvantails, déclare le *big chief*. Les semailles achevées, on vous dispersera dans les terres et vous serez attachés à des piquets plantés en croix. Vous n'aurez qu'à remuer un peu pour faire peur aux oiseaux. Donc, vous le voyez : activité réduite. Le seul inconvénient est que les « fedds » s'exercent au tir sur les épouvantails pendant les périodes d'accalmie. Ce sont en réalité leurs salves qui chassent les oiseaux. Alors, ça marche ?

— Je… eh bien… c'est-à-dire…

— Ça marche ou ça ne marche pas ? hurle l'irascible.

— Comment donc, mon commandant ! Voilà une tâche qui nous familiarisera avec le paysage.

— Et qui vous laissera du temps pour réfléchir. On vous plante à la nuit et on vous récupère à la nuit. Allez de ma part trouver le chef du personnel, bâtiment 14, entre le dépôt de munitions et la laiterie. Il vous fera signer votre engagement. Rompez !

Là-dessus, il nous quitte sans cérémonie.

— On est engagés ? demande Béru qui n'a pu suivre notre converse.

— Au poil, un vrai boulot de convalescent, Gros : épouvantails ! Toi qu'avais déjà des dons…

Mahatma explose car, étant polyglotte, elle est au parfum.

— Non, mais vous ne vous imaginez pas que je vais aller m'exposer aux balles de mes amis ! égosille-t-elle.

— Ma chère, j'y rétorque, dans le métier d'agente secrète il convient de ne pas faire la fine bouche. Après la guerre en dentelles, la guerre en haillons. Certes vous êtes trop belle pour faire un épouvantail et une morte, mais vos dons reconnus vous permettront sûrement d'interpréter avec brio ces rôles de composition et de décomposition.

Sa réponse se perd dans un vacarme d'armes automatiques. Un vrai petit Verdun ! Ça crépite sec dans la campagne. Les semailles commencent !

*
* *

Le chef du personnel est un grand type brun, qui louche derrière d'énormes hublots prélevés sans doute sur un bathyscaphe désaffecté. Il est aussi sympathique qu'une grève des éboueurs en été. Avec ce qui lui choit sur les épaules comme pellicules, vous pourriez tourner un remake de *Ben Hur* et le mec économe qui aurait l'idée de racler avec un couteau le col de sa chemise kaki serait assuré de pouvoir cirer ses bottes de chasse pendant quatre ans. Il se rase à l'eczéma, Césarin. Il en a de grandes plaques sur la frime, qui ne laissent végéter à son menton que de tristes îlots de barbe. Des points de desquamation, dirait le docteur Chaudelance.

Il consulte nos passeports d'un regard traînant. Lorsqu'il relève la tête, son pif suintant a laissé une arabesque limaceuse sur nos pièces de fausse identité.

— Drôles de papiers, me dit-il sans me regarder.

Sa voix est légèrement zozotante. Toute sa physionomie exprime l'ennui et la réprobation. Des gus comme lui, j'en ai déjà rencontrés des flopées monstres. Ils sont hostiles spontanément, d'instinct, à tout. On sent leur personne hantée par un mécontentement absolu qui contamine.

— Vous êtes contre ? je demande.

Il hésite, contemple une dernière fois mes fafs et me les rend avec un soupir.

— Des papiers, qu'est-ce que c'est ? dit-il, une étiquette ! L'étiquette a beau changer, le produit reste le même. Ce qui est intéressant c'est son cours.

Un peu sibyllin, non ?

— Voici vos hauts-de-forme sans fond, ajoute l'étrange bonhomme en saisissant de vieux galures-tuyau-de-poêle sur un rayon.

Je contemple les trois chapeaux.

— Pour quoi faire ?

— Eh bien mais… les épouvantails. Vous avez vu des épouvantails sans chapeau claque et des bonshommes de neige sans balai, vous ?

Il rit, lugubre, et nous congédie de la main.

— Baraquement 12, fait-il. Vous commencerez votre travail demain, une heure avant le lever du soleil.

Nous sortons. La chaleur tourne en rond à l'intérieur du kibboutz (de vache). On se croirait dans une carrière de marbre jaune. Tout poudroie et scintille. Alentour la semaille fait rage. On parcourt quelques mètres sous le dur soleil. Béru est morose, silencieux, ce qui ne lui sied guère. Mahatma marche en louvoyant. On a tous comme un besoin bizarre de se faire la gueule, de ne pas s'aimer. On charrie des bribes de haïssures dans l'âme. Soudain je tressaille. Exprès pour me faire de la peine, mes compagnons s'abstiennent de me demander ce qui m'arrive. Et moi, exprès pour les faire chier, je m'abstiens de le leur dire.

— Allez m'attendre au baraquement 12 ! jeté-je.

Et de faire demi-tour.

Le chef du personnel vient d'allumer un mégot de cigare noir qui sent le dernier train de banlieue du samedi soir. Il sourcille en me voyant revenir et son strabisme s'accroît.

— Oublié quelque chose ? demande-t-il en profitant de sa question pour exhaler une bouffée qui sent bon le crématorium surmené.

— Oui, chef : de vous poser une question. Il y a un instant vous avez sorti une jolie métaphore sur les passeports-étiquettes. Je ne me souviens plus de la phrase exacte, bien qu'elle fût de toute beauté, mais vous avez dit je crois que l'important c'était le cours du produit, ou un truc de ce genre, je me trompe ?

Son regard triangulaire me lâche. Il tète le cigare en silence avant de laisser tomber d'une voix impersonnelle :

— Peut-être bien, et alors ?

Je me penche sur son bureau.

— Alors je me demandais si vous vous intéressiez aux cours de la bourse, parce que moi, c'est ma passion.

— Vraiment ?

Re-silence. La certitude de toucher au but m'enveloppe de ravissement. C'est doux, c'est confortable, le triomphe.

Enfin la phrase tant espérée lui dégouline des commissures.

— Française des pétroles perd un point !

Et moi, du haut de mes béatitudes, je rétorque, avec accompagnement de harpe :

— Sablières de la Seine en gagne deux !

L'atmosphère du bureau vient de se modifier. On se sent amitieux tout plein, détendus, complices.

— J'ai quelque chose à vous remettre de la part de votre camarade Horry Zonthal, dis-je en détachant la montre du mort de mon poignet.

Je la dépose pieusement sur son sous-main.

— Horry est mort à Bagdad, ajouté-je. Et son compagnon a été exécuté par des pirates de l'air, à bord du *Judas Hisse Carotte*.

« Outre cette montre que je devais immédiatement vous donner, je suis dépositaire de certaines confidences que je ne dois révéler qu'en haut lieu. »

Là, vous le devinez confusément, à travers vos épaisseurs de connerie, j'en rajoute. Seulement, comprenez-moi, mes braves : faut bien qu'il songe à sa propre mission, le San-A. C'est pas en faisant les commissions des autres qu'il mènera à bien le boulot qu'on lui a confié. Le rôle de légataire universel, en passant, je dis pas… Pour dépanner. Mais j' sus pas notaire, moi, minute ![1]. Je dois contrespionner pour mon gouvernement. Et j'ai idée que ça urge, vu la manière que le Vieux me virgulait ses suppliques l'aut' matin.

Le chef du personnel se dresse et me prend les bras à deux mains.

— Regarde-moi ! ordonne-t-il.

Je louche de mon mieux et nos regards finissent par se croiser au bout de mon nez.

— Merci ! il dit ! Merci ! Vous êtes des braves !

J'esquisse la moue modeste d'Eddy Merckx lorsque des gars du *Fiacre* lui assurent qu'ils n'ont jamais vu un type de la pédale plus monumental que lui.

— Je vous préviens, fais-je, que, pour parvenir jusqu'ici nous avons eu pas mal de heurts avec des policiers et des civils israéliens. Mais ce qui comptait c'était d'arriver au kibboutz, n'est-ce pas ? C'est pourquoi j'espère que vous pourrez arranger nos jerricans.

— Soyez sans crainte, vous êtes en sécurité, parmi nous. Personne ne peut rien contre vous, assure l'homme aux attitudes divergentes, mais au strabisme convergent.

Fort de cette promesse je gagne le bâtiment 12. Un surprenant spectacle m'y attend !

1. Vous avez saisi l'astuce, les gars de la basoche ?

CHAPITRE X

ON N'AVAIT JAMAIS VU ÇA !

Peut-être n'est-il pas superflu que je vous brossasse le décor du baraquement 12, mes gamins ? Manière de vous situer l'action. Pardon, vous dites ? Vous n'en avez rien à branler des descriptions ? Bon, comme vous voudrez. Seulement moi et Zola on vous arrose le fondement à la bière digérée ! On vous couvre la bouille d'honteux grafittis. On vous méprise jusque dans les replis de vos bourses ! C'est quoi votre idéal littéraire, alors ? Zévaco ou Robbe-Grillet ? L'horaire d'Air France ? Quand je vous entends, j'ai envie de me ch… par terre, que vous m'emportiez enfin, aux quatre coins du monde, à la semelle de vos talons ! Je crèverai de honte à la fin, de trop vous mal supporter. Je suis infoutu d'aller plus loin dans les tolérances. Je souhaite que ma langue vole en éclats, ma plume, mon zobe et mon cœur idem. De ce côté-là j'ai de l'espoir. Sûr et certain qu'il pétera une durite dans les poches avenirs, çui-là. C'est parti pour le gugus du myocarde à force de me monter en rogne. Les coronaires qui vont vasculer, plaofchte ! Le raisin qui devient marécageux ! Au suivant ! Quelle pelure vous allez toucher après moi, mes braves, quand le seul San-Antonio de l'ère chrétienne ira péter des zéphirs ?

Notez que je me suis jamais fait de berlues. En venant au monde, dès le premier regard conscient, j'ai compris que c'était scié irrémédiablement. Inutile de se trémousser la pensarde. Oui, ça m'est allé droit à l'entendement, c't' évidence. Comment que je me suis rembruni après cette constatation ! J' sus devenu tout chose. Languissant, cerné, pâlot. À la maison on paniquait. Il a quoi t'est-ce, cet enfant ? On s'implorait, papa-maman, grand-mère, les voisines à pitoyer, tout le monde. « Il a quoi donc, le chérubin ? Ce serait pas la constipation, des fois ? Les vers ? De l'asthénie, peut-être ? »

Ils s'engloutissaient dans les conjonctures. Me gavaient de bon vermilune Fuge, de sirop pour les bronches ! De fortifiants à base de vin sucré que je lampais volontiers d'ailleurs.

Moi, je les laissais éplorer. J'avais pas la moindre envie de leur dire. Ils auraient pas compris. Ce que j'avais ? J'avais pigé, mes vaches, un point c'est tout ! Pigé direct, comme on pige le jour quand il fait jour. M'a fallu des années pour me faire une raison. J'y ai consacré ma belle enfance, mon adolescence en partie. À la période du fret, seulement, j'ai commencé à réagir. D'entrer dans le circuit. De m'abîmer ! C'est tout ce qu'on peut faire : s'abîmer. Plonger dans un trou, quoi ! Bon, là encore je vous débeurre la tartine. Vous trépignez comme des pendus. Il va l'envoyer sa garcerie d'histoire, ce chnock, oui z'ou merde ! Pas fini ses baveries de folingue ? Depuis le temps qu'il nous divague à l'âme, l'Antonio. Qu'il fait la part belle à son faire-part ! Je vous connais, mes lopes ! Comme si je vous avais faits, à grand renfort d'huile de ricin !

D'accord, je vous saute la descriptance du baraquement 12, non pas pour vous agréer, mais pour éviter qu'on soye trop long en signes typographiques. Paraît que mes bouquins sont exagérément copieux. On me reproche de vous gâter, bande de voyous ! Ça perturbe les myopes et tous ceux qui flanchent de la cornée. Car mon nombre de pages reste invariable, s'agit pas de carboniser le prix de revient ! Alors on bourre le texte ! On l'imprime menu, menu ! On diminue les marges ! On enchaîne les chapitres à la ligne. On tasse, quoi ! Si tellement qu'à la fin faudra me lire à la loupe ! On me versera la prose dans la rubrique philatélie. Y a des mecs qui sculptent des grains de riz. Je vous y grave la bataille de Waterloo sans omettre un *grognardier* ni un affût de canon. Tu retrouves Napoléon avec sa main à la braguette (c'est uniquement la censure qui oblige de le représenter avec la paluche au gilet, la vérité c'est qu'il avait des morpions, l'Imperator) Grouchy déguisé en courant d'air, Blucher et ses soldats d'aplomp, la morne plaine, le ciel bas… Sur un grain de riz ! J'ai vu ! Je jure ! Faut le grand télescope du Mont Palomar pour tout mater en détail ! Ça veut prouver quoi, ce miniscu-lipoildecutage ? Ça j'ignore. Toujours est-il que je vais me foutre en cheville avec l'artiste afin de me ménager l'avenir. Me préserver l'abondance. San-Antonio au complet sur un grain de courge ! Enfin j'aurais bouclé la boucle !

Rouscaillez plus ; je passe !

Le baraquement 12, sa porte grillagée à va-et-vient qui geint en battant. Une vaste pièce déserte qui doit servir de lieu de repos. Y a des canapés affaissés, la téloche, des bouquins sur des rayons. Au mur une immense photo du défunt colonel Nasser déguisé en danseuse, le drapeau israélien, et un avis gigantesque, imprimé en plusieurs langues : « *Travailleur du kibboutz ! Quel intérêt as-tu à toucher ta paie puisque tu vas la dépenser* ? »

Mais ce qui attire mon attention c'est, provenant d'une pièce voisine, la voix grasse du Mastar scandant une bourrée.

« *Pour bien la dansa*

« *Vive les auvergnats…*

Il s'interrompt pour interpréter un air de vielle en se pinçant le tarin.

Je pousse la porte. Le spectacle est nettement au-dessus de la moyenne !

Les jupes tombées, le corsage effeuillé, en slip et maintien-loloches, Mahatma exécute une danse du ventre extrêmement lascive devant les yeux exorbités du Gros.

De quoi filer le tricotuche à une pompe à essence. Elle a le bide monté sur roulement à billes, cette greluse ! Le baigneur télescopique ! Quand elle trémousse du pubis on dirait qu'elle vous tend son sexe avec la main, comme une rose. Et ses casques à pointes, dites ! Y en a un qui tourne en rond tandis que l'autre fait oui de la tête. Elle se diversifie l'organisme, PI 3-1416. Se survolte les mobiles. Le père Kalder voit ça, recta il lui enfonce le poids d'un fil à plomb dans le dargif et la suspend au sommet d'une perche !

Je referme la porte et vais m'asseoir au premier rang d'orchestre, fasciné pire encore que mon compère. Une odeur ardente se dégage de ce corps en frénésie. Elle a dû se parfumer à la lance d'arrosage, cette mousmé.

La raison de cette démonstration, je demande qu'à la connaître, mais rien ne presse. Faut d'abord savoir jusqu'où elle ira, notre reine de la trémulsation. Son numéro touche au sublime. Elle exécute un truc rigoureusement inédit, j'ai demandé à Coquatrix, à Guérin, aux championnes du *Crazy-Horse-Sa-Lune*, ils sont restés incrédules, n'avaient jamais entendu causer de la chose… Maginez-vous qu'elle sort de son soutien-gourdasse et de son slip *sans y porter la main*. Ça paraît simple, comme exercice ? Essayez, mes belles ! Et quand vous y serez parvenues vous enverrez votre petit frère me chercher. Inouï, je vous affirme ! Bouleversant. Même un boa ne peut pas poser son slip sans y mettre les mains ! On croit rêver… La manière que ces légers sous-vêtements, apparemment bien arrimés, s'en vont d'elle, c'est purement magique. D'une lubricité archi-folle ! On voudrait prendre le métro aux heures d'affluence qu'on ne pourrait plus, dans notre état, Alexandre-Benoît et moi ! Deux jouteurs ! Le tournoi historique on pourrait mimer : Henri II et Montgomery. On en a des craquements dans les entreponts. Pour comble, après ses reptations internes et débarrassée de ses ultimes fringues,

Mahatema « s'occupe » de nous. Ce qu'elle nous fait, vous me donneriez mille balles, je vous le répéterais pas. Impossible ! Faudrait qu'on aille au Danemark pour que j'ose vous le susurrer à l'oreille, de nuit, et en braille ! Trop téméraire ! Trop pour nos graphiques ! Vous aimeriez pourtant savoir, hein ? J' sais bien, mais des impudeurs de cet ordre, aucun mot pudique ne saurait les exprimer. Qu'est-ce que vous dites ? Si je vous affranchis pas vous me délaisserez pour lire tous les romans d'amour d'Eugène Tisserant, de l'Académie française ? Ah ! pas de chantage entre nous, hein ! J'ai horreur ! Quand on veut faire pression sur moi, la vapeur me sort des naseaux. Moi, vous me connaissez ? J'ai la conscience professionnelle chevillée à la plume. Étouffer la vérité, c'est pas le genre de ma boutique. J'élude rarement les passages scabreux. Le sens des responsabilités, je le possède à tellement haut degré que j'assume à l'occasion les responsabilités des autres. Alors si je paroldhonneure qu'il y a pas mèche de se complaire dans les complaisances de style, faut pas me butiner les valseuses ni me ficher des provocations perfides dans la vanité. Lisez les bouquins d'Eugène Tisserant tant que vous voudrez (ils sont en vente libre au rayon séminariste dans toutes les bonnes pharmacies) et moulez-moi.

Cela étant parfaitement clair, pour mes petits préférés dont je sais la subtilité, je vais expliquer les folles audaces de Mahatma Hâari en termes choisis. Les autres n'auront qu'à aller se faire faire les mains chez leur pédicure habituel en attendant.

Donc, constatant notre ardente émotion, PI 3-1416, si

réservée jusqu'alors s'approche alternativement de nous sans s'arrêter de ventripoter. Du bout des doigts elle nous met à jour les passions. Quelle pickpocket émérite elle eût fait ! Rendez-vous compte de la prouesse : déballer les camarades popaul de deux messieurs en se gardant d'attirer leur attention, exige un sens tactile prodigieux ! Car on ne s'en aperçoit pas tout de suite qu'on a mis flanverge au banc. Moi, bien sûr, j'aperçois le turbulent de Béru, mais je crois que c'est une blague réservée à lui seul. Me faut quelques instants pour comprendre que je risquerais de m'enrhumer le missile s'il y avait du courant d'air. Et il en va de kif *for him* ! Puis tout à coup, elle entre dans les vraies grandes transes, Mahatma. Les noires furies licencieuses !

Non, décidément, je peux pas poursuivre. Question d'honneur, si vous voulez le fond de mon cœur.

Pardon ? Vous dites que je déconne à causer de ce que j'ignore ? Très bien, je m'hasarde encore, on verra bien. Seulement si je me retrouve en chômage ce sera de votre faute ! Dans le fond, c'est ça que vous souhaitez, tas de vampires ! Au coin d'un pont, la main tendue, couvert de croûtes et de haillons, tel que vous le souhaitez, votre San-A. « À vot' pitié, 'sieurdames ! » Le beau commissaire scrofuleux, en train de faire la mangave avec une barbe de six jours (les plus déprimantes car ensuite on devient un vrai barbu).

Soite !

Mahatma, je vais vous dire. Elle s'approche de Béru à reculons. Ses ondulations s'accentuent si fort qu'on ne lui voit plus de bassin, comme disparaît une hélice en prenant de la vitesse. Elle recule encore. Le Béru émet un soupir qui ferait éclater le cœur d'un sycomore géant. Voilà qu'elle est plaquée contre lui. Attendez ! Partez pas chez votre amie Ninette, c'est pas fini. On aborde le tout à fait formidable suprême ; le fantastiquement salace (mais ça lasse pas). Causons net : il a été happé, Béru. Littéralement ! Elle se l'est goinfré par la malle arrière, sans qu'il ait eu un seul geste à faire ! Et ne volatil pas qu'elle se met en route dans ma direction ! Prodigieusement extraordinaire, oui ou crotte ? (si j'ose me permettre). Capter un jules *en marchant*, j'avais encore jamais vu. De cette manière hardie, surtout ! Il flatouille des cannes, le Mastar. Il a les yeux en perdition, tout blanc. Il sait plus où mettre ses paupières, tellement qu'il lui en vient ! Elles lui pendent sur la vitrine, longues comme des oreilles d'épagneul ! Il bave son râtelier d'adulte à impériale.

Attendez ! Puisque vous l'avez voulu, y a pas de raison que je stoppe mon récit avant l'arrêt complet des réacteurs. Détachez pas encore vos ceintures de sécurité.

Sur moi donc, ce couple s'avance, d'une démarche incroyable, la femme castagnettant des noix à vous en faire grimper la mayonnaise jusqu'à la flèche de Notre-Dame, l'homme raclant du chausson dans un laisser-haler qui raconte son inertie.

Ça y est ! Ils sont là ! PI 3-1416 stoppe à quelques centimètres de ma personne. Ses ondes m'agrippent, me faufilent entre le réseau nerveux. J'ai la pavaneuse comme une barre fixe. Miss Bagdad m'entreprend alors avec ses avants. À tout seigneur tout donneur : elle m'a réservé ses charmes *number* ouane. J'ai droit au morceau de bravoure ; à l'apothéose. Pour vous donner une notion de ce qui arrive, elle nous jonctionne comme qui dirait. Vous voyez bien, mes pauvres minus que je ne pouvais pas vous décrire une prouesse de ce tonneau ! C'eût été tomber dans la plomberie de bas étage.

Elle nous épisse, la bougresse ! Positivement. Être « cul-et-chemise » n'est rien, comparé à ce qu'on est devenus, Béru et mézigue. Y a des crachoteurs qui vont baver comme quoi j'exagère ! Qui vont se répandre tout azimut en affirmant que je brode ! Qu'ils viennent prendre un jeton, ces étouffés du bulbe ! Ils verront de quelle sublime manière elle capture les hommes, la belle Irakienne. J' sais pas dans quelle institution on lui a appris à rendre ses orifices préhensibles ? Pas aux « Oiseaux », probable. On me fait marrer, les Occidentaux, les occis dantesques ! Se croyent à l'avant-garde du progrès, de la technique, de la civilisation !

Mes fesses, oui ! D'abord c'est quoi, le progrès ? La civilisation ? Un élan vers le mieux-vivre ? Un affûtage des possibilités humaines ? Un moyen d'aller plus loin dans LA Connaissance. Je prétends que Mlle Mahatma Hâari fait plus pour l'homme que n'importe quel prix Nobel de physique. Ah ! la chérie ! Ah ! la chère âme ! Mais c'est pas fini encore. Y a mieux ! Y a pire ! Plus incroyable ! Plus fortiche ! Soudain les vibrations de notre camarade s'opèrent en forme de pas de vis (ne devrais-je pas plutôt écrire pas de vice ?) une espèce de force ascendante (à laquelle nos vigueurs ne sont pas étrangères) opère. Et ELLE QUITTE LE SOL !

Vous avez lu, compris, admis ? Elle ne touche plus terre que par personnes interposées. Donc, on ne peut pas appeler cela de la lévitation, faut créer le terme. Ce serait en fait de la lébitation !

Par vos propres moyens, soit à pied, soit à cheval, soit en avion, rendez-vous à l'évidence, mes frères. Nous venons de pulvériser tous les records dans le domaine du music-hall. On a juste à lever le petit doigt (encore un petit effort !) et on se fait engager dans les plus grandes boîtes d'allemagne[1] ou de Suède.

Parce que, à force de s'aventurer dans le porno, pour épater le bourgeois faudra tôt ou tard revenir à la notion de prouesse. C'est bien joli de montrer une partouze sur scène, comme dans certains cabarets, ou bien une paluche-party exécutée sur fond d'orgue par l'onaniste de la cathédrale. Mais le paroxysme comporte un inconvénient : il est un aboutissement. Après l'apogée, la redescente s'effectue, souvent vertigineuse. C'est bien beau la grande troncherie dans les projos, avec accompagnement musical. Mais ça va vite blaser le monde, mes pauvres canards. Le jour reviendra où les braves quidams réclameront le prestidigitateur et le jongleur. Car enfin, calcer une ou plusieurs nanas, c'est à la portée d'à peu près tout un chacun, tandis que faire sortir une colombe d'une pochette de soie constitue un exploit. Nous, on a au moins l'avantage de conjuguer l'exploit et le salace. On fait coup double (si une telle affirmation ne vous paraît pas trop hardie dans notre position ?).

1. Note pour l'imprimeur : je mets pas de majuscule au mot Allemagne, en représailles pour la guerre de 39-40 où ma mère a perdu son frère et mon père sa montre.

Elle connaît l'homme, Mahatma Hâari ! Elle sait exactement son point de rupture. Aussi redescend-elle parmi nous avant le flanchage de nos sens trop éprouvés.

Un instant plus tard, le Gravos et votre serviteur ont récupéré leur autonomie.

— Merci, balbutié-je, pour cette révélation inoubliable.

— De Dieu ! murmure Béru, si c'est pas ça, faire philippine, ce serait quoi t'est-ce, alors ?

PI 3-1416 sourit gentiment.

— Je tenais à vous témoigner ma reconnaissance sans plus attendre, dit-elle.

— Votre reconnaissance ?

— Pour la façon dont vous avez jeté la police côtière à l'eau… Magnifique !

— Pff, dis-je, car ce genre de compliment me paraît tout à la fois gênant et usurpé, ces messieurs avaient notre canot pneumatique pour rejoindre la rive.

Mahatma a un sourire éclatant de blancheur, de franchise et de joie.

— Non, fait-elle. Car, pendant que vous luttiez, je l'ai crevé à coups de gaffe.

Je n'ai pas le temps de me remettre de ma surprise, ni de laisser libre cours à mon indignation. Elle continue.

— Dès qu'il fera nuit, je vous quitterai car ma mission est achevée. On m'avait placée à vos côtés afin que je m'assure de votre loyauté. La preuve est faite, je pars !

Son sourire de louve réapparaît.

— J'avais ordre de vous exécuter dans le cas où vous auriez été des traîtres.

— Bigre ! Vous, une faible femme ! Et comment ?

— J'ai sur moi deux aiguilles creuses emplies d'un poison foudroyant. En deux coups d'épingle je vous tuais !

On se regarde, Pépère et moi. Contents de ne pas avoir déçu notre Joconde. Mais navrés d'apprendre sa volonté de ficher le camp[1].

— Partir d'ici serait téméraire, je murmure. Qu'allez-vous faire, seule dans ce pays ?

— Ne vous tracassez pas pour moi. J'ai mes recettes !

Elle me caresse la nuque d'une main douce comme du satin[2].

— Était-ce bon ? demande-t-elle.

— Paradisiaque !

— Ma récompense ! Bien peu y ont eu droit !

— Je ne l'oublierai jamais, assuré-je.

La porte s'ouvre brutalement. Une flopée de mecs armés se ruent dans la carrée. Je crois rêver ! Me semble qu'on recommence tout. Le cauchemar chez le cousin Béru, de Bagdad. Des militaires belliqueux, encore ! Des mitraillettes (françaises aussi). Seuls les uniformes diffèrent. Faut bien. Tu peux pas jouer aux dames qu'avec des pions de même couleur ! Y a toujours eu cette convention dans les affrontements : les noirs, les blancs, les rouges, les jaunes. Pas possible

1. Béru a compris, malgré qu'il ne comprenne pratiquement pas l'anglais. C'est vous dire si cette séance l'a troublé !

2. Comme quoi vous voyez qu'en m'appliquant je peux écrire aussi bien que n'importe qui !

de s'entre-tuer autrement, vous savez pourquoi ? Parce qu'on pourrait confondre : bousiller ceux de son camp par myopie ou inadvertance. Si on peut les confondre, c'est donc qu'ils se ressemblent tous, les hommes, non ? Élémentaire, mon raisonnement, donc solide. Y a que les oripeaux qui différencient. Les drapeaux !

Les survenants sont extrêmement pas commodes. Eux aussi roulent des yeux de fauves. Eux aussi ont la mâchoire crispée, le doigt crispé sur leurs merderies de détentes, le trou de balle crispé aussi par des fureurs collectives, indiscernables à l'échelon individualiste, mais spontanées au degré nationaliste.

Bon, qu'est-ce qui se passe encore ?

Le chef du personnel est là pour m'éructer la vérité. Mais il prend son temps – et le nôtre –, il trépigne, il s'en émiette l'eczéma. Il rosit. Il délouche à trop nous fixer.

— Épions ! Chacals ! glapit-il. Vous êtes des ordures de Français [1] à la solde des Arabes. Des chiens galeux ! Des communistes !

J'aimerais tenter d'ergoter, il ne m'en laisse pas le temps.

— Défaites votre pantalon ! ordonne l'eczémateux. Et ce gros tas de dreck puanf aussi !

On se soumet. Pour se soumettre, faut se démettre de son futal. On leur produit Coquette. Ça devient une opération de routine !

— Hein ! Hein ! Qu'est-ce que je disais, triomphe l'irascible ! Des shicker goyes ! Tous les deux !

1. Note pour l'imprimeur : là je mets une majuscule à français pour montrer combien je suis patriote.

Bérurier essuie d'un revers du coude les postillons blanchâtres dont son invectiveur l'a constellé.

— C'est quand même minimaginable, la vie, déclare l'Enflure. Tu fais voir ton zizi à quéques kilomètres d'ici, ça te sauve la mise ! Tu le montres là, on t'écharpe. Et pourtant c'est le même chibre, accroché au même type.

Il frappe sur l'épaule de son interlo (poilde) cuteur.

— Qui vous dit que j' sus pas juif, m'sieur l'abbé ? Supposez que le rabbin fusse été miro et qui s' soye coupé les ongles au lieu de me scalper Agénor, hmm ? Ou bien que c'eût repoussé. Étant chiare, j'ai passé des vacances dans le Périgord, là où qu'on fait les cous d'oie farcis, et la fermière qu'était mutine a voulu me faire une espérience sur la personne. D'après vot' réaction, on pourrait l'estimer concluante ! Barnard, chez Plumeau !

Effaré, celui qui naguère m'étreignait, me prend à partie.

— Que raconte ce pourceau sanieux ?

— Il philosophe, dis-je. C'est son dada. Pouvez-vous m'expliquer, chef, la raison de votre colère ? Qu'avons-nous fait depuis tout à l'heure, qui nous vaille vos foudres ?

— Depuis tout à l'heure vous n'avez rien fait ! répond-il (là il se goure), seulement moi j'ai décrypté le message contenu dans la montre de notre camarade Horry Zonthal. Et savez-vous ce qu'il dit, ce message ? Que vous êtes deux agents français chargés de le surveiller, lui et son compagnon. Il croit que vous avez découvert beaucoup de choses et nous recommande de vous neutraliser.

Blong ! Faites monter la bière !

Pour moi, pas trop de mousse, mais des poignées chromées, siouplaît.

Vous parlez d'un monstre cocufiage ! J'ai bravé mille dangers pour apporter aux gars d'ici un message les informant que je suis un traître à abattre.

Ça vous amuse, vous ?

CHAPITRE XI

COMME QUOI IL EST BON DE FAIRE « LE PIED DE GRUE »

Bérurier a pour habitude de ne jamais s'avouer vaincu. Pour l'heure il ergote encore avec ses arguments à lui, lesquels conservent toujours un je ne sais quoi de mystérieux.

— Écoutez, fait-il, quand on a une aviation made in France, et que des gus ont perdu à vot' santé la guerre du canal de Suez-Guy-Mollet, on se met pas à leur chercher des noises pour des bricoles ! Moi, j'ai eu un cousin déporté à Mathusalem, môssieur ! Je me fringue au Carreau du Temple ! Berthe, mon épouse millésimée[1] a acheté son manteau de possum chez un grand fourreur de la rue des Rosiers. J'ai rien contre le vaillant peuple juif, pas plus que contre le vaillant peuple arabe. Ce serait été de moi, vot' problème, je le réglais en deux temps trois mouvements : je baptisais

1. Béru a-t-il voulu dire légitime ? Qui le saura jamais…

tout le monde dans la foulée. Les arbis, les youdes, au trot ! Te vous lançais des escadrilles de missionnaires dans le paysage. Allez, zou ! Catholique ! Catholique ! Mobilisation entière du Vatican. Les archiprêtes, les évêques, les curetons de villages, les cardinaux à roulettes, tout le monde sur le tas ! Le pape idem, pour baptiser les plus huppés ; le roi Robert Hossein ; maman Gold Amer, les présidents de carrière ; les rois mages, par paquets de dix. Hardi petit, un grain de sel sous la menteuse, un p'tit coup d'huile derrière les feuilles ! Zop : te v'là converti ! Et que je te chrème ! Et que je t'ondoye ! Les rabbins, les muezzins, les Bloch-Lévy, les Ben Couscous ! Tous ! Qu'on en finisse une bonne fois avec leur chierie de tirage de bourre. Ah, merde, attendez que les Chinois vinssent vous mettre d'accord. Catholiques, uniformément ! Ou bien bouddeurs, j' sus pas sectaire.

Le chef du personnel se tourne vers moi et demande :

— Il est fou, ce type, ou quoi ?

— Je ne sais pas, réponds-je, à son sujet le mystère reste entier.

Mais voilà qu'une secrétaire vêtue en officière avec casquette plate et baudrier de cuir, entre et s'approche du chef.

— Ah, parfait ! Qu'ils entrent ! dit vivement ce dernier.

La fille salue militairement et ressort.

— Voici deux membres du *Shin Bet*, annonce mon interlocuteur. Ils vont prendre en main la situation.

Je me permets une question qui me travaille le cuir depuis déjà un peu plus d'assez longtemps :

— Pourquoi diantre Horry nous a-t-il dépêché dans un kibboutz au lieu de nous adresser directement à ses collègues de Tel-Aviv ?

L'autre se marre comme une tranche d'orange.

— Nos services secrets doivent leur efficacité à un excès de prudence. Personne n'est jamais branché sur le siège de ce département. Des postes de triage ont été constitués un peu partout, dans les endroits les plus inattendus.

Il n'en dit pas plus car deux grands gaillards viennent d'entrer. L'un est blond, avec un regard couleur d'ambre, la peau très bronzée, les lèvres surmontées d'une fine moustache plus claire que ses cheveux. L'autre est un peu plus vieux, plus empâté aussi. Il a la peau bistre avec des joues étrangement rouges qui font songer à celles d'un Indien[1]. Tous deux portent des costumes extra légers, blancs à rayures bleues, *made in U.S.A.* À gauche, leurs vestons ont le même renflement significatif. Ces messieurs, pour aller se baigner, ils doivent se dégrafer autant de courroies qu'un homme-tronc muni de prothèses.

Leur première réaction, en pénétrant dans la pièce est une exclamation enjouée.

— Par exemple ! (en anglais *for example*).

— Tiens, dit le blond en s'approchant de notre délicieuse et trémousseuse camarade PI 3-1416, tu es encore ici, toi !

1. Je vous les décris comme ça, mais si vous voulez, ils peuvent ressembler à autre chose, vous savez. Moi, j'en ai rien à branler.

— Comment ! s'étonne le chef du personnel, vous la connaissez ?

— Parbleu, c'est Mahatma Pômpzobb, l'espionne irakienne. Ça fait vingt fois qu'on la pince en territoire israélien. Au début on essayait de l'échanger contre des prisonniers ou du matériel, mais là-bas ils se font tirer l'oreille. Je crois en fait qu'ils aimeraient bien s'en débarrasser. La dernière fois on l'a échangée contre un jerrican d'essence et un cageot de dattes. Cette fois-ci, je parie qu'ils ne donneront même pas un pourboire au gars qui la reconduira à la frontière.

— Chiens puants ! lance Mahatma, je vous vomis !

— O.K. ! admet flegmatiquement le type brun en sortant un sandwich de sa poche et en l'attaquant avec un appétit béruréen.

M'est avis que s'il continue de s'empâter, cézigue, il deviendra vite un agent double.

Les déclarations du blond à propos de PI 3-1416 m'ont beaucoup surpris. Je la tenais pour une fière amazone indomptable, cette poulette ! Se peut-il que...

Comme désireux de satisfaire ma curiosité, le chef du personnel demande :

— Pourquoi continue-t-on de l'employer si elle est inefficace ?

L'interpellé s'éponge le front et déclare en s'asseyant sur le bout de la table :

— Pff, sans doute a-t-elle des bontés pour un gros bonnet de son pays. Ce qui la rend inefficace, c'est ça !

Et il gifle notre petite camarade. Pas fort ! Une petite beigne bien appliquée, format jouvencelle. Illico la mère Mahatma fond en larmes.

— Hiiiiii ! C'est pas ma faute, chougne-t-elle. C'est le général Akel Gânash qui a voulu que je les accompagne. Ce sont des espions français chargés de mission en Israël ! Moi j'ai rien fait !

Flegmatique, le type blond murmure :

— Son point faible, comprenez-vous ? C'est psychique : elle ne supporte pas les gifles. La première fois nous lui avions fait subir un… un questionnaire très compliqué, électrique et tout. Elle n'a pas dit un mot. C'est par hasard que nous avons découvert que ça…

Il la torgnole à nouveau.

— Hiiiiii ! redouble la donzelle, je vous jure que j'y suis pour rien. Lui (elle me désigne) c'est un commissaire français. Et ça (elle montre Béru) c'est son adjoint ! Je veux plus les voir, ils font rien qu'à me faire faire des vilaines choses !

— Marrant, hein ? demande le blond. Un cas ! Bon, virez-moi cette conne que je ne saurais souffrir davantage. Le plus simple est de la raccompagner jusqu'à la frontière syrienne. Vous direz au convoyeur qu'ils se fassent rembourser les frais d'essence par les Syriens, plus la taxe de séjour de la rombière. Maintenant, laissez-nous. Vous placerez simplement vos hommes autour du bâtiment. Ordre de tirer si l'un de ces deux amis tente de fuir.

Tout le monde se retire en silence.

Nous restons à quatre dans la pièce. Nouveau retournement fulgurant *of the situation*. Tout va si vite ! Tout est si brusque. Ça culbute, ça se modifie. On croit que le rouge vient de sortir : erreur c'est le noir ! Couennerie de vie, va !

Le ventilateur fixé contre la cloison du fond ronronne dans un doux frissonnement. Il balaie la pièce selon une trajectoire de 45 degrés et, par instants, son souffle frais me caresse la frime. J'ai qu'à fermer les yeux, aussitôt je me crois en montagne, par beau temps, au débouché d'un vallon où gazouille un ruisseau.

— Asseyez-vous donc ! m'invite le blond dans un français très correct. Il ajoute en ricanant : « Vous ne paierez pas plus cher. »

Il est sympa, ce gars. J'aime assez sa nonchalance tranquille, l'humour un peu froid qu'on lit dans ses yeux clairs et qui passe dans les sonorités de sa voix. Et puis il est très beau garçon et je trouve que, sans nourrir le moindre instinct homophile, on est plus à son aise avec des gens harmonieux.

— Sitôt alerté, j'ai examiné le dossier d'Horry Zonthal avant de venir, déclare mon interlocuteur. Je pense que la situation est très simple et que nous la dénouerons en un rien de temps.

Il sort un peigne de sa poche intérieure, se recoiffe presque machinalement et déclare :

— Je suppose que vous appartenez aux services de contre-espionnage français ?

Il n'attend pas de réponse. Pour lui, c'est une évidence qu'il énonce.

— Vous aviez repéré nos deux agents et vous les avez filés. Cela vous a permis d'apprendre qu'ils ont débusqué un ex-nazi établi en France sous une fausse identité et jouissant là-bas d'une honorabilité... éclatante. Exact ?

Moi, vous me connaissez ? Dans les cas délicats, je fais appel à mon instinct. Je le laisse répondre. Ce qu'il décide est bien.

— Exact, conviens-je. L'homme en question n'est autre que Von Chichmann !

J'ai pris le parti de la franchise. Avec mon vis-à-vis il est préférable de jouer franco. C'est le meilleur moyen de me faire affranchir. Ainsi, ne viens-je pas d'apprendre un détail important ? Von Chichmann jouit en France de la considération de ses voisins ! Intéressant.

— Que vous cherchiez à protéger ce traître, compte tenu de sa position chez vous, s'explique parfaitement, admet le beau blond. Mais comme nous n'avons pas les mêmes raisons que vous de le ménager, il sera exécuté demain. La décision a été prise par la Commission Suprême sitôt connu l'incident de l'avion détourné. Nous ne pouvions plus prendre le risque d'atermoyer. Une solide équipe est déjà à pied d'œuvre à Saint-Nom au moment où nous bavardons et demain soir le monde comportera une belle ordure de moins.

Il sort des cigarettes de sa poche et m'en propose une. J'accepte. Il me l'allume avant d'incandescenter le bout de la sienne. On se livre à un léger duel de fumaga, après quoi il murmure :

— Nous allons vous retenir prisonnier jusqu'à ce que tout soit O.K. en France. Après quoi nous vous échangerons secrètement contre un Mirage ou une babiole de ce genre.

— Et moi ? demande abruptement Béru, mal

content de compter pour du beurre depuis le début de l'entretien.

L'autre le toise à travers sa fumée.

— Oh vous, nous vous troquerons contre une photographie dédicacée de M. Marcel Dassault.

Un silence. Cette fois, c'est son pote qui intervient.

— Il y a tout de même un détail, dit-il…

— Oh, oui, fait le blond. Une petite chose nous intrigue : pourquoi avez-vous filé nos hommes jusque dans l'avion qui devait les ramener ici ?

Je hoche la tête.

— Mes chefs voulaient connaître votre décision à propos de Von Chichmann.

— Je comprends ça, pouffe le blond. Eh bien, en attendant que nous recevions des ordres des nôtres, à votre sujet, nous allons vous mettre en lieu sûr. Car, soit dit entre nous, cette perspective d'échange n'est qu'une vue de mon esprit, mon cher homologue. Il se peut très bien que nos supérieurs, agacés par vos petites combines, souhaitent que vous ayez un accident. On est très énervé, en haut lieu, depuis un certain temps.

Il quitte son siège pour s'approcher de la fenêtre ouverte. Un long moment il contemple l'agitation du kibboutz en sifflant une curieuse mélopée. Quand il se retourne, son visage exprime la détermination.

— Ici il n'y a pas de prison, déclare-t-il. Mais j'ai trouvé mieux.

Il se penche par la croisée et lance des ordres en yiddish. Aussitôt des gus radinent avec des rouleaux de fil de fer.

— Levez-vous, je vous prie ! enjoint le blond.

Force nous est d'obéir. Voilà qu'on nous ligote de bas en haut à l'aide du fil. Très serré, je vous prie de le croire.

— La geôle idéale, déclare l'agent du *shin beth* en désignant une immense grue dressée au fond de l'esplanade où l'on construit des silos (à billes). On va vous placer dans les mâchoires fermées de la grue. Ensuite on les remontera à une vingtaine de mètres au-dessus du chantier dont les fondations de béton sont hérissées de fers. Si les grands patrons décident de négocier vos personnes, nous vous récupérerons demain, dans le cas où ils opteraient pour la solution radicale, le grutier n'aura qu'à actionner l'ouverture des mâchoires ! Mais, franchement, cette deuxième hypothèse me paraît improbable car nous sommes des gens réalistes.

C'est un type énergique et plein d'initiatives, vous ne trouvez pas ?

*
* *

Y a qu'un avantage, grommelle Béru, un seul : y fait moins chaud ici qu'en bas. En tout cas ils auraient pu nous donner de quoi morfiller. J'ai l'estom' qui ressemble à une blague à tabac d'occupation.

La benne de la grue sent la rouille et le ciment frais. Elle est si rugueuse qu'à chaque mouvement de tête je me racle la couenne. Ces vaches ont trop serré nos liens et je sens un engourdissement m'emparer. Des myriades de fourmis glacées me bricolent les jambes et les épaules. D'ici demain je serai plus raide que le béton d'en dessous, mes frères ! Ah, merde, v'là que ça tourne à la calamitas. Et ce blond qu'avait l'air urbain tout plein, avenant même, dans son genre. Des promesses… Le truc qu'on va régler à l'amiable, entre gens de même profession et de bonne compagnie. Et puis sa petite décision vacharde. Fil de fer, grue !

Fumelard ! Si un jour on se retrouve…

Je maugrée.

Ça soulage un peu. Pas beaucoup ! Tout en rouscaillant, je réfléchis. Le côté hilarant de l'aventure (j'hilare pas pour autant) c'est qu'en trois répliques j'ai appris tout ce que je suis venu chercher ici. À savoir que le Von Chichmann de mes choses est un monsieur important, qu'on ménage chez nous. Il habite Saint-Nom (la Bretèche ?) et on va le carboniser demain. Seulement le moyen de rencarder le Tondu ?

Le soir descend, majestueux, dans les indigos et les violines.

Par un trou provenant d'un boulon manquant, je mate un horizon biblique fabuleux. Au loin, Nazareth. Jésus y résida. Il pourrait pas faire un petit quèque chose pour nous ?

— Dis donc, Gros, murmuré-je, tu vas entrer dans les ordres, toi, à force de vouloir baptiser tes contemporains. Qu'est-ce que c'est, cette lubie ? Je te savais pas porté sur la curaterie.

Il hausserait les épaules s'il n'avait les deux ailerons soudés au torse.

— Me prends pas pour un bigot, simplement j' sus adjectif, mon pote. Les hommes se chicornent pour des questions politiques ou religieuses, en général, exaguete ?

— Hélas.

— S'ils se tuent pour une religion, c'est que ces cons-là ont besoin d'en avoir une, tu me suis ?

— Très bien, mais pourquoi leur imposerais-tu le catholicisme ?

Bérurier ne prend même pas la peine de se recueillir pour affûter sa réponse. Il la livre spontanément.

— Tu connais, toi, une autre religion basée sur le picrate ? Le Jésus de l'Enfant Marie qui change la flotte en rouquin. Qui cabaliste sur du pinard en affirmant comme quoi que c'est son sang ! Et dont on célèbre la messe en se filant du muscadet plein le ciboire. Si t'en sais d'autres, j' sus preneur ! Moi, j'estime que, religion pour religion, autant s'en farcir une qui t'incite au godet ! Une qui prend sa source dans un pied de vigne, bon Dieu de foutre !

— Mais tu crois que c'est bien le moment de causer géologie, mec ? On ferait-y pas mieux de chercher une bath combine pour se tirer de là ? Moi, les grues, je les aime seulement quand elles font le trottoir… et des prix raisonnables.

— Comment filer d'ici ! lamenté-je. Le fil de fer a ceci de pernicieux qu'il ne se détend pas quand tu forces. Dans d'autres bouquins on s'est souvent délivrés mutuellement. Le coup de « tourne-toi, je vais défaire tes liens, et tu déferas les miens », on l'a tellement employé que si on se le repaye dans ce livre y' aura des pétitions au ministère de la Culture.

— Écoute, Sana, quand on est dans la bistouille, on chipote pas sur les moyens d'en sortir. Turellement qu'on remploie les vieilles recettes, du moment qu'é sont bonnes ! Si tu vas chercher par là, en amour c'est du kif au même. Excepté des séances façon galas Karsenty, comme t't'à l'heure avec la mère Mahatema, on fait toujours reluire bobonne au moilien des mêmes méthodes. Une fois que tu lui as pratiqué : le doigt de cour, le bectage de frifri, la tringluche arrière et le grand fourre-tout, qu'est-ce y reste ? Le lichouillage de doigts de pied ? Le transistor pulmonaire ? La corde à violon dans l'œil de bronze ? La compresse chinoise. Ou des conneries de ce genre.

— Tu peux remuer la main, toi ?

— Non, z'hélas. Pas même le petit doigt.

— Moi non plus. Alors tu veux essayer quoi, mon pote ?

— Y n' nous ont pas naturalisés complètement, affirme l'Irréductible. Me reste ma mâchoire d'acier, Gars. À l'époque d'avant mon râtelier, je bouffais des goulots de bouteilles !

— Et maintenant tu peux encore cisailler le fil de fer ?

— Faut voir ! Bouge pas !

Il s'active, trémousse un peu pour amener sa big tronche au niveau de mes liens de chaîne (que causait mon ami Robert Gaillard y a pas si tellement naguère). Ses ratiches de porcelaine grincent sur le métal à vous en liquéfier le tympan. Soudain, le bruit sec d'une brisure retentit dans le silence devenu nocturne depuis que le soleil s'est pieuté.

— Ça y est ? m'enquis-je ?

— Penses-tu, je viens de me nazebroquer trois tabourets à la fois ! T'avais raison, on est marron.

Ma résignation s'exhale en un long soupir. Les heures passent. La nuit fraîchit. Le kibboutz s'endort. Je finis par en faire autant.

*
* *

Une légère vibration me réveille. Un menu grincement la ponctue. J'éprouve une molle sensation de balancement. J'ai chaud dans le dos, ayant de ce côté Béru pour couverture, mais je grelotte du devant.

— Hé, Gros ! Tu sens rien ?

Il patouille de la menteuse.

— Hmmm, quoi donc ?

— On dirait qu'on remue.

La plainte métallique de poulies enclenchées confirme mon impression.

— On nous descend !

— En pleine noye !

— C'est le matin, regarde le ciel.

Il est d'un bleu blanchâtre ! Le jour ne tardera plus. Je sens à peine mes membres. Un vrai bloc de ciment ! La descente continue, très lente. Nonobstant le léger couinement du câble dévidé, le silence reste entier.

— On nous descend sans utiliser le moteur de la grue, murmuré-je, au treuil de secours à main. Ça veut dire quoi ?

Un peu plus tard, notre mouvement descensionnel s'interrompt. La benne se balance dans le vide. Pourquoi nous laisse-t-on ainsi suspendus dans les airs ? Et puis il y a un sortilège. Un faux, bien sûr, car tout prodige comporte une explication rationnelle. Une tête surgit au-dessus du bac où nous gisons. Est-ce un ange qui voltigeait par là. Que non pas. Les anges n'ont pas les cheveux noirs et frisés serrés, ils n'ont pas l'accent nord-africain, du moins pas ceux dont on a enchanté ma petite enfance et qu'on accroche au-dessus des crèches.

— Disez rien ! chuchote une voix. Je vous y vais couper les fils, après vous y démerdrez comme tu peux tu pourras !

Une main armée de pinces plonge vers nous. Cric, cric, cric, cric !

Plus efficace que les ratiches du Gros, cet outil. Il mord dans nos liens, les cisaille sec. Cric, cric !

— Je vous y ai pas descendu la benne complètement tout à fait par terre pour pas faire di bruit. J'y voulais t'y vous délivrer avant, mais ils avaient foutu un pitain de sentinelle. Ce digueulasse s'y était assis sur la forme-plate de commande. Reusement qu'il a eu bisoin di ch… [1]. J'ai pu lui placer n'une manchette sur la calbasse. Mais y' n' va pas roupiller longtemps.

— Qui êtes-vous ? demandé-je.

— Y m' reconnaît pas ! exclame notre délivreur. J' sus Mohamed !

— Mohamed ?

— Eh, commissaire Santonio, combien de fois je t'ai lavé la bagnole à la station de la rue de Berri que je travaillais ! Ti m' donnais toujours un bon pourliche. Ça te rappelle, maintenant ? Mohamed !

— Mais bien sûr ! Cher Mohamed. Que fais-tu dans ce kibboutz ?

Il baisse le ton d'un octave et de trois Gustave.

— Espionnage pour li compte de la Tunisie.

1. J'aime pas écrire chier en toutes lettres, ça fait négligé dans un livre.

— Pas possible, toi !

— Oui, assure fièrement mon copain, j'apprends comment ci bon Dieu de Juifs arrivent à faire pousser di pamplemoussiers dans l' désert. Li jour qu' j'ai pigi, on t'en cultive chi nous des gros même chose que des couilles d'éléphants. Ce sidi barre-toi fissa avec ton pote et si ti te fais préhender, ti dis que ti me connais pas, que ti m'as jamais vu jamais, ti promets ?

— Je jure ! solenné-je.

— T'as toujours ta Ferrari ? questionne Mohamed après un léger temps d'hésitance.

— Non, un camion me l'a démantelée pendant qu'elle était à l'arrêt.

— Et ti l'as pas fait réparer ?

— Une Ferrari bigornée, c'est comme une femme vérolée par un autre, Mohamed : on s'en débarrasse et on prend autre chose pour l'oublier. Allez, file. Je te remercie de tout mon cœur, la vie est longue, le monde est petit, la Tunisie resplendissante ; j'espère te revaloir ça un jour !

Sa silhouette se fond dans l'obscurité, ombre parmi l'opacité de l'ombre. Le Gravos, moins engourdi que moi (ce qui ne signifie pas pour autant qu'il soit plus dégourdi) enjambe déjà la benne.

— Halte ! hurle une voix.

La sentinelle a déjà repris ses esprits et sa mitraillette. Elle radine, voit la benne descendue, le Gros libre. Alors elle se manie la rondelle.

— Halte !

Le Gravos, il est ce qu'il est, et même un peu plus,

mais faut lui reconnaître, à défaut d'esprit, une certaine présence d'esprit.

— Oui, fait-il en direction de la sentinelle, mais en regardant par-dessus son épaule, vas-y !

Le garde qui ne m'a pas renouché croit sentir ma présence derrière lui. Il volte-face pour m'allumer. Une rafale part dans la nuit. Très brève, car Béru lui a déjà paltoqué la coloquinte. Vous avez déjà vu Cassius Clay dépoussiérer la mâchoire d'un challenger ? Imaginez la chose en trois fois pire. Un crochet. D'une pureté absolue. Il proviendrait de chez Cartier, il serait pas plus net. L'autre morfle cette catastrophe ambulante à la pommette. Il décolle de terre et sabbat dans les fondations.

Pendant ce court intermède, je me suis extrait de ma benne et j'étudie la situation. Pas joyce ! Le jour se lève, les habitants du kibboutz idem. Le premier a été réveillé par le soleil, les autres par les coups de feu. On perçoit déjà du brouhaha dans les baraquements.

— Qu'est-ce qu'on inscrit à l'ordre du jour ? demande sans frénésie le flegmatique.

En un instant mon siège est fait, comme disait une rempailleuse de chaises.

— Arrive !

Je cours en traînepattant en direction de l'hélicoptère jaune immobile sur l'aire toute proche.

— Grimpe, mec ! Vite ! Vite !

On se juche en hâte dans le coucou jaune. Heureusement que j'ai appris à piloter ce genre de zinzin. Contact… Un vombrissement retentit. Une série de menues pétarades. Je bignoutze alors le procurseur molleté et les pales se mettent à tourner, lourdement au début, comme un lasso auquel on commence à imprimer son mouvement giratoire.

— Mouline ton ventilo, mec ! glapit le Mastar, v'là les archers de la reine qui se pointent !

En effet, l'agitation se développe dans le kibboutz. On voit radiner des hommes en armes, au pas de charge. Y en a qui gesticulent, d'autres qui déambulent. Ça fait du tohu-bohu. On crie ! On siffle ! On enjoint !

À présent l'hélico tressaille sur place. Son hélice ronfle à tout-va au-dessus de nos tronches. Un coup de vatfer-vhitffet et on se désolidarise d'avec la terre ferme. Ça dandine un brin, dodeline même passablement. Enfin un élan irrésistible nous arrache pour de bon. On dit merde aux lois imbéciles de la pesanteur. On sodomise celles de la gravitation. L'attraction terrestre ? Connais plus ! À nous les azurs…

— Les carnes ! hurle Béru, t'as maté un peu ce boulot ?

Il me désigne le plancher où des trous naissent à une allure vertigineuse. Puis le plafond où s'opèrent simultanément les mêmes perforations.

— Ils tirent juste ! continue le Dodu. On va déguster une méchante giclée de suppositoires dans les miches, gars !

Il se penche au-dessus du vide car l'appareil n'a pas de porte.

— Ils amènent de nouvelles arquebuses ! Une vraie D.C.A., on lambine trop.

— Parce qu'on est chargé d'insecticide ! gueulé-je.

À peine dit, je tire sur la poignée de largage. Quelle fabuleuse initiative ! Immédiately, des quintaux de poudre blanche choient sur nos canardeurs. Vous parlez d'une avalanche ! Les coups de feu cessent aussitôt.

— Bravo, San-A. ! exulte Sa Majesté. On dirait un régiment de Pierrots. S'il y en aurait qu'avaient des morbachs, espère un peu, ils seront débarrassés de leur aimable compagnie.

Je ne réponds pas.

Pour l'instant je me repère. Direction le nord, c'est-à-dire le Liban. Je dois coûte que coûte me poser près d'une ville, de là téléphoner au Vieux pour l'affranchir de ce qui va se passer. Le décès brutal de son petit protégé Von Chichmann est imminent. Aurai-je la communication à temps ?

Mais je brûle les étapes. J'anticipe. J'en suis déjà à de vulgaires problèmes de télécommunications, alors que sur tout le territoire israélien la chasse doit méchamment s'organiser.

C'est pratique, un hélicoptère, mais ça a un grave défaut : la lenteur. Nimporte quel zinc chargé de nous courser nous déguisera en chandelle romaine en moins de dix minutes.

— Toi, je te comprendrai jamais, déclare Alexandre-Benoît, c'est toujours au moment que tout carbure au poil que tu pousses tes frites les plus moroses. Le temps te dure de la môme Travadja, ou quoi-ce ?

— J'ai hâte de prévenir le dirlo, Gros. Je cherche la bonne solution.

— C'est quoi la plus proche frontière ?

— La Jordanie. Seulement si on s'y pose on va encore tremper dans une béchamel assaisonnée à l'acide sulfurique. Non, notre unique ressource c'est le Liban. Mais il m'étonnerait qu'on l'atteigne.

— Et pourquoi qu'on la teindrait pas ? T'es en manque de sirop ?

— C'est le temps qui me fait défaut. D'après mon calcul, il nous faut plus d'une heure pour y arriver.

— Et alors ?

— Alors dans un quart d'heure au plus, nous ressemblerons, vu notre altitude actuelle, à une bouse de vache ou plutôt à une omelette. Des avions de chasse ne vont pas tarder à surgir et ils nous canarderont comme des pipes en terre.

Sa Majesté réfléchit.

— On est pas loin de la mer, hein ?

— Non, pourquoi ?

— Piques-y dessus ! Le premier barlu qui cogne pavillon convenable, on se pose sur son pont, ainsi de la sorte les chasseurs de la Royal Air Israélienne pourront pas nous ouvrir le feu contre. On demandera le droit d'agile sur le bord que je cause et tu pourras télégraphier au Vioque en pet vécé.

Malgré les préoccupations du pilotage je tourne vers mon cher Béru un regard qui s'égosille à force d'admiration.

— Tu es génial, Gros.

Il se rengorge un peu, pas trop.

— C'est espontané chez moi, admet-il, question de tempérament. T'as des naturels constipés, d'autres qui s'adornent à la mélancolie, moi j' sus d'un naturel gambergeur, on n' se refait pas ! On a toujours été des grands pensifs chez les Bérurier.

CHAPITRE XII

SANS UN NEPTUNE EN POCHE

Les eaux de la Méditerrannée sont vertes, ce matin. Avec, sur la droite des traînées saumon consécutives à un immense banc de rougets.

— Vingt-deux ! mugit le Gros qui ne dédaigne pas les vieilles formules d'alerte, v'là une espadrille !

— Tu es sûr que ce n'est pas un mirage ? espéré-je.

— Hélas si, même que c'en sont trois ! soupire Pépère. Ils te vont nous assaisonner de première.

Effectivement, les trois appareils foncent sur nous à une vitesse si foudroyante qu'ils sont bientôt devant notre libellule.

— Ils n'ont pas tiré ! jubile mon camarade.

— Parce qu'ils tenaient à nous identifier avant d'ouvrir le feu. Mais ne perds pas patience : ils vont virer de bord !

À peine ai-je pronostiqué, v'là les trois zoziaux qui amorcent un superbe virage dans l'azur infini. Cette fois on est râpés. Je décide de jouer l'atout pour le tout et je stoppe net le moteur (car je suis un vieux rotor). Le gyravion se met alors à chuter en tournoyant. Bien m'en a pris ! Les Mirage déferlent à cet instant en crachant des bastos. Leur salve passe au-dessus de nous car, à la vitesse où ils vont, il est impossible de rectifier le tir en cours de trajectoire. Je remets le contact. Nous sommes au ras des flots à présent. Un coup de vent perfide nous fait basculer, l'extrémité de la voilure tournante se plante dans la mer et l'appareil éclate au contact de l'eau. On est distribués à la ronde, Bérurier et moi.

Ce valdingue ! Cette secousse ! Ce plongeon !

Je dois m'enfoncer d'au moins dix mètres dans la flotte. Tout se brouille, j'ai une bouffée agonique. Je sens que je me noie sottement. La tasse ! Pris au dépourvu, en pleine inspiration. De l'eau dans mes soufflets. La fin ! Je suffoque ! Des lancées dans ma tête. Une monstrueuse brûlure dans la poitrine. L'horreur de ne plus fréquenter l'oxygène ! Maman !

Et puis tout à coup, j'émerge. Je ne respire pas encore, mais l'air me gifle. Le temps de crachoter, de me vider…

Ah, misère, quelle embardée vient de faire ma pauvre existence ! Mais enfin ça va mieux. Je fais la planche pour reprendre souffle. La mer me berce. Une fatigue infinie m'accable ! Je vois le ciel au-dessus de moi. Il est vide ! Complètement vide. Les chasseurs s'en sont allés après avoir constaté l'accident. Sans doute va-t-on envoyer maintenant des vedettes rapides sur les lieux pour nous repêcher ?

— Ça se passe bien ? me lance le Prodigieux, de derrière une série de vagues.

— Je continue ! admets-je.

— Tant qu'on a la santé la vie est belle ! galvanise ce superman de l'optimisme. Mais tout de même on a eu chaud aux plumes, hein ?

— Pas mal, merci.

— T'aurais pas plongé, on se faisait transformer en carnet de timbres-poste.

Je le découvre, à vingt mètres de là, cramponné à une épave. Il s'évertue dans ma direction, Pépère. On dirait un gros cachalot qui commencerait à apprendre à nager.

— Biche l'autre bout du réservoir, mec ! Ça repose, invite-t-il.

— Après tout, fais-je, elle était moins brillante que je ne le pensais, ton idée !

— Déconne pas ! proteste le surcalibré-du-cigare, si on se serait trouvés au-dessus de la terre ferme, on n' serait point en train de nager !

Comment ne pas en convenir ? Il est des évidences qu'on ne peut repousser sous peine de passer pour un esprit chagrin.

— En tout cas, marmonné-je, on est pas près de retourner chez la Veuve[1].

Un courant aussi malin que marin nous entraîne de plus en plus vers le large.

1. Ne pas oublier que, lors du décès du général De Gaulle le Président Pompidou a décrété que la France était veuve.

*
* *

Ma montre étant étanche je puis vous annoncer que nous marinons de la sorte pendant une heure.

Pile !

Après quoi un bâtiment alerté par nos épaves jaunes se pointe dans notre direction.

— Ils viennent nous récupérer, annonce le Gravos. Pousse pas cette bouille, Sana : on l' leur y remboursera leur coléoptère, leur poudre à hanneton et leurs frais de déplacement. Notre gouvernement a les moyens de carmer.

— Il n'aura peut-être pas de frais à débourser, Gros, jubilé-je, car ce bateau n'est pas israélien !

— Il serait quoi t'est-ce ?

Je mate le pavillon de l'arrivant. Il se compose de trois bandes horizontales : une bleue, une jaune, une verte. On dirait un paysage de la Beauce en été stylisé. Par la pensée, je parcours les planches en couleurs du Larousse.

Soudan ! m'écrié-je, car je possède une mémoire visuelle très exceptionnelle.

Le navire en question est strêmement bizarre. Sous les Phéniciens ou dans certaines régions de l'Amazone à la rigueur, on pouvait et l'on peut trouver des barlus de ce tonneau. Il se compose en fait d'une tripotée de bateaux plats recouverts d'un immense plancher. La ligne est ahurissante. Vu d'en haut, ça doit ressembler à une immense radeau.

Des silhouettes sombres gesticulent à bord et à bâbord. On nous crie des trucs. On nous en lance ! Des bouées de paille auxquelles sont attachées des cordes. On s'y agrippe. Sur la mienne, subsiste une inscription en français. Je lis, tandis qu'on m'hale :

« À notre sœur, belle-sœur et tante *regrettée.* »

Cette bouée n'est en fait qu'une ci-devante couronne mortuaire.

Oooooh hisse !

Je parviens tout dégoulinant sur le pont du bâtiment. Un officier au visage bistre se penche sur moi. Il porte un uniforme doré avec des galons noirs. Il a des lunettes cerclées d'or et un bouc frisé comme de l'astrakan.

— Qui êtes-vous ? me demande-t-il en anglais.

Je le lui dis en précisant ce qui vient de se passer. Il traduit à ses matelots noirs et c'est du délire. L'équipage se met à gambader autour de nous. On nous fête, on nous presse, on nous congratule, nous caresse, nous étreint, nous lèche !

Puis, l'enthousiasme s'étant calmé, j'interroge le commandant Chkoumoun pour avoir des précisions à propos de son glorieux bâtiment. Il en est fier et à juste titre, le cher homme. L'orgueil fait briller ses yeux de braise. En termes véhéments il me raconte son odyssée. Nous sommes à bord du *Kelzob-ketâ*, l'unique porte-avions de la marine soudanaise fraîchement sorti des chantiers navaux de Conflans-Sainte-Honorine. Il est constitué par l'assemblage de six péniches réformées et entièrement révisées, lesquelles furent assemblées à l'aide du parquet de la salle des fêtes de Noisy-le-Sec (récemment rénovée). C'est le seul porte-avions au monde à être propulsé au moyen de pédales. En effet, un système astucieux de roues à aubes a été placé entre la double rangée de péniches et les matelots de quart pédalent à perdre haleine sous la piste ; ce qui les tient dans une forme physique prodigieuse. Les préoccupations du commandant Chkoumoun proviennent essentiellement de la fermeture du Canal de Suez. En effet, le *Kelzob-Ketâ* a dû se rendre de Conflans-Sainte-Honorine à Port-Soudan en passant par Le Cap. Une fois parvenu à destination, il a été chargé de croiser en Méditerranée afin de prêter main-forte aux Égyptiens dans l'hypothèse d'un nouveau conflit. Vous mordez le travail ! Ce détour ? Cette perte de temps ? Cette dépense d'énergie !

— Commandant, fais-je, après avoir compati à ses vicissitudes, me permettrez-vous d'user de votre radio ? J'ai un message important à passer en France.

Chkoumoun roule des yeux éperdus.

— Ma radio ! Mais je n'ai pas de radio à bord.

À mon tour de chiquer au petit groom noir de l'écran publicitaire.

— Pas de radio ! Mais, les ordres qui vous sont adressés ?

— Je vais les prendre sur place !

— Et…

— Oui ?

— En cas de S.O.S. ?

— J'écris !

Ô amertume ! Ô goût salé du désarroi ! Ô destin singulier ! (singulier parce que vieil « S » ennemi !). Ô Corse île d'amour que nous tinorossiaient les amplis du passé ! Notre bonne fortune a voulu que nous soyons recueillis par un bateau non israélien, mais la mauvaise qui rôde toujours a fait que ce prestigieux porte-avions est privé de radio.

Impossible donc de prévenir le Vieux de ce qui se trame ! Si près du but ! Comme disait Kopa ! Je m'assois sur un sac de nœuds pour réfléchir dans le calme et dans la dignité. Il faut que je trouve une solution.

— T'as l'air contrit comme un qu'aurait emplâtré son grand-père à tâtons en croyant que c'tait la bonne ? remarque Béru, lequel est en train de dévorer un quartier de mouton gros comme ça. Tu devrais pavoiser, au contraire. On est peinards, il fait soleil, la vie est bonne à ramasser, non ?

— Je dois coûte que coûte alerter le Dabuche, mec, et ces pommes à l'huile n'ont pas la radio. Or le temps urge, il est déjà sept plombes du matin…

— Pas en France ! objecte Sa Sérénité. T'as compté avec les fuselages horaires ? Y a du décalage dans les oignons ent' la France et Hisse-raël, non ? P't-être que ça joue dans not' faveur ?

Sa remarque m'apaise. Effectivement il n'est encore que cinq heures *of the morning* in France. Maigre bénéfice, mais bon à enregistrer.

Bérurier arrache avec les doigts un quartier de bidoche capable d'assurer les calories de dix hindous pendant toute la durée de leurs vacances à Miami Beach. Il le contemple au soleil, comme un diamantaire examine un blanc-bleu de dix carats. Pour un véritable boulimique, la nourriture doit être admirée avant que d'être absorbée. Il l'engloutit enfin d'un puissant happement de requin dégustant la guitare d'un unijambiste.

— C'est quoi, en somme, ce barlu ? demande Pépère, la bouche pleine.

— Un porte-avions.

— Il doit porter des avions, pour lors ?

Je me lève d'un bond.

— Commandant ! hélé-je.

Chkoumoun qui a regagné la dunette : une cabine de bain juchée sur une estrade, réapparaît.

— Vous avez beaucoup d'appareils à bord ? m'enquiers-je.

Il renfrogne un peu.

— Un seul ! répond-il.

Il descend du praticable.

— L'ennui, me confie-t-il, c'est que personne ne peut s'en servir sur le *Kelzob-Ketâ* car on n'a pas pu embarquer le pilote : il avait les oreillons.

— Qu'est-ce, comme avion ?

— J' sais pas. Venez voir !

Il m'entraîne à l'arrière du bateau. Un hangar de bambou et de rafia s'y dresse. À l'intérieur se trouve un vieux Jodel 1925 déglingué.

— Superbe, hein ? demande fièrement le commandant.

— Le musée de l'aéronautique vous en proposerait une fortune, renchéris-je. Et… ça marche ?

— Comme un cadran solaire !

Sous ma bigoudaine, y a des ondes molles qui se congratulent. J'échafaude des trucs auxquels viennent s'adjoindre des machins. Et soudain, de cette voix déterminée qui tresse les poils des pubis féminins et décroche les stalactites des chêneaux, je déclare :

— Commandant, vous savez qu'un avion doit tourner très fréquemment, sinon il se gomme.

— Ah vraiment ?

— Tout ce qu'il y a de vraiment ! Ces semaines d'immobilité risquent de lui avoir été fatales.

— Grand Allah ! Mais si cet appareil est inutilisable, à mon retour je serai destitué ! lamente l'officier de marine.

Je pose sur son épaule hérissée de galons, la main de la compassion.

— Vous avez été bon pour nous, commandant, un proverbe français assure qu'un bienfait n'est jamais perdu. Permettez-nous de vous témoigner notre reconnaissance. Faites sortir cet appareil hors de son hangar. Il y a de l'essence dans le réservoir ?

— Le plein est fait !

— Fort bien. Nous allons vous l'entretenir, cet avion, faites-moi confiance. Béru !

Pépère se la radine avec ses bas-reliefs de mouton.

— Mouais ?

— Grimpe ! ordonné-je en lui montrant la carlingue.

— On gerbe ?

— Il est permis d'essayer. C'est risqué, car je me demande si cet ancêtre va pouvoir décoller. Mais nous devons sauter sur l'occasion.

« Commandant, déclaré-je. Nous allons exécuter un léger vol d'entretien au-dessus du *Kelzob-Ketâ*. Au péril de notre vie, je sais. Mais il importe de préserver le formidable matériel de guerre de votre glorieux pays. »

Pour toute réponse il éclate en sanglots.

À ma demande un aimable marin actionne l'hélice. Ce coucou, faut le démarrer à la manivelle, comme les tacots de jadis. Et pas chialer l'huile de coude. Contact ! Ça tousse ! Espoir ! Re-contact ! Le matelot soudanais suçant et o. Il se suspend à une pale de l'hélice. N'arrive pas à la débloquer. Ses potes, les matafs rangés de part et d'autre de la plage du porte-avions, l'encouragent en scandant :

— Hooooo hélice ! Hoooo hélice !

Pour eux c'est du fin spectacle. Ils s'égosillent en rigolant. « Hoooo hélice ! » comme ça, pendant dix minutes, qu'à la fin, l'hélice se débloque, tellement sont intenses les efforts du courageux.

Ce dernier, on n'a pas le loisir de le complimenter. Vous pouvez pas imaginer un valdoche pareil, au moment que le moteur se déclenche. À cent mètres en l'air, au moins, il voltige, n'ayant pas lâché opportunément le bout de bois. L'homme canon ! Ou plutôt l'homme fusée ! Bzzoum ! Il file comme un dard dans le ciel bleu. Il tournoie en montant, puis, son apogée atteinte, il plonge dans l'eau, les pieds les premiers. Une gerbe d'écume ! On a le temps de compter jusqu'à quarante-trois avant qu'il remonte à la surface.

Je perds pas mon temps à admirer les péripéties de son repêchage. Tous les gaz ! Une sauce noire, je fous ! Le Jodel clinquigne comme une paire de castagnettes.

— Cramponne-toi, Nestor ! lancé-je au Béru.

Mais ma voix, dans ce vacarme, n'est que soupir de mouche dans un meeting.

On part en cahin-cahotant. Tudieu, ce qu'il se déroule vite sous nos ailes, le plancher de la salle des fêtes de Noisy.

On l'a tout de suite fini ! C'est le vide… L'avion a une plongée du ventre. Je tire sur le manche. Un instant, très bref, mais qui me paraît interminable, j'ai la quasi-certitude qu'on va s'engloutir. Et puis non… Alors que nos roulettes doivent déjà effleurer les vagues, le zinzin se dresse, nez au vent. Il s'élève lentement, lentement. Je décris un léger arc de cercle. Sur le pont du *Helzob-Ketâ* c'est le délire. On les voit tous qui gambadent et nous saluent de leurs maillots promptement ôtés.

Attendrissant dans le fond.

Mais c'est pas le tout, à présent s'agit de se repérer pour trouver la direction de Beyrouth.

CHAPITRE XIII

UN COUP DE POT… D'ÉCHAPPEMENT

J' sais pas si ça vous fait ça, à vous mais il y a des périodes où tout se met à carburer formidablement. Les gens, les choses, les événements semblent vous obéir comme des caniches dressés, si bien qu'en très peu de temps, oubliant les mouscaillades et les turpitudes, les sottiseries et les coups bas, on décrète que la vie est merveilleuse, huilée, dorée, et qu'elle tourne rond.

À partir de l'instant où notre vieux coucou est parvenu à s'arracher, on traverse une plage de félicité. Je pourrais vous résumer la chose en trois mots ; pourtant, n'étant jamais à court de bla-bla, j'userai de quelques phrases pour vous narrer la suite de nos périgrinations. D'abord, c'est un vol de grand-père de famille jusqu'à l'aéroport de Beyrouth où je me pose sans histoires ni autorisation, mon zinc n'étant point pourvu de radio. Bol immense, le directeur de la police de l'air est un ancien pensionnaire de l'École de Police de Saint-Cyr au Mont d'Or que nous avons fort bien connu et apprécié à l'époque où Béru y donnait des cours de maintien[1].

Cet aimable garçon nous écrase le coup et, mieux encore fait stopper un zinc d'Air France qui s'apprêtait à décoller pour Paris. On s'y précipite. Tout en fonçant vers l'appareil, je prie mon homologue d'appeler le Vieux de ma part pour l'affranchir que les copains du *Shin Bet* s'apprêtent à dessouder Qui-il-sait aujourd'hui même à Saint-Nom-la Bretèche.

Voyage sans incident. Escales à Athènes, à Rome… Midi sonne au clocher d'Orly lorsque nous débou-lons du « Château d'Yquem » (c'est le nom de notre Boinge).

— C'est beau la France, hein ? fais-je à Pépère, mal réveillé.

Il se frotte les châsses, regarde l'immense piste qui s'étend à perte de vue devant nous et soupire :

— Un peu plat, un peu nu. Faudrait y planter une forêt de peupliers.

Vingt minutes plus tard, un taxi expérimenté nous dépose devant le perron de la Grande Cabane.

C'est chouette de retrouver son odeur administrative. Les agents qui se branlent les cloches en se racontant une vie de famille que le public leur soupçonne pas, ne leur soupçonnera jamais ! Les couloirs faussement moroses. Les collègues avec des paperasses sous le bras. Les « clients » menottés qui semblent errer vers leur destin merdeux.

On serre des louches. On dit distraitement des « Ça

1. Voir *Le Standinge*.

va, merci et toi ? » On retrouve des taches aux murs, des papiers jaunis épinglés sur des tableaux de service… Sans escale on grimpe au bureau du Vioque. Le planton, un gros zig ronchon que je ne connais pas pose son *Paris-Jour* à regret pour nous annoncer.

— Si vous voudrez bien entrer…

Tu parles qu'on veut bien ! Depuis vingt-quatre plombes je ne pense qu'à cette minute. On franchit la lourde matelassée de cuir noir, râpé comme une banquette de notaire. On pénètre dans le sanctuaire, barbus, cradingues, les fringues chiffonnées comme vous pouvez pas croire, mes jolies.

Deux clodos.

Je fais un pas, un seul et m'arrête, sidéré.

Ce n'est pas le Vieux qui est assis derrière le bureau ; mais un personnage plus jeune, plus grave, avec une figure pincée et blême, de grosses lunettes cerclées d'écaille, des cheveux grisonnants coiffés à plat. Il porte un complet noir où flambloie la rosette. Je le connais de vue. Une huile ! D'un autre secteur de la rousse. Ce qu'il fout là, dans le fauteuil du Big Dabe, j'ai peur de l'apprendre. Y aurait pas eu mutation pendant notre absence, d'aventure ? Changement de dirlo ! Ah non, pas de ça, Lisette ! Dans l'existence, y a rien de plus pénible que de changer de chef, tous les divorcés remariés vous le diront. Faut se refaire toute une psychologie, toute une morale. Se reconvertir, quoi ! Changer de Dieu, ça freine l'expansion de la foi. On se prend les panards dans de nouveaux rites. On a des bulldogmes inconnus à apprivoiser. À cette perspective, des idées renonceuses me poignent. L'envie d'envoyer quimper le turbin, de m'orienter sur l'industrie, l'import-export ou le journalisme.

L'autre sinistre ne se lève pas comme faisait Pépère, habituellement pour venir à nous, radieux ou courroucé, mais chaud et tendre derrière son calme apparent. Il nous regarde comme un client grincheux, au restaurant, regarde tomber la morve du garçon enrhumé dans son velouté aux pointes d'asperges.

— Commissaire San-Antonio et inspecteur principal Bérurier ? dit-il d'une voix qui pourrait appartenir : à une jeune fille pubère, à un curé de paroisse opulente, à un eunuque frileux, à un pédéraste de naissance, à un membre sénile du Jockey-Club ou à un professeur d'harmonium.

On s'avance. Il nous considère en fronçant le nez pour nous signifier nos fumets.

— On m'a téléphoné de Beyrouth en votre nom, déclare-t-il, du diable si j'ai compris quoi que ce soit à ce que m'a dit votre correspondant.

Il ne nous tend pas la main. Au contraire, il planque sa pogne sous le burlingue, comme le font : les Américains pour manger, les écoliers pour se masturber, les bandits siciliens pour ouvrir leur couteau et les manchots pour dissimuler leur infirmité.

— Excusez notre tenue, monsieur le… heu… Nous rentrons de mission. Seriez-vous le nouveau directeur par hasard ? bredouillé-je.

— Je ne le suis pas par hasard, mais par intérim, grince ce pet foireux. Votre directeur en titre a pris quelques jours de repos.

Mon soulagement doit exploser sur ma figure

comme une bouteille de C 4 H 10 dans une chaudière de steamer. Ma joie fait peine à voir. Le vis-à-vis prend une expression calamiteuse.

— J'attends vos explications, dit-il.

L'aigreur personnifiée. Du vinaigre à l'état pur ! Un jus de citron, ce mec !

— L'affaire Von Chichmann, fais-je.

Il hoche la tête.

— Je ne suis pas au courant.

Son ton prend des inflexions corrosives. Il retire sa main de sous le burlingue pour tapoter une pile de dossiers.

— Voici les affaires en cours. Aucun dossier ne mentionne Von Chichmann ni ne fait la moindre allusion à l'enquête dont vous fûtes chargés.

Troublant, cela. Il est pourtant si méticuleux, le Tondu. Si « service-service » !

— Ne pourrait-on pas téléphoner au patron ? hasardé-je.

— Si c'est monsieur le directeur en titre que vous appelez ainsi, je puis vous affirmer que son téléphone ne répond pas, déclare le vilain. Je suppose qu'il a dû prendre des vacances à la campagne... Toujours est-il que nous sommes absolument coupés de lui, ce qui est fort désagréable. Cela dit, peut-être serait-il bon que vous me racontassiez votre petite histoire, non ?

Ma petite histoire !

Tu manques canner cent fois ! Tu te fais martyriser la viande ! T'accomplis des prouesses que même toi t'as peine à y croire ! On te bafoue ! On te tire dessus ! On t'invective ! On regarde ton sexe ! On te vilipende ! Et ça donne une « petite histoire » qu'il faut bonnir rapidos, entre deux portes, à une tête à claque dont la mine foutrait la couperose à un cierge de crypte !

Mais la servitude et la grandeur policière exigent que j'en réfère au chef remplaçant.

Je le fais donc très vite, sans excitation, sur le ton banal réservé aux rapports désinvertébrés.

Lorsque j'ai terminé, le suppléant hausse les épaules.

— Votre… « patron », comme vous dites, appréciera lorsqu'il rentrera. Du moment qu'il ne m'a laissé aucune instruction à ce sujet, je n'ai pas à m'en préoccuper.

Ah ! la carne ! Comment qu'il joue au jeu de volant avec la sueur des poulets d'élite !

— Mais voyons, objecté-je, d'après ce que nous avons appris, ce Von Chichmann va être exécuté aujourd'hui même par le *Shin-Bet*.

— Qu'y puis-je ?

Le Mastar qui, jusqu'alors, s'est cantonné dans un rôle de sous-fifre silencieux, ronchonne :

— Vous puisez envoyer un préservatif à Saint-Nom manière de lorgner si la béchamel tourne pas ! Une équipe de gars futés qui se planqueraient dare-dare dans le patelin pour ouvrir l'œil. Faut se manier le rond, car il est p't-être déjà effacé, le Chichmann.

J'ai l'impression que notre interlocuteur va voler en éclats (et que ce ne seront pas des éclats de rire).

— Veuillez attendre le commissaire San-Antonio dans l'antichambre ! ordonne-t-il, le doigt pointé en direction de la porte.

Bérurier semble prendre un coup de buis sur

l'occiput. Il respire deux pleins jerricans d'oxygène et déclare :

— J'espère que c'est pas les oreillons qu'il a morflés, notre vénéré Boss. Biscotte s'il doit rester quarante jours sans sortir, y aura plus lerche des fectifs dans la boîte quand c'est qu'il rentrera !

Là-dessus, Béru exit.

Je reprends ses arguments à mon compte.

— Monsieur le… heu… directeur, m'écorché-je la gueule ; si votre… heu… prédécesseur nous a envoyés en Israël, c'est qu'il jugeait cette enquête importante. Le fait qu'il ne vous ait pas laissé le dossier ne change rien à la gravité de l'affaire.

À présent, enfin, il se lève.

Seulement pour aller entrouvrir la fenêtre.

Une fois qu'il est dos à moi, il dit :

— Je vous remercie, commissaire, vous pouvez aller changer de linge, je pense que vous en avez sérieusement besoin.

Il n'a pas le temps de me dire bonsoir (en admettant qu'il en ait envie). Avant qu'il se soit retourné, je suis déjà dehors.

*
* *

Il fait doux sur Saint-Nom. Un temps d'Île-de-France : ciel floconneux, soleil pâle et intermittent, brise ténue qui joue avec une feuille d'arbre, de-ci de-là.

Je stoppe la tire obligeamment prêtée par un collègue devant le café des *Trois marronniers et du monument aux Morts* mais, le contact coupé, je n'en descends pas tout de suite.

— T'es dans les songeries, mec ? soupire Béru.

Avant que j'eusse le temps de répondre, il ajoute :

— Note qu'a de quoi se passer les cellules grises à l'eau froide pour leur empêcher de faire la colle. Rarement vu une pareille platée d'embrouilles ! Nous la copiera, Pépère ! Nous faire qu'on se défonce le trou de balle pour lui découvrir ce dont les Israéloches se proposent de maquiller envers le Von Chichmann, et quand on s'est bien fait raboter la nénette de gauche à droite, qu'on a bien fait des trempettes en Merditerranée, plus personne ! Vos renseignements précieux ? Tiens, fume ! Sortez, malpropres ! Plus de Vioque ! Pas de dossier ! On inscrit « relâche pour répétitions » ! Tu crois pas qu'on devrait larguer la sourde après des giries pareilles ? S'ils deviendraient dingues, à la Cabane Coup-de-Bambou, ça leur regarde, mais moi je me sens pas bonnard pour la camomille-de-force ! J'abomine qu'on prisse ma hure pour une tête de veau, mec !

Il postillonne si fort que notre pare-brise est, en un instant, constellé de particules de saucissons.

— Comment ! s'enroue le roué, sans seulement faire roue libre de la glotte, je suis obligé de driver un navion de jet ! De me déguiser en pendu ! De baptiser un cousin perdu ! De me produire Coquette et ses petites siamoises en grand super-gala ! D'avaler des litres d'eau salée ! De faire de la taule, de la grue, du coléoptère, du porte-avions, du tracteur-mitrailleur ! J' sus forcé de maigrir au soleil ! Et tout ça pour en arriver à quoi ?

— Ta gueule ! je soupire, les feuilles en nausée.

— Pour en arriver à ce qu'on te dise ta gueule ! enroue le Valeureux. Quelle époque ! Ah, y a des moments, je regrette le temps des Gaulois.

Écœuré, il sort de la voiture et pénètre dans le bistrot. Je mets son absence à profit pour réfléchir. D'après les dires de l'agent du *Shin-Bet*, Von Chichmann est un type entièrement reconverti à la vie française. Il est honorablement connu !

À mon tour je largue la chignole pour rejoindre Sa Majesté.

Un rade de troquet, c'est vraiment son endroit d'élection, au Gravos. Si un jour on le statufie, faudra le représenter accoudé à un comptoir, le bada derrière la tronche, le verre à la main, la bouche crispée sur des émotions vinasseuses. Oui, faudra, j'exige. Ça fait partie de l'imagerie populaire. Épinal-en-Beaujolpif ! On représente Saint-Louis sous un chêne ; Bonaparte au Pont de Lodi ; Charles VII en train de se faire sacrer grâce à l'obligeante intervention de Mademoiselle d'Arc ; Roland à Roncevaux (car celui-là, s'il n'était pas mort, on n'aurait jamais su qu'il avait vécu) ; Clémenceau avec sa canne ; Churchill avec SON cigare (il n'en avait qu'un : en matière plastique) ; le président Kennedy avec la femme d'Onasis ; Colombey avec le Caveau de la République ; Sacha Guitry avec son esprit (lequel, comme le cigare de Churchill…) ; Pasteur avec une éprouvette ! On représente la France sous les traits d'une femme, l'Allemagne[1] sous celui d'un aigle

1. Cette fois je rends sa majuscule à l'Allemagne qui nous a tout

bicéphale et l'Angleterre sous ceux d'un vieux poivrot botté, culotté, rubicond : Bérurier, quant à lui, se doit d'être immortalisé à un zinc.

Il est en pourparlers avec le taulier, un gars à bout de foie, au nez veineux, au regard vitreux, dont le gilet de laine est déchiré aux coudes. Leur conversation me passionne d'emblée. Elle me permet de constater l'efficacité du Gros, lequel agit pendant que je pense.

— Vous dites qu'il pourrait avoir le type allemand, votre bonhomme ? marmonne le bistrotier en se versant mine de rien un gorgeon de rouquin.

— Mouais ! insiste Sa Pertinence. Il devrait avoir au moins cinquante-cinq berges ! Il possède opinion sur ruche. Ayez pas peur de chercher dans vos conssitroyens huppés, cher ami ! Et pendant que vous vous faites roussir la pensarde, servez-moi donc z'encore un p' tit coup de vot' côte du Rhône. Il a fait que remonter la vallée du Rhône en se rapatriant d'Algérie, ce pinard, mais il est honnête de l'arrière-goût. Si je vous dirais que je rentre d'un patelin où les hommes eux-mêmes ne lichent que du thé. Faut y aller voir pour y croire, non ?

— Y a des cons partout, philosophe le tenancier.

Ayant vidé son verre, il se met à marmonner des choses évasives.

— Type chleu, récite-t-il à mi-voix, cinquante-cinq ans au moins, riche… Non, je vois pas… Y a quéques amerloques dans le patelin, mais y sont jeunes. Je connais un mec blond avec le genre teuton, seulement

de même donné Einstein.

il gratte à la voirie… Ici, comprenez-vous, on a plutôt des célébrités du ciné et du musique-hâle…

Sa réponse me fait comprendre que nous n'arriverons à rien. Von Chichmann, à vrai dire, n'existe plus. Il est devenu quelqu'un d'autre, quelqu'un de sûrement très important pour que la perspective de son assassinat mette le Vieux en transes.

On n'a plus le temps de l'identifier.

S'il n'a pas encore été tué, il va l'être dans les toutes prochaines heures, car le *Shin-Bet* ne parle pas en l'air. N'agit jamais à la légère. Ce sont des gars d'acier, précis, durs et sans faiblesse.

Quelle idée le Big Boss a-t-il eue de prendre des vacances *en ce moment* ! Nous sommes passés à son domicile parisien et nous avons trouvé porte close. Lui seul, me semble-t-il, aurait été en mesure de nous révéler qui est Von Chichmann. *Il doit bien le connaître puisqu'il a voulu que nous le protégions !*

— Et pis y a pas mal de retraités, ici, poursuit le tenancier des *Trois marronniers et du monument aux Morts.* Des gens de l'industrie ou du commerce de gros. Des fonctionnaires, des militaires. Tiens, le pavillon d'en face, le blanc avec de la vigne vierge, c'est un ancien général de cavalerie. Quatre-vingt-dix piges, il crève encore son bourrin tous les matins ! Ces gens-là, j' sais pas pourquoi l'armée les conserve pareillement.

Il cause. Béru l'écoute en lui présentant son glass d'un geste automatique et l'autre, d'un autre geste tout aussi machinal, le remplit en pérorant.

Ma tête bourdonne. Moi, vous me connaissez ? Un chien de chasse. Le moment finit toujours par arriver où c'est l'instinct qui me mène. Je sens que la mort est là, dans ce bourg paisible. Elle rôde, elle se prépare. Si je n'interviens pas, un homme va périr de mort violente. Je perçois les louches effluves du drame. Il immine, mes filles ! C'est du peu au jus. Et l'intéressé ne se doute de rien. Je l'imagine, chez lui, son trépas est en marche.

Drôle de problo. Je ne connais que le lieu géographique du meurtre. J'ignore tout de la victime et des assassins.

Dehors, la vie ronronne gentiment. Une voiture des postes… Un livreur de bière… Des bagnoles cossues… Des gosses qui se poursuivent en criant des honteries… Deux chiens qui s'entr'hument le fignedé… Qui va tuer qui ?

Pour un peu, je regretterais d'avoir pu me rapatrier aussi rapidement. Si j'avais été retenu au large des côtes israéliennes, les choses se seraient déroulées « en dehors de moi ». Je n'aurais pas eu à jouer ce triste rôle de témoin impuissant.

Brusquement, une rumeur caverneuse éclate dans le pays. C'est une bagnole rouge, nantie d'un haut-parleur, qui parcourt doucement la localité en annonçant une soirée de gala à la salle des fêtes. « Le Cid », avec Chemoldu, ex-sociétaire de la Comédie-Française dans le principal rôle. Prix unique (en son genre) des places : 5 francs ! Demi-tarif pour les étudiants et leurs petites cousines sur simple présentation de leurs devoirs de vacances.

Le fichtre me prend. Que dis-je, le fichtre ! Le

foutre ! Je virgule un billet sur le zinc du bavasseur et je m'élance dehors en criant à Béru de me suivre.

Je cours au-devant de la bagnole aboyeuse. Elle est pilotée par un type maigre, tout en angles et en triangles. Sa bouille me dit quelque chose. Je crois bien qu'il s'agit de Chemoldu en personne, l'ex-saucier-terre de la Comédie-Française. Tellement ex que personne, rue de Richelieu, ne doit se rappeler son séjour chez Molière. Probable qu'il a monté une tournée familiale : sa bonne femme joue Chimène, son beau-père fait le Comte et sa belle-doche évite de se raser pour interpréter don Diègue.

— Vous désirez ? demande-t-il avec hauteur après avoir plaqué son micro contre sa poitrine.

— Une place à vos côtés, monseigneur.

Lui qui croyait que je lui sollicitais un autographe ! Le voilà tout déçu, tout hostile.

— Ah, ça, monsieur, vous possédez un fier toupet ! déclame le bon Cid cacheté (ses cachets ne doivent pas être plus gros que des cachets d'aspirine !).

— Laissez mon toupet tranquille, vous confondez avec Cyrano ! j'objecte. Police !

Ça le désamorce pas.

— Vous avez votre carte ?

— Pas sur moi, mais laissez-moi votre adresse, je vous en ferai parvenir une photocopie !

Ayant dit, j'ouvre sa portière du côté passager. Il va pour égosiller, mais Béru ouvre la portière du côté conducteur et repousse l'acteur vers le milieu de la banquette d'un coup de dargif péremptoire.

— Mais ! Au secours ! s'écrie Chemoldu.

— Vous faites pas sauter les cordes vocales, Vieux, sinon vous serez aphone pour la représentation de ce soir et il faudra rembourser. J'ai besoin de votre voiture vingt minutes. Nous sommes réellement de la police et je vous donne ma parole que nous vous ferons une publicité du tonnerre.

Est-ce la peur, ou bien mon esprit de décision qui agit ? Toujours est-il que le Cid se met à bayer au Corneille[1].

— En route ! fais-je au Gros.

— Ça consiste en quoi ? il demande.

— Tu circules !

— Où ?

— Dans le patelin et ses environs. Prends toutes les petites rues, les chemins creux, les impasses, arrête-toi sur les places et aux carrefours. Va doucement.

Quant à moi, je cueille le micro aux doigts moites de Chemoldu, et je dégoise le texte ci-dessous :

— Allô ! Allô ! Avis à la population. Aujourd'hui même sera interprété à Saint-Nom-la-Bretèche : « L'exécution de Von Chichmann par le *Shin-Bet.* » Je répète. Aujourd'hui, à Saint-Nom, « l'exécution de Von Chichmann par le *Shin-Bet* ». Attention, attention ! *Achtung ! Achtung !*

Et j'y vais, sans trêve, de ma voix admirablement timbrée au tarif pneumatique.

Gonflé autant qu'astucieux, vous ne pensez pas ? Ce faisant, mon objectif est double : « Alerter Von

1. Y en a-t-il un seul parmi les entre vous qui ne s'attendait pas à ce calembour ?

Chichmann et me signaler aux tueurs du *Shin-Bet* planqués dans le pays afin de les pousser à se manifester. En agissant de la sorte, je leur casse la cabane, comprenez-vous ? Il est pas machiavélique, le Tonio ? C'est pas chiadé de première bourre, ça ?

« Attention ! Attention…

On roule à une allure de corbillard automobile. Chemoldu se fait tout mignard entre nous. Béru a un coude à la portière. De sa main libre il pianote le toit de la carriole. Il ne me pose pas de questions. Il a pigé, le gros bougre. Un sourire de maquignon tord ses lèvres gloutonnes.

« L'exécution de Von Chichmann par le *Shin-Bet…* »

On a traversé toute l'agglomération, de part en part, en allant loin sur la route. On sillonne à présent les petites voies secondaires où se blottissent les maisons de pierres blondes sur lesquelles se vautrent les glycines tutélaires. Des visages apparaissent aux fenêtres. Des gamins nous escortent un instant, en trottinant, de même que des roquets japeurs.

— *Achtung ! Achtung !…*

L'avons-nous déjà atteint, Von Chichmann ? Sait-il, maintenant, que sa vie est en danger ? Et si oui, a-t-il les moyens de se protéger ? Cet étrange appel ne risque-t-il pas de lui faire perdre la tête, au contraire ?

J'avais promis de lui mobiliser sa calèche pour vingt minutes, à l'ex-so-cié-taire de la Comédie-Vranzaize. On l'utilise depuis déjà trois quarts d'heure à vouloir tout couvrir de ma belle voix vibrante. On passe, on repasse, on dépasse, on surpasse !

« Attention ! Attention ! Aujourd'hui même, à

Saint-Nom : « L'exécution de Von Chichmann par le *Shin-Bet.* »

— Merde ! s'écrie le Mammouth.

Cette solennelle déclaration passe par l'ampli et s'étale sur le bourg. Je coupe le contact.

— Que t'arrive-t-il ?

— J' sus à plat.

En grommelant des invectives capables de compromettre son salut éternel (car il y met en cause l'existence de Dieu, lui, le baptiste !) Bérurier va regarder à l'avant de la tire. Il se baisse, examine les pneus et s'approche de ma portière.

— On est naze des deux boudins avant, mec ! annonce-t-il.

— À la fois !

De son index crochu il m'invite à descendre.

— Avec ce tapis d'honneur qu'on nous a déroulé, c't' un miracle qu'on soye pas à plat à cent pour cent.

Il me montre de drôles de petits objets biscornus sur le chemin. Ils sont gros comme des noix et hérissés de pointes très effilées.

— Et ils n'ont pas pleuré la marchandise ! renchérit mon compagnon. Sur dix mètres au moins !

— Courons ! hurlé-je.

Je pique un sprint. Sa Majesté m'imite en bramant des « Ouktuvamerdatanmoi » déjà essoufflés.

Votre San-Antonio chéri, mesdames, ne perd pas un pouce de seconde à l'affranchir. Il court, il court comme le furet du bois joli. Il débouche sur l'esplanade où se trouve garée sa pompe. S'y rue comme Cirrus dans six rues[1]. Il démarre, exécute un crocheton pour charger son cachalot.

— Mainondedieuspliquetoi ! exhale Alexandre-Benoît, comme un adieu d'opéra consécutif au meurtre du ténor par la basse, malgré l'intervention tardive de son beau-frère le gentil baryton[2].

Je bombe jusqu'à la fourche. Je mate à gauche, à droite… Rien !

— Hep, facteur, s'il vous plaît ! interpellé-je en faisant, d'un coup de frein hollywoodien, gicler du gravillon jusque dans la braguette mal boutonnée du postier.

Le pététeur s'immobilise.

— Vous avez dû voir passer un camion-citerne, il y a un instant, non ?

— Qui chariait du mazout ?

— C'est cela même !

— En effet.

Je n'attends pas davantage pour embrayer car l'homme de lettres a eu spontanément un geste pour m'indiquer la direction prise par le camion.

Je fonce.

— Ben quoi, le citernier ? hahane Béru.

— On l'a croisé deux fois pendant notre virée dans le pays.

— Et alors, c'est normal, puisqu'il vient décharger du fuéle ?

— Il n'a pas eu le temps de décharger quoi que

1. Passez outre, merci.

2. Dans un opéra le baryton est presque toujours le beau-frère du ténor.

ce soit et il était juste devant nous à l'instant où nous avons crevé. *S'il n'a pas crevé lui-même, c'est parce que c'était lui qui semait les perce-boudins !*

Il doit avoir une petite soute sous le châssis arrière, qui se commande depuis la cabine. De la sorte, on ne voit pas tomber les hérissons d'acier.

Bérurier Premier opine.

— Y a longtemps qu' t'as pas dit quéque chose d'aussi impertinent, gars.

Je file un coup de patin qui met en relation étroite le crâne du Dodu avec le pare-brise.

— Il est là ! soufflé-je. T'as pas vu, à droite ? Dans la cour de cette grande propriété ?

Mais le Gros ne voit pas plus loin que sa bosse frontale (ce qui est néanmoins appréciable car elle mesure une bonne vingtaine de centimètres).

— Pas z'eu le temps, bafouille-t-il.

Je repars.

— Où que tu vasses ?

— Inutile d'attirer l'attention de ces gus. Nous allons contourner le parc et faire le mur pour les surprendre par-derrière. Dommage que nous ne soyons pas armés.

Mon très cher camarade appuie sur le bitougnot de la boîte à gants, le volet tombe et Béru extrait triomphalement un casse-tronche de 9 mm, à la crosse tellement grosse que la main d'Alexandre-Benoît en paraît fluette.

— Et ça ! demande-t-il, à ton avis, c'est pour se coller des gouttes dans le pif ?

CHAPITRE XIV

LA STUPEUR EST À LA SURPRISE CE QUE LE RAMADAN EST AU CARÈME.

J'ai dit parc, mais en réalité il s'agit d'un grand jardin de cinq à six mille mètres carrés, planté d'arbres pompeux, pimpants et pompéiens. En son centre s'élève une vaste maison de style Île-de-France, avec des portes-fenêtres tout autour, des mansardes et un toit d'ardoises patinées par le temps.

Nous atterrissons dans un bosquet de philodendrons et prenons nos repères. S'agit d'avancer prudemment. Les mecs du *Shin-Bet* ne sont pas des enfants de chœur, vous vous en doutez, et je suppose qu'il ne fait pas bon les contrarier lorsqu'ils sont en train de se livrer à une opération de cette envergure. Fort heureusement, l'hébertisme n'a pas de secret pour nous et c'est en rampant à travers pelouses et massifs que nous contournons la demeure pour gagner la partie avant.

Le camion-citerne est là. Ses deux cons-voyeurs en sont descendus et s'affairent à l'arrière du lourd véhicule. L'un deux actionne une vanne. Ô stupéfaction ! L'extrémité de l'énorme cuve pivote, s'ouvre comme la porte circulaire d'un coffre de banque et une demi-douzaine de gus jaillissent du réservoir, armés de mitraillettes. Des types de commandos sûrement, magnifiquement entraînés. La manière qu'ils filent à toute vibure pour cerner la maison, couper toute retraite aux habitants, est un modèle de précision. Le temps de vous expliquer ça, quatre mecs sont en place aux quatre z'angles. Leurs pétoires ressemblent à des caméras car elles sont équipées d'un dispositif spécial qui les rend silencieuses.

M'est avis qu'on va assister à un drôle de sport.

Les deux convoyeurs, plus deux gus de la citerne, sont chargés d'investir l'habitation. Ils gravissent en sauts de chat les deux marches basses de la terrasse et se précipitent sur les portes-fenêtres. Celles-ci sont fermées à clé. Alors ils bousillent une vitre d'un coup de crosse et passent la main à l'intérieur pour actionner l'espagnolette (Olé !). Mais, tudieu, qu'arrive-t-il ? Voilà qu'ils ne peuvent pousser la lourde. Ils ont beau s'escrimer, la porte s'écarte d'une dizaine de centimètres au plus. Ils palpent le voilage qui est derrière (en veux-tu, en voilage) et poussent plusieurs jurons aussi hébraïques que véhéments. Je mords dès lors, leur déconvenue : les occupants de la maison ont fixé des plaques de blindage derrière toutes les ouvertures. Comme quoi, mes gueux, j'ai été bien inspiré de prévenir Von Chichmann par haut-parleur. Sans moi, il se laissait feinter par le coup du mazout, l'ancien criminel de guerre ! Probable qu'il attendait cette livraison.

Les agents israéliens, bien patiemment, guettaient l'occasion de se pointer en force chez lui. Ce ravitaillement en fuel la leur fournissait. Seulement le vaillant, l'intrépide, le fabuleux San-A. a pu se pointer à temps, renversant les quilles de ces messieurs !

À présent, Von Chichmann est terré dans son repaire.

— Ils l'ont dans le bab', hé ? me souffle à l'oreille (et à l'ail) Sa Majesté Bérurière.

— On le dirait. Le gars s'était outillé pour soutenir un siège, le cas échéant.

— Tu penses qu'y vont mettre les adjas sans insister ?

— M'étonnerait. Une fois à pied d'œuvre, ils ne lâchent pas le morcif facilement.

Effectivement, nos gaillards changent rapidement leur mitraillette d'épaule.

Bref conciliabule. Et il y a bulle !

Le chauffeur en combinaison bleue portant le label Shell sur la poitrine (les gars du *Shin-Bet* ont des accords pour promouvoir Shell, comme nous avec Cinzano) regagne son siège.

— C'est la décarrade ! murmure Béru au milieu de ses bégonias.

On pourrait le penser car le gros véhicule avance de quelques mètres. Parvenu au niveau du portail, il stoppe. Soudain je comprends la manœuvre. Dans un éclair génial. Et, comme je m'y attends, voici que la machine recule. Elle prend de la vitesse. Les trois julots du commando se sont écartés. Le citernier met toute la sauce. Ses énormes boudins absorbent les deux marches de la terrasse sans coup férir. Trois mètres encore et c'est l'impact. Ce badaboum, mes gentils seigneurs ! Vous parlez d'un coup de boutoir ! Doit être né sous le signe du bélier, le pilote ! Un arrachement ! Une nuée plâtreuse ! Du fer tordu ! De la caillasse qui n'en finit pas de choir. La porte-fenêtre principale est disloquée. Une brèche énorme apparaît lorsque le camion exécute une marche avant de dégagement. Il est tout écrasé du derche, mais le résultat est acquis. En un rien de tempo, les trois dégourdoches s'engouffrent dans la maison.

— Allons-y, fais-je à Béru. Je vais me payer le factionnaire de droite, occupe-toi de celui de gauche. Et travaille en silence. Une manchette sur la nuque ! Surtout le bousille pas ! Je veux bien protéger une salope de chleu tortionnaire, mais pas en butant ces petits téméraires.

Ayant fait mes recommandations, je me coule sur le moelleux gazon jusqu'au mitrailleur de l'angle le plus proche. Il a l'oreille fine, le bougre. Il entendrait une mouche s'essuyer les fesses sur un coussin de velours ! Je suis à deux mètres de lui lorsqu'il se retourne. Heureusement que j'ai « senti » son mouvement. Heureusement idem que j'ai fait du rugby. Le temps qu'il assure son arme, j'ai plongé magistralement. Il prend ma tronche dans son plexus. Ça lui accomplit un saut en recul long comme de vous à moi. Je lui bondis encore dessus. À genoux ! Il me fait un ciseau avec ses jambes, ce qui est à la fois un exploit et un pléonasme. Mais s'il connaît le catch, moi je pratique le cas raté et je lui déguste une gâterie entre les côtes qui le rend condescendant. Son emprise se relâche. Une manchette doublée à la nuque et me voilà disponible.

Béru a eu moins de tracas avec son client car il est déjà là, armé de la mitraillette du zig.

Nous courons jusqu'à la brèche.

*
* *

On déboule dans un vaste salon admirablement meublé. C'est plein de bois polychromes et de tapisseries du 13e (arrondissement des Gobelins).

Comme j'y déboule, un des investisseurs se ramène d'une pièce voisine qu'il a dû trouver vide. On se trouve nez à nez. Il me braque. Ce réflexe ! Mais il prend un monstre coup de crosse sur l'occiput ! Ce réflexe ! Bérurier pour toujours ! Admirablement présent. Il vient de coucher son homme par-dessus mon épaule.

« Bon, me dis-je in petto, afin de n'être compris que de moi-même, ils ne sont plus que trois et ils se sont dispersés pour fouiller la maison. Très bon cela. Deviser pour Rainier, comme disait la princesse Grace. »

Je fais signe à Gradu de visiter le rez-de-chaussée. Pour ma part, l'instinct jouant à outrance, je m'élance vers l'escadrin. Bien m'en prend. Au détour de l'escalier, j'avise deux loustics dans le couloir du premier. Ils ouvrent les portes alternativement, font un pas prudent dans chacune des pièces, puis se retirent. Et tout à coup, celui qui se trouve le plus proche de moi appelle son compagnon d'un imperceptible sifflement. Le loquet qu'il est en train d'actionner n'ouvre pas la porte car celle-ci est close de l'intérieur au verrou, probablement. Le pote du gars en question se rapproche.

Il essaie à son tour. En vain. Alors il fait un signe à son coéquipier de s'écarter. Il pose sa mitraillette sur le sol et prend de l'élan. Blaoum ! La lourde vibre, résonne, craque un peu mais ne cède pas.

« Et si t'intervenais, San-A. ? » me suggéré-je, ça ne serait pas plus connard que de percer des spaghettis avec un vilebrequin pour en faire des macaronis, mon chou.

Je chope le revolver trouvé dans la pompe par le canon.

Ma parole, j'ai dû avoir un léopard dans mes ascendants, les aminches ! D'ailleurs j'étais tacheté, dans ma petite enfance. Félicie croyait qu'il s'agissait de la rubéole, mais je pense qu'il s'agissait d'autre chose. Ma crosse s'abat sur la tempe du premier mec. Il lâche une salve qui grésille comme une crécelle. Un éparpillement de pralines amoche le couloir, brise un vase en vieux Rouen, troue un tableau représentant une fileuse flamande en train de filer à l'anglaise, ébrèche unc bonnetière et traverse la main du défonceur.

Néanmoins, mon type s'écroule. Je lui place le gnon de sûreté pour le mettre out. Toujours dans la foulée, je braque mon aboyeur sur le blessé.

— On ne bronche plus, enjoins-je !

Et mentalement je fais le compte de nos victimes : les deux du dehors, celui du bas, les deux d'ici, soit cinq bonshommes neutralisés sur huit.

— Ça se passe comment t'est-ce que ? lance Béru, depuis le bas.

— Au poil, Gros ! Pas d'ennuis, de ton côté ?

— Moi, non, mais y en a eu pour le chauffeur du camion dont j'ai rencontré à l'entrée de la cave et qu'a pris mon panard dans le buffet, si tant et si bien qu'il a redescendu les marches sur le dos et me paraît un tantisoit confusionné des endosses.

En souriant, Pépère surgit.

Il accroche la bretelle de sa seringue au pommeau de la rampe et demande en s'essuyant le front :

— De ton côté ?

— Je me suis assuré de la situation. Von Chichmann est je pense planquouzé dans cette pièce. Il ne nous reste plus qu'à lui annoncer la fin de l'alerte.

Un peu hâtif, San-Antonio, mes belles ravissantes que je serre toutes dans mes bras vigoureux. À peine que je viens de prétendre, une brutale galopade fait trembler les marches. Les deux Israéliens restant en piste déboulent en une ruée superbe et généreuse. Ils arrosent à tout-va. Ça, c'est de l'action ! Du terminisme ! Tant pis pour la casse ! Ils font la percée ! Pas de chichi ! Pas de cha-cha-cha ! Pas de quartier ! La dernière garde peut pas se permettre de finasser, d'œuvrer dans le subtil. Le panache blanc ? Au prose, comme chez les autruches ! Hardi, petit ! Tac tac tac tactactac…

Ce qui est passé par l'esprit à Béru ? Je me le demanderai à vie. Pourquoi, dès le premier bruit de grolle a-t-il plongé à l'abri du mur ? Mystère et réaction animale.

Le plafond fond fond sur nos tronches. La rampe vole en éclats. Je me sens taquiné par les balles, seulement mézigue aussi a pratiqué l'opération « gaffe-à-tes-osselets ». Derrière les deux autres copains je m'ai blotti.

Ça crache éperdument. Notez que ça ne dure pas aussi longtemps qu'il m'y paraît. Quelques secondes ! Au plus !

Le temps semble long dans ces cas-là. Comment qu'il suspend son vol au portemanteau de l'entrée, le frère !

On va de coups de théâtres en renversées, mes braves lecteurs. La chance sait pas dans quel camp se fixer. Elle butine de-ci, de-là. On y a droit alternativement. Un coup pour vous, un coup pour nous.

Sitôt que les derniers assaillants nous ont lâché leurs vilains pets, du remue-ménage se produit au-dessous.

Des voix glapissent, et, à leur solide accent de terroir, je me dis qu'on devrait définitivement tenir le bon bout.

— Jetez vos armes, crénom ! Les mains z'en l'air, tout le monde ! Jouez pas z'aux cons, sinon qu'on vous tire comme des garennes !

La gendarmerie !

Ah, les braves pandores chéris ! Alertés par le teigneux Chemoldu qui a couru porter le suif, dès que nous avons eu tourné les talons, quelle heureuse initiative ! Il valait le coup de Cid, notre campéador !

Un brigadier essoufflé, rougeaud, furax, surgit dans l'escalier.

L'ai-je bien descendu ? demandait Cécile Sorel. Ici, c'est la question inverse qu'on peut se poser :

« L'ai-je bien monté ? »

Deux autres matuches se pointent, revolver au poing. Il y a un bref instant d'indécision. Le brigadier regarde tout le monde.

— Tout le monde le long du mur avec les pattes levées ! ordonne-t-il d'un ton solennel.

On obéit. Sauf le type qui m'a servi de pare-balles et qui a les cannes en charpie. Et sauf également deux autres gus, lesquels ne doivent pas jacter la délicate langue de Rabelais.

Devant leur inertie, le brigadoche explose.

— Eh ben alors ! Vous comprenez pas le français !

— C'est très possible qu'ils ne le comprennent pas, brigadier, déclare une voix tranquille, car ces messieurs viennent de loin.

On se retourne. La porte de la chambre s'est enfin ouverte. Et le Vieux se tient dans l'encadrement.

CHAPITRE XV

ET PROVIDENTIELLEMENT DERNIER

J'ai vu bien des trucs impensables au cours de ma garce de vie.

Tenez, j'ai vu une fille, vous lui flanquiez deux doigts dans la tirelire, elle vous sifflait la *Brabançonne* avec la chlaglata (elle était Belge). J'ai vu des veaux à deux têtes (pas de panique : leur mère avait quatre pis). J'ai vu (à la T.V.) la messe de Requiem pour le général de Gaulle, avec les altesses et présidents qui poireautaient à la sortie, sur le parvis, et qui discutaient le bout de gras comme on le fait après la messe du dimanche, à Pont-de-Poite ou à Villeneuve-les-Avignon. Moi qui, toute ma vie, m'étais fait une certaine idée de de Gaulle, il m'a confirmé mon optique du monde, ce jour-là, entièrement. Le monde, en vérité, je vais vous dire… C'est rien d'autre qu'une sous-préfecture. Même pas : un village. Avec ses notables, ses commères et sa marmaille ; avec le garde-champêtre, le boulanger, la crémière, le marchand de charbon, m'sieur le curé ; avec ses pompes (à merde) et ses (hautes) œuvres.

Un disparu, plus il est grand, mieux il disparaît. Ça te fait mesurer la bêtise de l'univers, son inimportance. Tu ne peux plus retenir ce qui n'est plus. C'est de la denrée foutue. Y a pas d'embaumement possible ! Qu'on te file le Négus à la grand-messe, ton blaze à la place de l'Étoile et tous les silences et toutes les manécanteries, les populaces, les fleurs, la couverture des hebdos, les pleurs et le berne et le solennel et tutti. C'est sué, oublié rapide ! Foutre le camp, c'est soulager du monde. La mort est un accommodement. Un bien entendu. Une solution.

Mais je m'écarte, comme disait une jeune fille violée, et c'est guère le moment, en fin d'ouvrage. Tu fais dégoder le lecteur dans les dernières pages, ploff, ton polard tu peux te le remiser dans les latrines pour lui dessiner des lettrines au composteur rectal. C'est la panne de courant pendant le grand final du Casino de Paris. J'ai vu ça une fois. Vzoumm, la lumière s'est éteinte au cours du monstre tralalère des plumes, tandis que la vedette descendait l'escadrin. À la loupiote de service, on voyait trépigner m'sieur Varna sur la scène ! Il hurlait « merde, merde, merde, merde, merde ! » à toute vibure. Et Dieu sait qu'il connaissait de quoi il parlait, le cher homme ! Il écumait tellement qu'y fallut le passer ensuite ! Il clamait comme quoi c'était un attentat ! On l'assassinait ! Une cabale ! Il refusait l'évidence. En plein final ! Juste au moment étourdissant de la mobilisation générale des trucs en strass, des paillettes, des cuisses, des poum-poum de l'orchestre !

À une minute du rideau. Au moment que t'as fini de faire grimper ta mayonnaise !

J'ai assisté, je vous dis. Donc, je sais ce que j'encours à disserter « *à présent* ». Je piétine les règles. La témérité poussée à ce degré frise la folie. Tant pis, j'accepte les risques. Ma liberté d'espression avant tout ! Je finirai en flaque, peu importe. Bouse ou barbouze, qu'est-ce qui macule le plus ? Ah ! se déféquer soi-même, je vous dis ! La voilà, la belle apothéose ! Le sublime aboutissement ! Je porte en moi le germe de ma propre destruction. Et je le taquine, je le bricole, je le caresse, le pourlèche, le titille comme un clitoris bienveillant.

Enfin, faut que je poursuive, j' sus sous contrat. Et même sur contrat.

Je dois romancer. Que dis-je : livrer !

Donc, de toutes les choses insensées de ma vie, la plus impensable, c'est bien cette apparition du Vieux.

— Aaaaaah ! exhale Bérurier.

— Oh ! dis-je plus sobrement.

— Von Chichmann ! rugit l'un des investisseurs en se ruant sur pépère, armé d'un fulgurant couteau à cran d'arrêt (facultatif).

Je n'ai que la présence d'esprit de cueillir le zig d'un coup de saton dans les frangines, sinon il nous plantait Achille aussi sec.

Un qui domine la situation de très haut, avec une classe folle, c'est le Dabe, précisément. Il frappe dans ses mains, comme un maître d'école pour ramener le calme dans sa classe.

— Allons, allons, messieurs ! Ne nous écharpons

pas. Il est temps de procéder à une mise au point franche et nette !

Le brigadier de gendarmerie qui connaît mon vénérable boss et le respecte à s'en donner le tournis salue militairement.

— J'embarque tout le monde, monsieur le directeur ? questionne cet homme de devoir.

— Absolument pas ! refuse le Dirlo. Vous désarmez ces messieurs qui me paraissent un peu nerveux et vous conduisez les blessés à l'hôpital.

L'autre voudrait protester, seulement il a le sens de l'obéissance, ayant celui du commandement.

— Très bien, monsieur le directeur !

Tandis que ses deux pandores et lui-même explorent les poches des gars du *Shin-Bet*, je vois sortir de la chambre où se planquait Pépère, un second personnage pittoresque qui n'est autre que Ross, le chauffeur anglais du Big Patron[1].

Grand, rouge, le nez busqué, terrible derrière sa formidable moustache roussâtre, Ross est en train de replier l'exemplaire du *Times* qu'il lisait pendant les péripéties périphériques que j'ai eu la grande joie et non moins grand talent de vous bayer un peu plus auparavant.

— Ross ! murmure le Vieux, voudriez-vous nous servir à tous un peu de Xérés, je vous prie, nous allons descendre au salon !

1. Lisez *Les Vacances de Bérurier* et ne me cassez pas les claouis avec des questions intempestives.

*
* *

Vous materiez cet aréopage, les gars, vous n'en reviendriez pas. Six agents israéliens forment un groupe aimable réparti sur deux canapés en équerre. Les bourdilles ont évacué les deux blessés et nous traversons une période d'étrange accalmie.

Le Dabe examine la brèche produite par le camion-citerne. Il hoche la tête (ses fonctions ne lui permettant pas de branler le chef[1]) et soupire en se retournant :

— Vous n'avez guère de respect pour une demeure du XVIIIe siècle, messieurs !

L'un des six agents (celui qui escortait le chauffeur et qui est également vêtu d'une combinaison Shell) ricane. Le Vioque se tourne vers lui.

— Est-ce vous qui dirigiez le commando, cher monsieur ? demande notre Patron respecté.

— Hélas ! répond l'interpellé. J'ai eu ce triste privilège et n'en suis pas plus fier pour autant. Nous étions huit contre deux et nous avons échoué misérablement ! Mais ne vous réjouissez pas trop vite, Von Chichmann, vous êtes démasqué désormais et en Israël on a la mémoire aussi tenace que la rancune. Un jour ou l'autre vous paierez vos crimes !

Le Vieux lui sourit.

— Vous fûtes victime d'une méprise, mon cher ami, déclare-t-il d'une voix grave. Elle est d'ailleurs fort explicable ; mais je tremble à l'idée de ce qui se

1. J'use beaucoup de cette expression, je sais, mais elle est tellement marrante !

serait passé si mes deux collaborateurs ici présents, le commissaire San-Antonio et l'inspecteur principal Bérurier, n'avaient pu m'alerter à temps, tout à l'heure. Certes, depuis que je les savais coincés au Moyen-Orient à la suite du détournement de l'avion, je me terrais dans ma maison de campagne, mais je n'en attendais pas moins, ce jour, une livraison de fuel sans penser à mal !

Il toussote dans le creux de sa main repliée, ainsi qu'il a l'habitude de le faire lorsqu'il est nerveux.

— Je tremble rétrospectivement, non pour ma vie, mais pour mon honneur, ajoute cet homme de bien. Moi, ex-criminel de guerre ! Seigneur, quel désastre ! Certes, on aurait pu établir mon innocence par la suite, mais un mort a du mal à se disculper et quand on vous tue pour de telles infamies, il en reste toujours quelque chose, si je puis dire, même après une réhabilitation. Et puis quel scandale en France ! Le chef de la police trucidé chez lui comme un vulgaire truand ! Ah, messieurs…

Il me prend aux épaules, Achille. Des larmes scintillent dans ses prunelles claires. Et vous savez ce qu'il fait ? Il m'embrasse ! Parfaitement ! La double bise : mffou, mffoui !

— Ah, San-Antonio, mon cher enfant, balbutie-t-il, que de reconnaissance !

— Et moi, et moi ? implore Bérurier à travers des sanglots glycérineux.

— Vous aussi, intrépide Bérurier, brave parmi les braves ! ajoute le Vioque.

Et dans la foulée, il accolade également le Gros.

Quelle émotion !

— Vous voyez cette joue, mon Directeur ? coasse l'Enflure. À partir de désormais, je la laverai plus, manière de conserver intact l'emplacement de ce baiser dont je peux dire, en tout bien tout t'honneur, que jamais un seul de ma Berthe m'a fait autant d'effet.

La toux sèche de son chauffeur rappelle notre Boss à la dignité de ses fonctions.

— Messieurs, reprend celui-ci, en s'adressant aussi bien à nous qu'aux Israéliens, Von Chichmann est mort de ma propre main et, chose curieuse, il est mort dans cette maison alors qu'il venait m'arrêter en mai 1944. Car, à Dieu ne plaise, je fus un grand résistant !

Il caresse son revers de veston où voisine la rosette et la croix de la Libération.

— Il existe un témoin de la chose : Ross, mon admirable valet de chambre-chauffeur.

— Lorsque la chose se produisit, reprend le Big Dabuche, Ross élimina à lui seul les quatre hommes qui escortaient Von Chichmann. Voulez-vous dire comment à ces messieurs, Ross ?

— Au curare, monsieur. Je tenais la recette d'un major de l'armée des Indes. On oublie trop l'efficacité de la sarbacane dans la vie moderne. Elle a complètement disparu alors que c'est là un ustensile discret et prompt. Je me tenais embusqué derrière ce paravent avec une provision de fléchettes, et, par ce trou que nous avons religieusement conservé, j'ai pu foudroyer les quatre hommes avant qu'ils eussent eu le temps de réaliser. Pendant ce temps, monsieur, vous tiriez une demi-douzaine de balles sur le sinistre Von

Chichmann, ce qui nous obligea, par la suite, à changer le tapis.

— C'est exact, Ross. Et que se passa-t-il ensuite, voulez-vous le dire à ces messieurs ?

Ross parle tout en emplissant de Xérès des verres de cristal taillé.

— Ensuite, monsieur, continue le docile serviteur, je crois avoir poussé une exclamation de surprise, ce qui n'est ni dans mon emploi, ni dans mes habitudes.

— Et pour quelle raison poussâtes-vous cette exclamation, Ross ?

— À la vue du cadavre de Von Chichmann, monsieur.

— Expliquez-vous !

— Le Seigneur dont les desseins sont impénétrables, monsieur, avait voulu que cet être damné fût le sosie du meilleur des hommes.

— C'est-à-dire, Ross ?

— De vous, monsieur ! Il m'a été donné de croiser des frères jumeaux qui se ressemblaient moins parfaitement que vous deux.

— Que décidâmes-nous, après avoir fait une telle constatation ?

— Moi, rien, monsieur. Mais vous si ! Poussé par cette folle témérité dont vous fîtes preuve à tant de reprises, vous voulûtes utiliser cette ressemblance aux fins les plus nobles, monsieur. Comme vous parlez admirablement l'allemand…

— N'exagérons rien, Ross.

— En tout cas beaucoup mieux que l'anglais, monsieur, je puis le jurer. Comme vous parlez admirablement l'allemand, disais-je, vous avez pris les risques les plus grands. Revêtu de l'uniforme de votre sosie mort, uniforme que j'eus le plus grand mal à stopper et à détacher, (soit dit entre parenthèses), vous vous rendîtes dans différentes prisons de la région parisienne et vous prîtes sur vous de faire libérer des gens promis au peloton d'exécution. Ce sont là des hauts faits de la guerre, monsieur, et qui renforcèrent encore l'admiration que déjà je vous portais !

Le Patron se plante devant le chef du commando israélien.

— Voilà toute l'histoire, monsieur. Lorsque nos services de contre-espionnage ont intercepté un message révélant que le *Shin-Bet* avait retrouvé Von Chichmann, j'ai eu un petit pincement au cœur. Vous savez, une espèce de prémonition. Je me suis dit : le cadavre de Von Chichmann n'a jamais été retrouvé, on n'a jamais pu prouver sa mort (car je suis aussi discret que Ross) et en fait, j'ai, pour les besoins de notre cause prolongé *officiellement* l'existence de cet immonde nazi pendant quelques jours. Puisque j'interprétais Von Chichmann avant qu'il disparaisse tout à fait, n'est-il pas logique de conclure que c'est sous mes traits à moi que les services de Tel-Aviv croient l'avoir retrouvé ?

Le Bien-Aimé Dirluche se tourne vers moi.

— Voilà pourquoi je vous ai confié cette mission, je voulais être tenu au courant de la situation en détail, et pour cause. Savoir si c'était bien moi que le *Shin-Bet* avait repéré et ce qu'il comptait faire.

— Je peux dire quelque chose ? demande sèchement l'Israélien en combinaison que j'aime.

— Je vous en prie, répond Achille.

— Vous venez de nous raconter quelque chose de fort intéressant. Seulement il vous reste encore une formalité à accomplir.

— Et laquelle, cher monsieur ? gazouille le Boss, en prenant la voix de M. Jean Nohain.

— Prouvez-nous que vous dites bien la vérité !

Béru se dresse.

— Je te vas prouver que quatre doigts et un pouce quand je les replie, ça donne un poing d'acier, hé, fesse de rat ! La parole de mon très honoré Directeur te suffit pas ?

— Calmez-vous, Bérurier ! ordonne le Patron.

Il semble vaguement songeur. Pas trop. Ross s'approche de son maître et balbutie :

— Voulez-vous me permettre de vous rappeler un détail, monsieur ?

Il cause pas à la troisième personne, l'Angliche. Il emploie volontiers le mot monsieur, le prononce même avec une certaine emphase, mais pour le reste, c'est le « vous » familier des rosbifs !

Le v'là qui jactouille dans l'étiquette du Vioque. Un Anglais qui chuchote, je défie quiconque de comprendre ce qu'il dit. Pourtant Achille semble fort bien piger, lui. L'habitude…

— Merci, Ross, en effet, je ne m'en souvenais plus !

Puis, s'adressant à l'agent israélien, toujours hostile, il lui demande :

— Je suppose que vous aviez un dossier très complet

sur Von Chichmann et que ses moindres particularités physiques vous sont connues ?

— Exact ! répond l'interpellé.

Pépère radieuse.

— Parfait. En ce cas vous n'ignorez pas qu'une de ses jambes n'était pas tout à fait normale.

— Il avait une broche au péroné droit, récite l'autre, bigrement documenté, comme vous pouvez le constater. À la suite d'un accident d'avion…

— En effet, mon cher. Il s'en suivait une légère claudication que je me suis appliqué à imiter lorsque j'ai interprété son personnage.

Le Dabe se met à marcher en tournant en rond, comme lorsqu'on essaie une paire de chaussures.

— Veuillez constater que je ne boite pas. En outre, si vous y tenez, je puis me faire radiographier, vous verrez que je trimbale pas le moindre corps étranger pour étayer mon squelette.

Le copain du *Shin Bet* hoche la tête.

— Depuis la guerre, les techniques ont évolué dans la chirurgie osseuse, comme ailleurs. Vous avez très bien pu faire remplacer cette broche par une greffe ou un truc similaire.

Béru s'est assis en tailleur sur un pouf. On dirait une citrouille. D'ailleurs *on dirait toujours une citrouille*, Béru.

— T'es comme saint Thomas, mon pote, grogne-t-il. Ou alors tu cherches des patins pour le plaisir, ce qu'auquel cas tu pourrais bien te retrouver avec tellement de broches toi-même que tu ressemblerais à un échafaudage tubulaire.

— Laissez, laissez, Bérurier ! réitère doucement Achille, lequel possède toutes les patiences aujourd'hui.

Il regarde son chauffeur.

— Je crains bien, Ross, que vous dussiez exécuter un petit travail désagréable, soupire-t-il.

— Je suis prêt à subir les *hard labours* pour l'accommodement de votre honneur, monsieur. Que sont quelques méchantes ampoules aux mains en comparaison de votre dignité. La seule chose qui me contriste c'est de devoir saccager notre merveilleux massif de rhododendrons, orgueil du jardin. Mais enfin…

L'homme aux moustaches rousses fait une fausse sortie et murmure en considérant Bérurier :

— Il est certain que si monsieur l'inspecteur principal Bérurier acceptait de m'aider, nous gagnerions un temps précieux.

— Mais tout ce qu'a de volontiers d'avec plaisir, s'empresse le Mastodonte. Ça consiste en quoi t'est-ce, 'xaguetement ?

Le Vioque murmure en caressant son beau crâne mordoré et lisse comme les meubles fruitiers du salon :

— Ça consiste à déterrer la carcasse de Von Chichmann qui gît dans mon jardin depuis l'Occupation, mon bon Bérurier.

Son regard gêné glisse jusqu'à moi.

— Nous n'avions guère le choix, s'excuse-t-il. Il fallait parer au plus pressé, qui était d'escamoter les cadavres. Ross les a enterrés dans les plates-bandes, car à l'époque nous cultivions la pomme de terre de préférence aux rosiers. Je sais… J'aurais dû, ensuite, signaler leur présence et leur assurer une sépulture… heu… plus convenable. Mais voyez-vous, mon petit, à la Libération j'ai tout de suite été appelé à de hautes fonctions et j'ai pensé que, pour mon standing, il valait mieux ne pas jeter sur lui une petite note macabre, toujours déplaisante. En tout cas, bien m'en a pris de ne pas exhumer ces messieurs, puisqu'aujourd'hui le squelette de Von Chichmann va, grâce à sa broche au péroné me laver de cet effroyable soupçon.

Moi, vous savez, j'ai toujours pensé que le Vieux était un cas !

CONCLUSION

M’man est « en courses ». Elle va aux cominches de plus en plus loin, Félicie, car elle déteste les immenses supermarchés qui nous cernent. Elle leur préfère les petites boutiques tenues par des gens d’une espèce périmée, vêtus de blouses grises et coiffés de bérets. Des gens qui savent encore faire tenir un crayon sur leur oreille et qui déplacent de gros chats endormis avec précaution pour vous couper une tranche de gruyère.

Dans la maison, je hume les prémices d’une blanquette. Rien ne cuit encore, mais « c’est dans l’air ».

Je gamberge, les pieds sur la table de notre salle à manger. Une petite récapitulation. Quand on se déplace comme nous, à travers le monde, on rencontre des gens, on se crée des obligations, on contracte certaines dettes. Ainsi, va falloir que mon gouvernement offre un coucou de remplacement au porte-avions soudanais. Et puis j’enverrai un cadeau au capitaine si gentil que j’ai honte d’avoir durement déçu. Faudra aussi que j’essaie d’adresser un foulard Hermès à ma chère camarade PI 3-1416, histoire de nous rappeler à son bon souvenir, à elle qui fait tant pour le rapprochement des hommes ! ! ! Quoi encore !

On sonne. J'écarte mes pieds pour regarder dehors. Je vois radiner Béru, joyeux comme un poinçon. Il remonte notre allée en sifflotant. Il tient un paquet étroit et long sous son bras, un paquet réalisé avec du papier-cadeau et du ruban doré à ressort.

— Entre ! hurlé-je pour m'éviter la peine de remuer.

Car je suis en période de flemmingite. Ça me chope, parfois. Rarement. Dans ces cas-là je ne fous rien de la journée, me contentant de traînasser de mon lit à la table affublé des plus vieilles fringues de ma garde-robe.

Ce sont des journées merveilleuses pour ma Vieille. Les plus belles…

Le Mastar s'annonce. Il sent le vin et l'eau de Cologne réclame.

— Salut ! je lui lance en pressant l'énorme mamelle à cinq branches qu'il fait bien molle pour exprimer plus de tendresse abandonnée. Tu m'apportes un cadeau ?

Il brandit son paquet.

— Ça ? Oh, non, c'est pas pour toi. En sortant de là je vas au mariage d'une petite cousine à Berthe et j' lu amène un cadeau, faut être correc.

— Quoi, comme cadeau ?

Son visage prend une expression maquignonne.

— Tu me connais ? La débrouille sur toute la ligne ! Hier, après que nous eussâmes déterré le nazi à Pépère, j'y ai demandé de conserver la broche en souvenir. Ma gravosse l'a fourbie au Miror et c'est ça qu'on offre à Marie-Rose en guise de manche à gigot.

Il ne me laisse pas le temps d'aller au bout de ma

rifouille. Sortant une feuille de papier à lettre passablement graisseuse et froissée de sa poche il me la tend.

— J' sus passé pour te demander de me corriger les fautes qu'auraient pu éventuellement se glisser dans c'te tartine, mec. Comme cette babille file en très z'haut lieu, j' peux pas me permettre d'y laisser vadrouiller des bévues, tu comprends ?

La curiosité plus aiguisée qu'un rasoir de merlan italien, je déplie la lettre.

Le plus simple, me semble-t-il, est de vous la livrer *in extenso.*

La voici dans toute son intégralité.

Mesieur et bien chair Pape,

Je m'escuse de fer perde d' vot' tan à SA Cinq-tetée mè gel l'hauneur de luit porté à la conaisanse l'effet suvant. O cour d'un voilliage en I-rac j'é rencontrais un n' encien cousin amoi dont au sujé duqule sa çalope de mer l'avé randue musulmant. N'aillant pa d' curton saoul la min j' emé permit de lui admirnistré le bataime (entre rautre chose). Je présise a vot' émable Cinq-tetée que ce taurdu été an dengeré de mor. Nez en moin pour la baune règue je voudré que vou omologassié ce bataime. J'espaire que vos pris serons dent mé cordes car j' sus qu'I moldeste foncsionère. Veiller agrégé ma Cinq-tétée et chair Pape mes salutations au cul ménique.

A-B. Bérurier

P.-S. : Si on trété sept afère une p'tite bénêt-dicssion en sus pléman me feré plésir. Pas que j' soie du geanre cu-béni mé sa ne menge pa d' pin come di ma Berthe.

— Alors ? interroge l'anxieux. Y a pas trop d' dérapages incontrôlés ?

Je lui rends sa lettre.

— Impec, gars. Faut surtout pas y changer une virgule.

Il me regarde dans le blanc des yeux et bougonne.

— Pourquoi j' changerais une virgule à ma bafouille, du moment que j'en ai pas foutu une seule !

Un guide de lecture inédit élaboré par Raymond Milési

REMONTEZ LE FLEUVE AVEC LE COMMISSAIRE SAN-ANTONIO

La première aventure du commissaire San-Antonio est parue en 1949. Peu à peu, ce personnage au punch et à la sincérité extraordinaires a pris dans le cœur des lecteurs de tous âges une place si importante qu'on peut parler à son sujet de véritable *phénomène*. Qu'il s'agisse de son exceptionnel succès dans l'édition ou de l'enthousiasme qu'il provoque, on est en droit de le situer – et de loin – au premier rang des « héros littéraires » de notre pays.

1. Bibliographie des aventures de San-Antonio

A) La série

Jusqu'en 2002, la série était disponible dans une collection appelée « *San-Antonio* », abrégée en « S-A », avec une numérotation qui ne tenait pas compte – pour une bonne partie – de l'ordre originel des parutions.

La collection garde le même nom mais, à partir de 2003, sa numérotation va respecter l'ordre chronologique.

Dès lors, la bibliographie ci-après se consulte de la façon suivante :

- En tête apparaît le numéro « chronologique », celui qui figure sur chaque roman réimprimé *à partir de 2003.*

- Après le titre vient, entre parenthèses, la date de première publication.
- Puis est indiquée la collection d'origine (Spécial Police de 1950 à 1972 et S-A avec l'ancienne numérotation : reprises et originaux de 1973 à 2002).
- O.C. signale que le titre a été réédité dans les *Œuvres complètes*, le numéro du tome étant précisé en chiffres romains.

▪▪▪▪▪▪▪▪▪▪▪▪▪▪▪

1. RÉGLEZ-LUI SON COMPTE (1949)
(S-A 107) – O.C. XXIV
2. LAISSEZ TOMBER LA FILLE (1950)
Spécial-Police 11 – (S-A 43) – O.C. III
3. LES SOURIS ONT LA PEAU TENDRE (1951)
Spécial-Police 19 – (S-A 44) – O.C. II
4. MES HOMMAGES À LA DONZELLE (1952)
Spécial-Police 30 – (S-A 45) – O.C. X
5. DU PLOMB DANS LES TRIPES (1953)
Spécial-Police 35 – (S-A 47) – O.C. XII
6. DES DRAGÉES SANS BAPTÊME (1953)
Spécial-Police 38 – (S-A 48) – O.C. IV
7. DES CLIENTES POUR LA MORGUE (1953)
Spécial-Police 40 – (S-A 49) – O.C. VI
8. DESCENDEZ-LE À LA PROCHAINE (1953)
Spécial-Police 43 – (S-A 50) – O.C. VII
9. PASSEZ-MOI LA JOCONDE (1954)
Spécial-Police 48 – (S-A 2) – O.C. I
10. SÉRÉNADE POUR UNE SOURIS DÉFUNTE (1954)
Spécial-Police 52 – (S-A 3) – O.C. VIII
11. RUE DES MACCHABÉES (1954)
Spécial-Police 57 – (S-A 4) – O.C. VIII

12. BAS LES PATTES ! (1954)
Spécial-Police 59 – (S-A 51) – O.C. XI

13. DEUIL EXPRESS (1954)
Spécial-Police 63 – (S-A 53) – O.C. IV

14. J'AI BIEN L'HONNEUR… DE VOUS BUTER (1955)
Spécial-Police 67 – (S-A 54) – O.C. VIII

15. C'EST MORT ET ÇA NE SAIT PAS (1955)
Spécial-Police 71 – (S-A 55) – O.C. XIII

16. MESSIEURS LES HOMMES (1955)
Spécial-Police 76 – (S-A 56) – O.C. II

17. DU MOURON À SE FAIRE (1955)
Spécial-Police 81 – (S-A 57) – O.C. XV

18. LE FIL À COUPER LE BEURRE (1955)
Spécial-Police 85 – (S-A 58) – O.C. XI

19. FAIS GAFFE À TES OS (1956)
Spécial-Police 90 – (S-A 59) – O.C. III

20. À TUE… ET À TOI (1956)
Spécial-Police 93 – (S-A 61) – O.C. VI

21. ÇA TOURNE AU VINAIGRE (1956)
Spécial-Police 101 – (S-A 62) – O.C. IV

22. LES DOIGTS DANS LE NEZ (1956)
Spécial-Police 108 – (S-A 63) – O.C. VII

23. AU SUIVANT DE CES MESSIEURS (1957)
Spécial-Police 111 – (S-A 65) – O.C. IX

24. DES GUEULES D'ENTERREMENT (1957)
Spécial-Police 117 – (S-A 66) – O.C. IX

25. LES ANGES SE FONT PLUMER (1957)
Spécial-Police 123 – (S-A 67) – O.C. XII

26. LA TOMBOLA DES VOYOUS (1957)
Spécial-Police 129 – (S-A 68) – O.C. IV

27. J'AI PEUR DES MOUCHES (1957)
Spécial-Police 141 – (S-A 70) – O.C. I

28. LE SECRET DE POLICHINELLE (1958)
Spécial-Police 145 – (S-A 71) – O.C. III

29. DU POULET AU MENU (1958)
Spécial-Police 151 – (S-A 72) – O.C. V

30. TU VAS TRINQUER, SAN-ANTONIO (1958)
Spécial-Police 157 – (S-A 40) – O.C. V
(tout en pouvant se lire séparément, ces deux derniers romans constituent une même histoire en deux parties)

31. EN LONG, EN LARGE ET EN TRAVERS (1958)
Spécial-Police 163 – (S-A 7) – O.C. XIII

32. LA VÉRITÉ EN SALADE (1958)
Spécial-Police 173 – (S-A 8) – O.C. VI

33. PRENEZ-EN DE LA GRAINE (1959)
Spécial-Police 179 – (S-A 73) – O.C. II

34. ON T'ENVERRA DU MONDE (1959)
Spécial-Police 188 – (S-A 74) – O.C. VII

35. SAN-ANTONIO MET LE PAQUET (1959)
Spécial-Police 194 – (S-A 76) – O.C. IX

36. ENTRE LA VIE ET LA MORGUE (1959)
Spécial-Police 201 – (S-A 77) – O.C. IX

37. TOUT LE PLAISIR EST POUR MOI (1959)
Spécial-Police 207 – (S-A 9) – O.C. XIII

38. DU SIROP POUR LES GUÊPES (1960)
Spécial-Police 216 – (S-A 5) – O.C. II

39. DU BRUT POUR LES BRUTES (1960)
Spécial-Police 225 – (S-A 15) – O.C. IX

40. J'SUIS COMME ÇA (1960)
Spécial-Police 233 – (S-A 16) – O.C. VI

41. SAN-ANTONIO RENVOIE LA BALLE (1960)
Spécial-Police 238 – (S-A 78) – O.C. VII

42. BERCEUSE POUR BÉRURIER (1960)
Spécial-Police 244 – (S-A 80) – O.C. IV

43. NE MANGEZ PAS LA CONSIGNE (1961)
Spécial-Police 250 – (S-A 81) – O.C. XI

44. LA FIN DES HARICOTS (1961)
Spécial-Police 259 – (S-A 83) – O.C. X

45. Y A BON, SAN-ANTONIO (1961)
Spécial-Police 265 – (S-A 84) – O.C. VIII

46. DE « A » JUSQU'À « Z » (1961)
Spécial-Police 273 – (S-A 86) – O.C. XII

47. SAN-ANTONIO CHEZ LES MAC (1961)
Spécial-Police 281 – (S-A 18) – O.C. VII

48. FLEUR DE NAVE VINAIGRETTE (1962)
Spécial-Police 293 – (S-A 10) – O.C. I

49. MÉNAGE TES MÉNINGES (1962)
Spécial-Police 305 – (S-A 11) – O.C. IX

50. LE LOUP HABILLÉ EN GRAND-MÈRE (1962)
Spécial-Police 317 – (S-A 12) – O.C. X

51. SAN-ANTONIO CHEZ LES « GONES » (1962)
Spécial-Police 321 – (S-A 13) – O.C. V

52. SAN-ANTONIO POLKA (1963)
Spécial-Police 333 – (S-A 19) – O.C. V

53. EN PEIGNANT LA GIRAFE (1963)
Spécial-Police 343 – (S-A 14) – O.C. II

54. LE COUP DU PÈRE FRANÇOIS (1963)
Spécial-Police 358 – (S-A 21) – O.C. XI

55. LE GALA DES EMPLUMÉS (1963)
Spécial-Police 385 – (S-A 41) – O.C. V

56. VOTEZ BÉRURIER (1964)
Spécial-Police 391 – (S-A 22) – O.C. I

57. BÉRURIER AU SÉRAIL (1964)
Spécial-Police 427 – (S-A 87) – O.C. III

58. LA RATE AU COURT-BOUILLON (1965)
Spécial-Police 443 – (S-A 88) – O.C. I

59. VAS-Y, BÉRU ! (1965)
Spécial-Police 485 – (S-A 23) – O.C. VIII

60. TANGO CHINETOQUE (1966)
Spécial-Police 511 – (S-A 24) – O.C. VI

61. SALUT, MON POPE ! (1966)
Spécial-Police 523 – (S-A 25) – O.C. X

62. MANGE, ET TAIS-TOI ! (1966)
Spécial-Police 565 – (S-A 27) – O.C. XII

63. FAUT ÊTRE LOGIQUE (1967)
Spécial-Police 577 – (S-A 28) – O.C. X

64. Y A DE L'ACTION ! (1967)
Spécial-Police 589 – (S-A 29) – O.C. XIII

65. BÉRU CONTRE SAN-ANTONIO (1967)
Spécial-Police 613 – (S-A 31) – O.C. XII

66. L'ARCHIPEL DES MALOTRUS (1967)
Spécial-Police 631 – (S-A 32) – O.C. XI

67. ZÉRO POUR LA QUESTION (1968)
Spécial-Police 643 – (S-A 34) – O.C. XIII

68. BRAVO, DOCTEUR BÉRU (1968)
Spécial-Police 661 – (S-A 35) – O.C. XIV

69. VIVA BERTAGA ! (1968)
Spécial-Police 679 – (S-A 37) – O.C. XIV

70. UN ÉLÉPHANT, ÇA TROMPE (1968)
Spécial-Police 697 – (S-A 38) – O.C. XIV

71. FAUT-IL VOUS L'ENVELOPPER ? (1969)
Spécial-Police 709 – (S-A 39) – O.C. XIV

72. EN AVANT LA MOUJIK ! (1969)
Spécial-Police 766 – (S-A 89) – O.C. XIV

73. MA LANGUE AU CHAH (1970)
Spécial-Police 780 – (S-A 90) – O.C. XV

74. ÇA MANGE PAS DE PAIN (1970)
Spécial-Police 829 – (S-A 92) – O.C. XV

75. N'EN JETEZ PLUS ! (1971)
Spécial-Police 864 – (S-A 93) – O.C. XV

76. MOI, VOUS ME CONNAISSEZ ?… (1971)
Spécial-Police 893 – (S-A 94) – O.C. XV

77. EMBALLAGE CADEAU (1972)
Spécial-Police 936 – (S-A 96) – O.C. XVI

78. APPELEZ-MOI CHÉRIE (1972)
Spécial-Police 965 – (S-A 97) – O.C. XVI

79. T'ES BEAU, TU SAIS ! (1972)
Spécial-Police 980 – (S-A 99) – O.C. XVI

80. ÇA NE S'INVENTE PAS (1973)
(S-A 1) – O.C. XVI

81. J'AI ESSAYÉ, ON PEUT (1973)
(S-A 6) – O.C. XVII

82. UN OS DANS LA NOCE (1974)
(S-A 17) – O.C. XVII

83. LES PRÉDICTIONS DE NOSTRABÉRUS (1974)
(S-A 20) – O.C. XVII

84. METS TON DOIGT OÙ J'AI MON DOIGT (1974)
(S-A 26) – O.C. XVII

85. SI, SIGNORE ! (1974)
(S-A 30) – O.C. XVIII

86. MAMAN, LES PETITS BATEAUX… (1975)
(S-A 33) – O.C. XVIII

87. LA VIE PRIVÉE DE WALTER KLOZETT (1975)
(S-A 36) – O.C. XVIII

88. DIS BONJOUR À LA DAME (1975)
(S-A 42) – O.C. XVIII

89. CERTAINES L'AIMENT CHAUVE (1975)
(S-A 46) – O.C. XIX

90. CONCERTO POUR PORTE-JARRETELLES (1976)
(S-A 52) – O.C. XIX

91. SUCETTE BOULEVARD (1976)
(S-A 60) – O.C. XIX

92. REMETS TON SLIP, GONDOLIER (1977)
(S-A 64) – O.C. XIX

93. CHÉRIE, PASSE-MOI TES MICROBES ! (1977)
(S-A 69) – O.C. XX

94. UNE BANANE DANS L'OREILLE (1977)
(S-A 75) – O.C. XX

95. HUE, DADA ! (1977)
(S-A 79) – O.C. XX

96. VOL AU-DESSUS D'UN LIT DE COCU (1978)
(S-A 82) – O.C. XX

97. SI MA TANTE EN AVAIT (1978)
(S-A 85) – O.C. XXI

98. FAIS-MOI DES CHOSES (1978)
(S-A 91) – O.C. XXI

99. VIENS AVEC TON CIERGE (1978)
(S-A 95) – O.C. XXI

100. MON CULTE SUR LA COMMODE (1979)
(S-A 98) – O.C. XXI

101. TIRE-M'EN DEUX, C'EST POUR OFFRIR (1979)
(S-A 100) – O.C. XXII

102. À PRENDRE OU À LÉCHER (1980)
(S-A 101) – O.C. XXII

103. BAISE-BALL À LA BAULE (1980)
(S-A 102) – O.C. XXII

104. MEURS PAS, ON A DU MONDE (1980)
(S-A 103) – O.C. XXII

105. TARTE À LA CRÈME STORY (1980)
(S-A 104) – O.C. XXIII

106. ON LIQUIDE ET ON S'EN VA (1981)
(S-A 105) – O.C. XXIII

107. CHAMPAGNE POUR TOUT LE MONDE ! (1981)
(S-A 106) – O.C. XXIII

→ À partir du 108e roman ci-dessous, la numérotation affichée auparavant sur les ouvrages de la collection « *San-Antonio* » correspond à l'ordre chronologique. Le numéro actuel et le précédent sont donc identiques. Mais, pour éviter toute équivoque, nous continuons tout de même à les mentionner l'un et l'autre jusqu'au bout.

108. LA PUTE ENCHANTÉE (1982)
(S-A 108) – O.C. XXIII

109. BOUGE TON PIED QUE JE VOIE LA MER (1982)
(S-A 109) – O.C. XXIV

110. L'ANNÉE DE LA MOULE (1982)
(S-A 110) – O.C. XXIV

111. DU BOIS DONT ON FAIT LES PIPES (1982)
(S-A 111) – O.C. XXIV

112. VA DONC M'ATTENDRE CHEZ PLUMEAU (1983)
(S-A 112) – O.C. XXV

113. MORPION CIRCUS (1983)
(S-A 113) – O.C. XXV

114. REMOUILLE-MOI LA COMPRESSE (1983)
(S-A 114) – O.C. XXV

115. SI MAMAN ME VOYAIT ! (1983)
(S-A 115) – O.C. XXV

116. DES GONZESSES COMME S'IL EN PLEUVAIT (1984)
(S-A 116) – O.C. XXVI

117. LES DEUX OREILLES ET LA QUEUE (1984)
(S-A 117) – O.C. XXVI

118. PLEINS FEUX SUR LE TUTU (1984)
(S-A 118) – O.C. XXVI

119. LAISSEZ POUSSER LES ASPERGES (1984)
(S-A 119) – O.C. XXVI

120. POISON D'AVRIL ou la vie sexuelle de Lili Pute (1985)
(S-A 120) – O.C. XXVII

121. BACCHANALE CHEZ LA MÈRE TATZI (1985)
(S-A 121) – O.C. XXVII

122. DÉGUSTEZ, GOURMANDES ! (1985)
(S-A 122) – O.C. XXVII

123. PLEIN LES MOUSTACHES (1985)
(S-A 123) – O.C. XXVII

124. APRÈS VOUS, S'IL EN RESTE, MONSIEUR LE PRÉSIDENT (1986)
(S-A 124) – O.C. XXVIII

125. CHAUDS, LES LAPINS ! (1986)
(S-A 125) – O.C. XXVIII

126. ALICE AU PAYS DES MERGUEZ (1986)
(S-A 126) – O.C. XXVIII

127. FAIS PAS DANS LE PORNO… (1986)
(S-A 127) – O.C. XXVIII

128. LA FÊTE DES PAIRES (1986)
(S-A 128) – O.C. XXIX

129. LE CASSE DE L'ONCLE TOM (1987)
(S-A 129) – O.C. XXIX

130. BONS BAISERS OÙ TU SAIS (1987)
(S-A 130) – O.C. XXIX

131. LE TROUILLOMÈTRE À ZÉRO (1987)
(S-A 131) – O.C. XXIX

132. CIRCULEZ ! Y A RIEN À VOIR (1987)
(S-A 132)

133. GALANTINE DE VOLAILLE POUR DAMES FRIVOLES (1987)
(S-A 133)

134. LES MORUES SE DESSALENT (1988)
(S-A 134)

135. ÇA BAIGNE DANS LE BÉTON (1988)
(S-A 135)

136. BAISSE LA PRESSION, TU ME LES GONFLES ! (1988)
(S-A 136)

137. RENIFLE, C'EST DE LA VRAIE (1988)
(S-A 137)

138. LE CRI DU MORPION (1989)
(S-A 138)

139. PAPA, ACHÈTE-MOI UNE PUTE (1989)
(S-A 139)

140. MA CAVALE AU CANADA (1989)
(S-A 140)

141. VALSEZ, POUFFIASSES (1989)
(S-A 141)

142. TARTE AUX POILS SUR COMMANDE (1989)
(S-A 142)

143. COCOTTES-MINUTE (1990)
(S-A 143)

144. PRINCESSE PATTE-EN-L'AIR (1990)
(S-A 144)

145. AU BAL DES ROMBIÈRES (1990)
(S-A 145)

146. BUFFALO BIDE (1991)
(S-A 146)

147. BOSPHORE ET FAIS RELUIRE (1991)
(S-A 147)

148. LES COCHONS SONT LÂCHÉS (1991)
(S-A 148)

149. LE HARENG PERD SES PLUMES (1991)
(S-A 149)

150. TÊTES ET SACS DE NŒUDS (1991)
(S-A 150)

151. LE SILENCE DES HOMARDS (1992)
(S-A 151)

152. Y EN AVAIT DANS LES PÂTES (1992)
(S-A 152)

153. AL CAPOTE (1992)
(S-A 153)

154. FAITES CHAUFFER LA COLLE (1993)
(S-A 154)

155. LA MATRONE DES SLEEPINGES (1993)
(S-A 155)

156. FOIRIDON À MORBAC CITY (1993)
(S-A 156)

157. ALLEZ DONC FAIRE ÇA PLUS LOIN (1993)
(S-A 157)

158. AUX FRAIS DE LA PRINCESSE (1993)
(S-A 158)

159. SAUCE TOMATE SUR CANAPÉ (1994)
(S-A 159)

160. MESDAMES VOUS AIMEZ « ÇA » (1994)
(S-A 160)

161. MAMAN, LA DAME FAIT RIEN QU'À ME FAIRE DES CHOSES (1994)
(S-A 161)

162. LES HUÎTRES ME FONT BÂILLER (1995)
(S-A 162)

163. TURLUTE GRATOS LES JOURS FÉRIÉS (1995)
(S-A 163)

164. LES EUNUQUES NE SONT JAMAIS CHAUVES (1996)
(S-A 164)

165. LE PÉTOMANE NE RÉPOND PLUS (1995)
(S-A 165)

166. T'ASSIEDS PAS SUR LE COMPTE-GOUTTES (1996)
(S-A 166)

167. DE L'ANTIGEL DANS LE CALBUTE (1996)
(S-A 167)

168. LA QUEUE EN TROMPETTE (1997)
(S-A 168)

169. GRIMPE-LA EN DANSEUSE (1997)
(S-A 169)

170. NE SOLDEZ PAS GRAND-MÈRE, ELLE BROSSE ENCORE (1997)
(S-A 170)

171. DU SABLE DANS LA VASELINE (1998)
(S-A 171)

172. CECI EST BIEN UNE PIPE (1999)
(S-A 172)

173. TREMPE TON PAIN DANS LA SOUPE (1999)
(S-A 173)

174. LÂCHE-LE, IL TIENDRA TOUT SEUL (1999)
(S-A 174)
(ces deux derniers romans sont à lire à la suite car ils constituent une seule histoire répartie en deux tomes)

175. CÉRÉALES KILLER (2001) – parution posthume
(original non numéroté : v. ci-dessous)

B) Les Hors-Collection

Neuf romans, de format plus imposant que ceux de la « série », sont parus depuis 1964. Tous les originaux aux éditions FLEUVE NOIR, forts volumes cartonnés jusqu'en 1971, puis brochés. Ces ouvrages sont de véritables feux d'artifice allumés par la verve de leur auteur. L'humour atteint souvent ici son paroxysme. Bérurier y tient une place « énorme », au point d'en être parfois la vedette !

Remarque importante : outre ces neuf volumes, de nombreux autres « Hors-Collection » – originaux ou rééditions de *Frédéric Dard* – signés San-Antonio ont été publiés depuis 1979. Ces livres remarquables, souvent bouleversants *(Faut-il tuer les petits garçons qui ont les mains sur les hanches ?, La vieille qui marchait dans la mer, Le dragon de Cracovie…)* ne concernent pas notre policier de choc et de charme. Sont mentionnés dans les « Hors-Collection » ci-dessous uniquement les romans dans lesquels figure le *Commissaire San-Antonio !*

- L'HISTOIRE DE FRANCE VUE PAR SAN-ANTONIO, 1964 – réédité en 1997 sous le titre HISTOIRE DE FRANCE
- LE STANDINGE SELON BÉRURIER, 1965 – réédité en 1999 sous le titre LE STANDINGE
- BÉRU ET CES DAMES, 1967 – réédité en 2000
- LES VACANCES DE BÉRURIER, 1969 – réédité en 2001
- BÉRU-BÉRU, 1970 – réédité en 2002
- LA SEXUALITÉ, 1971 – réédité en 2003
- LES CON, 1973 – réédité en 2004
- SI QUEUE-D'ÂNE M'ÉTAIT CONTÉ, 1976 (aventure entièrement vécue et racontée par Bérurier) – réédité en 1998 sous le titre *QUEUE D'ÂNE*
- NAPOLÉON POMMIER, 2000

→ Paru en 2001 dans un format « moyen » non numéroté, CÉRÉALES KILLER est bien le 175e roman de la série *San-Antonio*. Réédité en poche en 2003.

2. Guide thématique de la série « San-Antonio »

Les aventures de San-Antonio sont d'une telle richesse que toute tentative pour les classifier ne prêterait – au mieux – qu'à sourire si l'on devait s'en tenir là. Une mise en schéma d'une telle œuvre n'a d'intérêt que comme jalon, à dépasser d'urgence pour aller voir « sur place ». Comment rendre compte d'une explosion permanente ? Ce petit guide thématique n'est donc qu'une « approche », partielle, réductrice, observation d'une constellation par le tout petit bout de la lorgnette. San-Antonio, on ne peut le connaître qu'en le lisant, tout entier, en allant se regarder soi-même dans le miroir que nous tend cet auteur de génie, le cœur et les yeux grands ouverts.

Dans les 175 romans numérotés parus au Fleuve Noir, on peut dénombrer, en simplifiant à l'extrême, 10 types de récits différents. Bien entendu, les sujets annexes abondent ! C'est pourquoi seul a été relevé ce qu'on peut estimer comme le thème « principal » de chaque livre.

Le procédé vaut ce qu'il vaut, n'oublions pas que « simplifier c'est fausser ». Mais il permet – en gros, en très gros ! – de savoir de quoi parlent les *San-Antonio*, sur le plan « polar ». J'insiste : gardons à l'esprit que là n'est pas le plus important. *Le plus important, c'est ce qui se passe entre le lecteur et l'auteur, et qu'on ne pourra jamais classer dans telle ou telle catégorie.*

Avertissement

Comme il serait beaucoup trop long de reprendre tous les titres, seuls leurs *numéros* sont indiqués sous chaque rubrique. ATTENTION : ce sont les numéros de la collection *« San-Antonio »* référencée S-A dans la bibliographie ! En effet, les ouvrages de cette collection sont et seront encore disponibles pendant longtemps.

Néanmoins, ces numéros sont chaque fois rangés dans l'ordre chronologique des parutions, du plus ancien roman au plus récent.

A. Aventures de Guerre, ou faisant suite à la Guerre.

Pendant le conflit 39-45, San-Antonio est l'as des *Services Secrets.* Résistance, sabotages, chasse aux espions avec actions d'éclat. On plonge ici dans la « guerre secrète ».

→ S-A 107 (reprise du tout premier roman de 1949) • S-A 43 • S-A 44 • S-A 47

Dans les années d'après-guerre, le commissaire poursuit un temps son activité au parfum de contre-espionnage (espions à identifier, anciens collabos, règlements de comptes, criminels de guerre, trésors de guerre). Ce thème connaît certains prolongements, bien des années plus tard.

→ S-A 45 • S-A 50 • S-A 63 • S-A 68 • S-A 78

B. Lutte acharnée contre anciens (ou néo-)nazis

La Guerre n'est plus du tout le « motif » de ces aventures, même si l'enquête oppose en général San-Antonio à d'anciens nazis, avec un fréquent *mystère à élucider.* C'est pourquoi il était plus clair d'ouvrir une nouvelle rubrique. Les ennemis ont changé d'identité et refont surface, animés de noires intentions ; à moins qu'il s'agisse de néo-nazis, tout aussi malfaisants.

→ S-A 54 • S-A 58 • S-A 59 • S-A 38 • S-A 92 • S-A 93 • S-A 42 • S-A 123 • S-A 151

C. San-Antonio opposé à de dangereux trafiquants

Le plus souvent en mission à l'étranger, San-Antonio risque sa vie pour venir à bout d'individus ou réseaux qui s'enrichissent dans le trafic de la drogue, des armes, des diamants… Les aventures démarrent pour une autre raison puis le trafic est découvert et San-Antonio se lance dans la bagarre.

→ S-A 3 • S-A 65 • S-A 67 • S-A 18 • S-A 14 • S-A 110 • S-A 159

D. San-Antonio contre Sociétés Secrètes : un homme traqué !

De puissantes organisations ne reculent devant rien pour conquérir pouvoir et richesse : *Mafia* (affrontée par ailleurs de manière « secondaire ») ou *sociétés secrètes* asiatiques. Elles feront de notre héros un homme traqué, seul contre tous. Il ne s'en sortira qu'en déployant des trésors d'ingéniosité et de courage.

→ S-A 51 • S-A 138 • S-A 144 • S-A 160 • S-A 170 • S-A 171 • S-A 172 • S-A 173

Certains réseaux internationaux visent moins le profit que le chaos universel. San-Antonio doit alors défier lors d'aventures échevelées des groupes *terroristes* qui cherchent à dominer le monde. Frissons garantis !

→ S-A 34 • S-A 85 • S-A 103 • S-A 108

E. Aventures personnelles : épreuves physiques et morales

Meurtri dans sa chair et ses sentiments, San-Antonio doit *s'arracher à des pièges mortels.* Sa « personne » – sa famille, ses amis – est ici directement visée par des individus pervers et obstinés. Jeté aux enfers, il remonte la pente et nous partageons ses tourments. C'est sans doute la raison pour laquelle plusieurs de ces romans prennent rang de *chefs-d'œuvre*. Bien souvent, le lecteur en sort laminé par les émotions éprouvées, ayant tout vécu de l'intérieur !

→ S-A 61 • S-A 70 • S-A 86 • S-A 27 • S-A 97 • S-A 36 • S-A 111 • S-A 122 • S-A 131 • S-A 132 • S-A 139 • S-A 140 • S-A 174 • 175

F. À la poursuite de voleurs ou de meurtriers

Pour autant, on peut rarement parler de polars « classiques ». Ce sont clairement des *enquêtes*, mais à la manière (forte) de San-Antonio !

• Enquêtes « centrées » sur le vol ou l'escroquerie

Les meurtres n'y manquent pas, mais l'affaire tourne toujours autour d'un vol (parfois chantage, ou fausse monnaie...). Peu à peu, l'étau se resserre autour des malfaiteurs, que San-Antonio, aux méthodes « risquées », finit par ramener dans ses filets grâce à son cerveau, ses poings et ses adjoints.

→ S-A 2 • S-A 62 • S-A 73 • S-A 80 • S-A 10 • S-A 25 • S-A 90 • S-A 113 • S-A 149

• Enquêtes « centrées » sur le meurtre

À l'inverse, ces aventures ont le meurtre pour fil conducteur. San-Antonio doit démêler l'écheveau et mettre la main sur le coupable, en échappant bien des fois à la mort. Vol et chantage sont encore d'actualité, mais au second plan.

→ S-A 55 • S-A 8 • S-A 76 • S-A 9 • S-A 5 • S-A 81 • S-A 83 • S-A 84 • S-A 41 • S-A 22 • S-A 23 • S-A 28 •

S-A 35 • S-A 94 • S-A 17 • S-A 26 • S-A 60 • S-A 100 • S-A 116 • S-A 127 • S-A 128 • S-A 129 • S-A 133 • S-A 135 • S-A 137 • S-A 143 • S-A 145 • S-A 152 • S-A 161 • S-A 163

- **(Variante) Vols ou meurtres dans le cadre d'une même famille**

→ S-A 4 • S-A 7 • S-A 74 • S-A 46 • S-A 91 • S-A 114 • S-A 141 • S-A 148 • S-A 154 • S-A 165

G. Affaires d'enlèvements

Double but à cette *poursuite impitoyable* : retrouver les ravisseurs et préserver les victimes !

→ S-A 56 (porté à l'écran sous le titre *Sale temps pour les mouches*) • S-A 16 • S-A 13 • S-A 19 • S-A 39 • S-A 52 • S-A 118 • S-A 125 • S-A 126 • S-A 136 • S-A 158

H. Attentats ou complots contre hauts personnages

Chaque récit tourne autour d'un attentat – visant souvent la sécurité d'un état – que San-Antonio doit à tout prix empêcher, à moins qu'il n'ait pour mission de… l'organiser au service de la France !

→ • S-A 48 • S-A 77 • S-A 11 • S-A 21 • S-A 88 • S-A 96 • S-A 33 • S-A 95 • S-A 98 • S-A 102 • S-A 106 • S-A 109 • S-A 120 • S-A 124 • S-A 130

I. Une aiguille dans une botte de foin !

À partir d'indices minuscules, San-Antonio doit *mettre la main sur un individu, une invention, un document* d'un intérêt capital. Chien de chasse infatigable, héroïque, il ira parfois au bout du monde pour dénicher sa proie.

→ S-A 49 • S-A 53 • S-A 57 • S-A 66 • S-A 71 • S-A 72 • S-A 40 • S-A 15 • S-A 12 • S-A 87 • S-A 24 • S-A 29 • S-A 31 • S-A 37 • S-A 89 • S-A 20 • S-A 30 • S-A 69 • S-A 75 • S-A 79 • S-A 82 • S-A 101 • S-A 104 • S-A 105 • S-A 112 • S-A 115 • S-A 117 • S-A 119 • S-A 121 • S-A 134 • S-A 142 • S-A 146 • S-A 147 • S-A 150 • S-A 153 • S-A 156 • S-A 157 • S-A 164 • S-A 166 • S-A 167

J. Aventures aux thèmes entremêlés

Quelques récits n'ont pris place – en priorité du moins – dans aucune des rubriques précédentes. Pour ceux-là, le choix aurait été artificiel car aucun des motifs ne se détache du lot : ils s'ajoutent ou s'insèrent l'un dans l'autre. La caractéristique est donc ici *l'accumulation des thèmes.*

→ S-A 32 • S-A 99 • S-A 1 • S-A 6 • S-A 64 • S-A 155 • S-A 162 • S-A 168 • S-A 169

SANS OUBLIER...

Voilà donc répartis en thèmes simplistes *tous* les ouvrages de la série. Mais les préférences de chacun sont multiples. Plus d'un lecteur choisira de s'embarquer dans un « San-Antonio » pour des raisons fort éloignées de la thématique du polar. Encore heureux ! On dépassera alors le point de vue du spécialiste, pour ranger de nombreux titres sous des bannières différentes. Avec un regard de plus en plus coloré par l'affection.

Note

Contrairement à ce qui précède, certains numéros vont apparaître ici à plusieurs reprises. C'est normal : on peut tout à la fois éclater de rire, pleurer, s'émerveiller, frissonner, s'émouvoir… dans un même *San-Antonio !*

- **Incursions soudaines dans le fantastique**

Au cours de certaines affaires, on bascule tout à coup dans une ambiance mystérieuse, avec irruption du « fantastique ». San-Antonio se heurte à des faits *étranges :* sorcellerie, paranormal, envoûtement…

→ S-A 28 • S-A 20 • S-A 129 • S-A 135 • S-A 139 • S-A 140 • S-A 152 • S-A 172 • S-A 174

- **Inventions redoutables et matériaux extraordinaires**

Dans plusieurs romans, le recours à un attirail futuriste entraîne une irruption soudaine de la *science-fiction.* Il arrive même qu'il serve de motif au récit. Voici un échantillon de ces découvertes fabuleuses pour lesquelles on s'entretue :

Objectif fractal (un grain de beauté photographié par satellite !), réduction d'un homme à 25 cm, armée tenue en réserve par cryogénisation, échangeur de personnalité, modificateur de climats, neutraliseur de volonté, lunettes de télépathie, forteresse scientifique édifiée sous la Méditerranée, fragment d'une météorite transformant la matière en glace, appareil à ôter la mémoire, microprocesseur réactivant des cerveaux morts, et j'en passe… !

→ S-A 57 • S-A 12 • S-A 41 • S-A 23 • S-A 34 • S-A 35 • S-A 37 • S-A 89 • S-A 17 • S-A 20 • S-A 30 • S-A 64 • S-A 69 • S-A 75 • S-A 105 • S-A 123 • S-A 129 • S-A 146

- **Savants fous et terrifiantes expériences humaines**
  → S-A 30 • S-A 52 • S-A 116 • S-A 127 • S-A 163

- **Romans « charnière »**
  Sont ainsi désignés les romans où apparaît pour la première fois un nouveau personnage, qui prend définitivement place aux côtés de San-Antonio.

  S-A 43 : Félicie (sa mère), *en 1950.*

  S-A 45 : Le Vieux (Achille), *en 1952.*

  S-A 49 : Bérurier, *en 1953.*

  S-A 53 : Pinaud, *en 1954.*

  S-A 66 : Berthe (première apparition physique), *en 1957.*

  S-A 37 : Marie-Marie, *en 1968.*

  S-A 94 : Toinet (ou Antoine, le fils adoptif de San-Antonio), *en 1971.*

  S-A 128 : Jérémie Blanc, *en 1986.*

  S-A 168 : Salami, en *1997.*

  S-A 173 : Antoinette (fille de San-Antonio et Marie-Marie), en *1999.*

  Mathias, le technicien rouquin, est apparu peu à peu, sous d'autres noms.

- **Bérurier et Pinaud superstars !**
  Le Gros, l'Inénarrable, Béru ! est sans conteste le plus brillant « second » du commissaire San-Antonio. Présent dans la majorité des romans, il y déploie souvent une activité débordante. Sans se hisser au même niveau, le doux et subtil Pinaud tient aussi une place de choix…

· *participation* importante *de Bérurier*

→ S-A 18 • S-A 10 • S-A 11 • S-A 14 • S-A 22 • S-A 88 • S-A 23 • S-A 24 • S-A 27 • S-A 28 • S-A 32 • S-A 34 • S-A 37 • S-A 89 • S-A 90 • S-A 93 • S-A 97 • S-A 1 • S-A 20 • S-A 30 • S-A 33 • S-A 46 • S-A 52 • S-A 75 • S-A 101 • S-A 104 • S-A 109 • S-A 116 • S-A 126 • S-A 145 • S-A 163 • S-A 166

N'oublions pas les « Hors-Collection », avec notamment *Queue d'âne* où Bérurier est seul présent de bout en bout !

· *participation* importante *de Bérurier* et *Pinaud*

→ S-A 12 • S-A 87 • S-A 25 • S-A 35 • S-A 96 • S-A 105 • S-A 111 • S-A 148 (fait exceptionnel : San-Antonio ne figure pas dans ce roman !) • S-A 156

- **Marie-Marie, de l'enfant espiègle à la femme mûre**

Dès son apparition, Marie-Marie a conquis les lecteurs. La fillette malicieuse, la « Musaraigne » éblouissante de *Viva Bertaga* qui devient femme au fil des romans est intervenue dans plusieurs aventures de San-Antonio.

· *Fillette espiègle et débrouillarde :*

→ S-A 37 • S-A 38 • S-A 39 • S-A 92 • S-A 99

· *Adolescente indépendante et pleine de charme :*

→ S-A 60 • S-A 69 • S-A 85

· *Belle jeune femme, intelligente et profonde :*

Il ne s'agit parfois que d'apparitions intermittentes.

→ S-A 103 • S-A 111 • S-A 119 • S-A 120 • S-A 131 (où Marie-Marie devient veuve !) • S-A 139 • S-A 140 • S-A 152

• *Femme mûre, mère d'Antoinette (fille de San-Antonio) :*
→ S-A 173 • S-A 174 • **175**

• **Le rire**

Passé la première trentaine de romans (et encore !), le *rire* a sa place dans toutes les aventures de San-Antonio, si l'humour, lui, est *partout,* y compris au cœur de la colère, de l'amour et de la dérision. Mais plusieurs aventures atteignent au délire et nous transportent vraiment d'hilarité par endroits. Dans cette catégorie décapante, on conseillera vivement :

→ S-A 10 • S-A 14 • S-A 87 • S-A 88 • S-A 23 • S-A 25 • S-A 2 • S-A 35

Y ajouter, là encore, tous les « Hors-Collection ». Qui n'a pas lu *Le Standinge, Béru-Béru* ou *Les vacances de Bérurier* n'a pas encore exploité son capital rire. Des romans souverains contre la morosité, qui devraient être remboursés par la Sécurité Sociale !

• **Grandes épopées planétaires**

San-Antonio – le plus souvent accompagné de Bérurier – nous entraîne aux quatre coins de la planète dans des aventures épiques et « colossales ». Humour, périls mortels, action, rebondissements.

→ S-A 10 • S-A 87 • S-A 88 • S-A 24 • S-A 37 • S-A 89

• **Les « inoubliables »**

Je rangerais sous ce titre quelques romans-choc (dont certains ont déjà été cités plusieurs fois, notamment dans les épopées ci-dessus). On tient là des *chefs-d'œuvre,* où l'émotion du lecteur est à son comble. Bien sûr, c'est subjectif, mais quel autre critère adopter pour ce qui relève du coup de cœur ? Lisez-les : vous serez vite convaincus !

→ S-A 61 • S-A 70 • S-A 83 • S-A 10 • S-A 87 • S-A 88 • S-A 24 • S-A 25 • S-A 37 • S-A 111 • S-A 132 • S-A 140

POUR FINIR…

Il ne me reste plus qu'à souhaiter à tous ceux qui découvrent les aventures de San-Antonio (comme je les envie !) des voyages colorés, passionnants, émouvants, trépidants, surprenants, pathétiques, burlesques, magiques, étranges, inattendus ; des séjours enfiévrés ; des rencontres mémorables ; des confidences où l'intime se mêle à l'épopée.

Quant aux autres, ils savent déjà tout ça, n'est-ce pas ?

Ce qui ne les empêche pas de revisiter à tout instant la série *San-Antonio,* monument de la littérature d'évasion, pour toujours inscrit à notre patrimoine.

Raymond Milési

Correspondance entre l'ancienne numérotation de la collection « San-Antonio » et la nouvelle numérotation chronologique *portée sur chaque roman réimprimé à partir de 2003.*

S-A →	*chrono*		
S-A 1	*80*	S-A 29	*64*
S-A 2	*9*	S-A 30	*85*
S-A 3	*10*	S-A 31	*65*
S-A 4	*11*	S-A 32	*66*
S-A 5	*38*	S-A 33	*86*
S-A 6	*81*	S-A 34	*67*
S-A 7	*31*	S-A 35	*68*
S-A 8	*32*	S-A 36	*87*
S-A 9	*37*	S-A 37	*69*
S-A 10	*48*	S-A 38	*70*
S-A 11	*49*	S-A 39	*71*
S-A 12	*50*	S-A 40	*30*
S-A 13	*51*	S-A 41	*55*
S-A 14	*53*	S-A 42	*88*
S-A 15	*39*	S-A 43	*2*
S-A 16	*40*	S-A 44	*3*
S-A 17	*82*	S-A 45	*4*
S-A 18	*47*	S-A 46	*89*
S-A 19	*52*	S-A 47	*5*
S-A 20	*83*	S-A 48	*6*
S-A 21	*54*	S-A 49	*7*
S-A 22	*56*	S-A 50	*8*
S-A 23	*59*	S-A 51	*12*
S-A 24	*60*	S-A 52	*90*
S-A 25	*61*	S-A 53	*13*
S-A 26	*84*	S-A 54	*14*
S-A 27	*62*	S-A 55	*15*
S-A 28	*63*	S-A 56	*16*

S-A 57	*17*
S-A 58	*18*
S-A 59	*19*
S-A 60	*91*
S-A 61	*20*
S-A 62	*21*
S-A 63	*22*
S-A 64	*92*
S-A 65	*23*
S-A 66	*24*
S-A 67	*25*
S-A 68	*26*
S-A 69	*93*
S-A 70	*27*
S-A 71	*28*
S-A 72	*29*
S-A 73	*33*
S-A 74	*34*
S-A 75	*94*
S-A 76	*35*
S-A 77	*36*
S-A 78	*41*
S-A 79	*95*
S-A 80	*42*
S-A 81	*43*
S-A 82	*96*
S-A 83	*44*
S-A 84	*45*
S-A 85	*97*
S-A 86	*46*
S-A 87	*57*
S-A 88	*58*
S-A 89	*72*
S-A 90	*73*
S-A 91	*98*
S-A 92	*74*
S-A 93	*75*
S-A 94	*76*
S-A 95	*99*
S-A 96	*77*
S-A 97	*78*
S-A 98	*100*
S-A 99	*79*
S-A 100	*101*
S-A 101	*102*
S-A 102	*103*
S-A 103	*104*
S-A 104	*105*
S-A 105	*106*
S-A 106	*107*
S-A 107	*1*

À partir du n° 108, les numéros de la collection « S-A » coïncident exactement avec les numéros *chronologiques.*

R. Milési

Achevé d'imprimer en Allemagne
par GGP Media GmbH
à Pößneck
en mai 2016

POCKET
12, avenue d'Italie
75627 Paris Cedex 13

Dépôt légal : juin 2016
S26802/01